표 백

제16회 한겨레문학상 수상작

장강명 장편소설

표 백

한겨레출판

어디에서도 자살 선언문을 보게 되지 않길 바라며

차 례

1부

그레이트 빅 화이트 월드

1.

박주영 진호그룹 회장 장남, 미국에서 숨진 채 발견

기사 입력 20XX-08-29 14:31

(서울=연합뉴스) 재계 서열 6위인 진호그룹 박주영 회장의 장남인 선우(29·사진) 씨가 24일 미국 필라델피아 자신의 집에서 변사체로 발견됐다고 그룹 관계자가 밝혔다.

이 관계자는 "박 회장 내외가 미국 펜실베이니아대학에서 MBA 유학 중이던 선우 씨가 사망했다는 소식을 듣고 미국으로 급히 출국했으며 27일 현지에서 불교식으로 장례를 치렀다"고 밝혔다. 그러나 선우 씨의 정확한 사인은 알려지지 않았다.

선우 씨의 장례식에는 박 회장 부부와 장녀인 아영 진호C&I 상무보, 차남 병우 씨 등 직계가족들만 참석했으며, 주검은 화장한 것으로 알려졌다.

박 회장의 2남 2녀 중 장남인 선우 씨는 다방면에 재능이 뛰어나고 경영 활동에 관심이 많아 박 회장으로부터 각별한 사랑을 받아왔다는 것이 그룹 관계자의 전언이다. A대학 재학 중 공정거래위원회가 주최하는 '대학생 모의공정거래위원회 경연대회'에서 대상을 수상한 일화는 유명하다.

한편 금융감독원 전자공시시스템에 따르면 선우 씨는 진호네트웍스 232만 370주, 진호케어링 19만 9500주 등 진호 계열사 지분을 상당 부분 보유하고 있었던 것으로 나타났다.

진호그룹 장남 "피살 가능성… 흉기에 온몸 찔려"

기사 입력 20XX-08-30 00:07

(필라델피아=EDN투데이) 이재문 통신원=박주영 진호그룹 회장의 장남인 선우(29) 씨가 미국에서 숨진 사실이 뒤늦게 알려져 충격을 주고 있는 가운데 현지 경찰이 피살 가능성에 무게를 두고 수사를 벌이고 있는 것으로 전해졌다.

현지 언론은 "한국 유학생인 '선'(sun: 선우 씨의 영어 이름) 씨가 흉기에 4, 5군데를 찔린 채 24일 자택에서 발견돼 경찰이 수사에 나섰다"고 보도했다.

한편 선우 씨는 평소 성격이 소탈한 데다 자신이 한국 대기업 가문 출신이라는 사실을 주변에 철저히 숨겨, 한국인 유학생들조차 이번 사건이 있기 전까지 그가 진호그룹의 후계자라는 사실을 몰랐던 것으로 알려졌다.

나는 전북 익산시청 7급 공무원의 2남 1녀 중 장남으로 태어났다. 할아버지도 공무원이었다.

할아버지는 국가유공자였는데, 내가 어렸을 때 부모님은 종종 "나라를 위해 목숨을 바친 할아버지처럼 너도 커서 훌륭한 일을 해야 한다"라고 말했다. 어린 나는 할아버지가 독립운동을 하거나 한국전쟁때 북한 괴뢰군에 맞서 싸우다 순국하는 모습을 상상하곤 했다.

하지만 그가 부서 회식 중에 상한 회를 먹고 비브리오패혈증에 걸려 돌아가셨다는 사실을 알게 된 뒤로 할아버지에 대한 존경심은 서서히 사라졌다. 아버지도 자신의 아버지를 그다지 존경하는 것처럼 보이지 않았다. 내가 하급 공무원인 아버지에 대해 별 존경심을 갖지 않았던 것처럼.

할아버지는 살아 계셨을 때 곧잘 술에 취해 행패를 부리셨다고 하니 내가 그의 피를 물려받은 것은 맞는 듯하다.

그래도 나는 내가 태어나기 전에 돌아가신 할아버지 덕을 봤다. 국가유공자 후손에 대한 가점이 없었다면 서울의 A대학에 입학할 수 없었을 것이다.

초등학생 때 나는 공부를 잘해 도 교육감 상을 받은 적이 있다. 중학생 때도 간혹 시험공부를 제대로 하면 반에서 1등을 차지하기도 했다. 그러나 고등학생이 되면서 성적이 떨어졌다. 중학생 때부터 배우기 시작한 기타 때문이기도 했고, 쉬는 시간마다 교실에서 섰다판을 벌였기 때문이기도 하고, 학교와 교사들이 우습게 보이기도 했고, '언제든 내가 마음잡고 공부하면 금방 성적이 오를 수 있다'는 건방진 생각 때문이기도 했다.

고3이 되어서 다시 마음잡고 공부를 했지만 이미 수학과 과학 과목은 교과서 내용을 이해할 수 없었고, 성적은 오르지 않았다. 일부 과목은 성적을 올린다 해도 이미 내신 등급을 바꿀 수 없는 상황이었다. "고3 되면 늦는다"라는 말이 선생들이 고등학교 1, 2학년에게 겁주려고 하는 얘기인 줄 알았는데 정말이었던 거다. 정신 차리고 보니 이미 늦어 있었다.

A대학은 서열로 치면 상위 10개 대학의 뒤쪽에 위치한 대학이었다. 성균관대나 서강대보다는 조금 낮고, 한양대와 비슷한 정도?

솔직히 나는 내 자식이 이 학교에 다니겠다며 서울로 유학을 가겠다고 돈을 달라고 하면 지방 국립대에 가서 등록금이나 아끼라고 할 테지만, 부모님은 생각이 달랐다. 큰아들에 대해 헛된 기대를 품고 있었던 데다 삼 남매 중 한 명은 서울에서 공부하게 해야 한다는 생각이었던 것 같다. 나도 부모님과 떨어져 혼자 사는 게 좋았기 때문에 유학 제안을 군말 없이 받아들였다.

시건방진 소리지만, 대학교 1, 2학년 때까지도 여전히 나는 학교와 같은 과 동기들을 속으로 깔보고 있었다. 내가 다른 녀석들처럼 과외를 받았더라면, 또 고등학생 때 제대로 공부를 했더라면, 분명 더 좋은 대학에 갔을 것이라는 생각도 있었다. 그러니까 나는 너희와 동급이 아니고, 실은 더 잘난 존재라는 착각에 빠진 것이다. 그렇다고 재수나 편입을 준비한 것도 아니었다.

형편없는 학점을 받으면서도 나는 항상 자신만만해했다. 나의 자신감은 합당한 근거가 있다기보다는 깡패나 자해공갈단의 마음가짐과 비슷한 것이었다. 고등학교 시절 나는 한주먹하는 싸움꾼으로 통했는데, 별다른 무술 실력이 있어서가 아니라 그저 공갈을 그럴싸하게 잘 쳤기 때문이다. 뭐가 있는 것처럼, 뒤로 물러서지 않을 것처럼 허풍을 치는 것만으로 나는 우위에 설 수 있었다.

세상도 뭔가 그럴 것 같았다. 이 세상은 사실 허점투성이여서, 야심만만한 젊은이가 나타나 초패왕이나 카이사르처럼 칼을 휘두르면 적들은 마분지로 만든 인형처럼 무너지고 말 것 같았다. 동기 녀석들이 기껏해야 부모에게서 용돈을 타 쓰는 주제에 경제가 어렵다고, 취업이 안 된다고 우중충한 표정을 짓고 있으면 나는 오히려 지금이 주식을 살 때고 부동산을 살 때라고, 내가 돈만 있으면 그랬을 거라고 큰소리쳤다. 그리고 공부는 하지 않았다.

나는 틈만 나면 기숙사와 하숙집에서 지방 출신 유학생들을 상대로 도박판을 벌였는데 잃을 때보다는 딸 때가 더 많았다. 한 푼이라도 잃을까 봐 겁먹은 녀석들과 몇 번 잃어도 괜찮다고 생각하는 사람이 포커를 치면 승부는 당연히 후자 쪽으로 기울게 돼 있다. 여자아이들을 유혹하는 것도 그와 비슷했다.

나는 그렇게 만용을 부리면서도 대학 졸업장이라든가 재산 따위의 속물적인 기준에 대해서는 아무런 의심도 품지 않고 그대로 받아들였다.

나이가 들면서 용기는 사라지고 기준은 마음속에 그대로 남았다. 그리고 그 기준에 따르면 내가 시골 시청의 공무원 아버지를 두고 시시한 대학을 다니는, 돈 없는 대한민국 남자임을 인정할 수밖에 없었다. 머릿속에 든 것도 없고, 허풍을 치는 것 외에는 잘하는 일도 없고, 전망도 없는.

군에서 제대해 복학할 때가 되니 왈칵 겁이 났다. 재수나 편입을 하기에는 시간도 없고, 돈도 없었다. 2년 뒤에는 취직을 해서 돈을 벌어야 했다. 그런데 평균 학점은 B와 C 사이였다.

뭐야 씨발, 나 또 이미 늦은 거야?

스물다섯 살이 될 때까지 그렇게 남 탓을 하면서 인생을 살았다.

그런데 내 이야기는 여기까지다. 왜냐하면 이 책은 나에 관한 것이 아니니까.

이 책은 나의 후배인 세연에 관한 이야기다.

정세연이라는 인물을 뭐라고 설명하면 좋을까?

구약시대의 예언자들이 그와 비슷하지 않았을까 싶다. 어느 날 갑자기 자신이 신의 계시를 받았다며 도시의 멸망과 지옥 불에 대해 떠들어대는, 살짝 맛이 간 사람들. 그러나 묘하게도 개인 자체는 강한 매력을 지녀 주변 사람들에게 큰 영향력을 발휘할 수 있는 캐릭터. 가만히 있어도 눈길이 가고, 정신 나간 주장을 해도 설득력 있게 들리는 사람.

현대의 예로는 살인마 찰스 맨슨을 들 수 있다. 사교(邪敎) 집단을 이끌며 기괴한 논리로 세상이 썩었다고 외치고 숭배자들에게 살인 또는 자살을 지시했다는 점에서 찰스 맨슨의 행적은 정세연과 상당 부분 겹친다.

그렇다고 세연이 자신을 과시하는 유형이었다는 얘기는 아니다. 내가 본 세연은 오히려 그 반대다. 가능하면 모습을 드러내지 않고 다른 사람들과 어울리지 않는 성격이었다.

"찰스 맨슨과 그 일당이 고작 8명을 죽이고서 얻은 불멸성을 생각하면 놀라울 뿐이야. 그는 타이타닉이나 제임스 딘과 같은 현대의 아이콘이 됐지. 퀴리 부인이나 히틀러보다는 덜하지만 23대 미국 대통령이라든가 한국의 초대 헌법재판소장보다는 훨씬 더 유명하잖아."

세연이 내 자취방 침대 위에 누운 채 말했다.

"23대 미국 대통령이 누구야?"라고 내가 묻자 세연은 "벤저민 해리슨, 한국 초대 헌법재판소장은 조규광"이라고 주저 없이 대답했다.

우리 패거리가 어울렸을 때, 세연은 내 자취방을 자주 드나들었다. 학교 근처에 자취방이 있는 사람이 나뿐이기도 했지만, 꼭 그 이유 때문만은 아니었는지도 모른다. 다른 멤버들보다 나를 하찮게 여겨서였는지도 모른다.

어쩌면 외음부 경직이라는 둥 불감증이라는 둥 농담처럼 둘러대던 핑계가 정말이었는지도 모른다. 병권이나 휘영 앞에서와 달리 나와 있을 때는 섹스를 염려할 필요가 없었고, 그래서 긴장을 풀 수 있었는지도 모른다.

세연은 내 자취방에서 담배를 많이 피웠다. 그녀는 천장을 바라보며 담배를 피우다 흥미로운 생각이 떠오르면 고개를 돌려 눈을 빛내며 내게 말했다.

"인터넷에는 지지자들이 만든 것까지 포함해 찰스 맨슨에 관한 웹사이트가 수천 개 있는데, 그중에는 감옥에 있는 찰스 맨슨 본인이 직접 운영하는 공식 홈페이지도 있어.

찰스 맨슨보다 사람을 더 많이 죽인 범죄자는 그 전에도 그 뒤에도 얼마든지 있었어. 테드 번디는 최소한 36명에서 60명 가까이 죽였고, 존 웨인 게이시는 33명을 죽였지.

그런데 왜 찰스 맨슨만 그렇게 유명해졌을까?

샤론 테이트 같은 유명인을 죽였기 때문이기도 하지만, 그보다는 다른 연쇄살인범들이 변태 성욕이나 저급한 권력욕을 주체하지 못한 저능아였던 데 비해 찰스 맨슨 일당은 일단 멀쩡해 보였고, 자기들의 행위에 조잡하나마 어떤 주장을 담으려고 했기 때문일 거야.

8명을 죽인 게 베트남에서 네이팜탄으로 수천 명을 해치운 것보다 나쁜가, 내가 아니라 너희 아이들이 사람을 해치웠고, 그런 교육을 한 것은 이 사회다 따위의 주장을 말이야.

물론 그것은 찰스 맨슨의 허황된 계획과는 아무런 상관이 없어. 그의 '헬터 스켈터' 철학은 찢어진 콘돔만큼의 가치도 없지. 그런데도 사람들은 맨슨의 말에 귀를 기울였어. 수십 년이나.

솔직히 8명을 죽이는 것보다 에베레스트산을 무산소 등정하거나 위대한 문학작품을 쓰거나 울트라 마라톤을 완주하는 일이 더 어려울 것 같지 않니? 히말라야에 오르거나 대하소설을 쓰거나 100킬로미터를 달리려면 몇 년에 걸친 엄격한 자기 관리와 강한 의지, 뼈를 깎는 훈련이 필요해.

하지만 사람을 8명이나 죽이는 것은, 그것도 맨슨 패밀리처럼 증거를 숨기려는 노력 따위 하지 않고 되는대로 저질러버릴 거라면, 그냥 마음만 먹으면 아무나 할 수 있지. 자동차 한 대나 어쩌면 식칼 한 자루만으로도 할 수 있어.

단지 정상인이라면 감히 넘을 생각조차 못 하는 어떤 선을 살짝 넘기만 하면 돼.

에드 게인이나 존 웨인 게이시처럼 완전히 미쳐버린 놈이 그 선을 넘는 건 의미가 없어. 그런 자들의 행위는 샴쌍둥이나 늑대인간증후군처럼 희귀한 유전병, 기이한 사건·사고의 영역에 속하는 것으로 간주되니까. 대개 사람들은 그 선을 넘은 자들을 완전히 미쳐버린 놈으로 규정함으로써 인간성의 정의를 보호하려 하지. 순환논법이야.

그러나 가끔은, 완전히 미친 건 아닌 것 같은 사람이 그 선을 넘어. 그러면 많은 것이 바뀌지. 처음으로 변기통을 미술관 안으로 갖고 들어온 사람은 예술의 개념을 바꿨고, 처음으로 비행기를 납치해 건물에 처박은 놈들은 전쟁과 테러의 개념을 바꿨어.

만약 찰스 맨슨에게 사람들이 납득할 수 있을 만큼 조리에 닿는 메시지가 있었다면 그의 말은 얼마나 파급력이 있었을까. 그는 정말로 세상을 조금 바꿀 수도 있었어. 그러기 위해서는 단 8명만 죽이면 됐어. 8명을 죽였더니 온 세상이 덜 떨어진 몽상가인 그에게 귀를 기울였지. 어떤 사람이 에베레스트를 등정한 그해에 울트라 마라톤을 완주하고 스무 권짜리 대하소설을 펴내도 그렇게 매스컴을 타지는 못할 거야.

아무도 생각하지 못했던 선을 넘으며 아무도 생각하지 못했던 하나의 메시지를 외치는 것.

십자가형을 받고 죽은 사람은 수만 명이지만 사람들은 예수 그리스도와 베드로만 기억하지. 그리스도교는 단 한 사람의 메시지와 단 한 건의 십자가형에서 비롯됐어.

계획을 잘만 세운다면, 사악한 상상력이 따른다면, 단 몇 명의 죽음으로도 세상을 흔들 수 있는 메시지를 전할 수 있지 않을까?"

찰스 맨슨 한 사람이 여러 명의 젊은이를 조종할 수 있었던 것이나 그네들의 주장이 어설픈 추종자들을 낳은 원인에 대해 히피즘이라는 시대적 배경을 지적하는 이도 있을 것 같다. 정상적인 사회에서 한 사람이 멀쩡한 젊은이들을 자살을 하거나 살인을 저지를 만큼 광적인 정신상태에 빠뜨리는 것은 가능한 일이 아니라고. 그런 비판에 대해 나는 이렇게 답하겠다. 우리는 히피즘보다 더 거대한 정신적 유령이 세상을 지배하고 있는 시대를 살고 있다고. 우리는 위대한 좌절의 시대를—세연의 표현을 빌리면 '그레이트 빅 화이트 월드'를—살고 있다고.

그런 열패감을 극복하기 위해 붉은 티셔츠를 입고 국가대표 축구 선수들을 응원하거나 촛불을 들고 광화문에 모였던 게 아닌가.

찰스 맨슨보다 몇 배 더 교활하고 야심이 컸던 세연은 자신의 뜻을 펼치기 위한 순교자를 아무렇게나 고르지 않았다.

나와 휘영, 병권은 결코 나약한 정신의 소유자도 아니었고, 사이비종교에 빠질 만한 성격도 아니었다.

나는 20XX년 3월 'A대학 경영학과 취업 선배들과의 대화' 행사 뒤풀이가 있던 날 밤, 세연을 처음 만났다.

1006

하느님이 등장하면
모든 게 망가진다

인간은 자살하지 않고 살기 위해 신을 생각해낸 것이다. 이때까지의 세계사는 바로 이것에 불과한 거야. … 만인을 위한 구원의 길은 모든 사람에게 이 사실을 증명하는 데 있다. 그러나 단 한 사람, 최초에 그것을 자각한 자는 반드시 자살해야 한다.

—《악령》, 도스토옙스키

적그리스도와 소크라테스, 재프루더, 재키가 처음 모였을 때 재키는 "혹시 종교가 있는 사람 있어?"라고 물었다.

재키 자신은 '무신론을 믿는다'고 말했다. 설사 신이 존재하더라도 그 사실을 인정할 수 없다고 했다.

"나의 세계관은 세상에 신이나 절대적인 가치는 없다는 데에서 출발하기 때문에, 하느님이 등장하면 모든 게 망가져버려."

재키는 설명했다.

"신이 있다면, 모든 것은 신 중심이 되겠지. 내게 잠시 자유의 지가 있다고 해도 결국에는 내 모든 것이 나 아닌 다른 외부의 기준으로 평가받게 될 거야. 그러니 내가 모든 것의 중심에 서려면 신이 없어야 해."

"너는 신을 믿지 않지만 실제로 신이 있는 것으로 밝혀지면 어떻게 할 건데? 최후의 심판 날 신이 '이래도 날 안 믿을 거냐'라고 한다면?"

소크라테스가 물었다.

"그러면 신을 거부하고 지옥으로 가는 거지."

"모르는 일에 대해서는 가능성을 열어두는 게 합리적이지 않을까?"

"아니. 신에 대해서는 가능성을 열어두고 싶지 않아. 그런 가능성을 떠올리기만 해도 할 수 없는 일이 너무 많아지니까. 더구나 자기를 믿지 않는다고 사람들을 지옥에 보내는 신 따위는 있다 해도 별것 아니야."

재키는 고개를 들어 천장을 향해 담배 연기를 훅 내뿜었다. 촛불이 흔들릴 때마다 그녀의 가슴선도 덩달아 일렁였다.

적그리스도는 자신이 교회에 다닌 적이 있다고 말했다.

"중학생 때 교회에서 밴드를 했어. 꽤 괜찮은 밴드였지. 사실 밴드를 하러 교회에 다닌 거나 마찬가지였어."

그는 침대 위에 놓인 기타를 집어 들어 컨트리 가수처럼 좁은 방과 침대 위를 돌아다니며 성가 버전 〈에레스 투〉의 첫 소절을 연주했다. 연주가 끝나자 적그리스도는 손가락으로 총 모양을 만들더니 재키와 소크라테스, 재프루더를 각각 가리키며 "아멘, 아멘, 아멘"이라고 말하고는 자리에 앉았다.

　"그런데 왜 교회를 나가지 않게 된 거야?"

　"우선 나는 10계명을 다 지키면서 살 수 없어. 너희는 거짓말 안 하고 살 수 있냐. 신들린 것처럼 찬송가를 부르는 어른들을 보면 죄다 천치, 얼간이 같아 보여서 난 저러지 말아야겠다는 생각이 들더라고. 그리고 내가 무슨 강간범도 아니고 연쇄살인범도 아닌데 설마 천년만년 불 고문을 받겠어? 나는 하나님이 없어도 되고, 내가 죽은 다음에 아무것도 없어도 돼. 난 그냥 멋있게 살고 싶을 뿐이야. 큰 틀에서 보면 네 얘기나 내 얘기나 다 같아."

　"멋있게 살 수 없는 상황이 오면 어떻게 할 건데?"

　"예순다섯 살, 아니 예순네 살이 되면 가진 돈을 다 털어 호화 세계여행을 떠날 거야. 그래서 1년 동안 실컷 놀고 즐긴 뒤 예순다섯 살 생일에 근사한 파티를 연 다음 북해에 뛰어드는 거지. 너희도 그때 내 파티에 와."

　적그리스도는 마치 이 계획을 전부터 생각해온 듯이 말했다.

　"왜 예순네 살까지 기다려? 폼 나게 자살하려면 20대에 해야 하는 거 아니야?"

소크라테스가 따졌다.

"스물, 스물다섯에 죽는 놈들은 철이 덜 들어서 그런 거지…… 인생에 즐길 게 얼마나 많은데 왜 그때 죽어? 다 아무것도 하기 싫은 놈들의 게으름이고 감상 과잉이지. 난 삶의 단물을 마지막 한 방울까지 쪽쪽 다 빨아먹고 내 인생의 쾌락의 총합이 최대가 되는 시점에 죽을 거야. 그런데 쾌락의 총합에서 고통의 총합을 뺀 양이 최대가 되는 때가 대강 예순다섯 살이라는 거지. 뭐, 의학의 발전 같은 것도 고려해야겠지만 말이야."

"만약에 주변 상황이 변해서 쾌락은 줄어들 게 분명하고, 고통은 크게 늘어날 것 같다면 어떻게 하지? 예컨대, 죽지는 않지만 무지막지한 고통을 주는 불치병에 걸린다면?"

재키가 물었다.

"그런 경우에는 예순다섯까지 기다릴 필요 없이 바로 자살 파티지."

"다 말장난이야. 우리한테 쾌락이 얼마가 남아 있는지, 고통이 얼마나 남아 있는지 누가 어떻게 알겠어."

재프루더가 오징어 다리를 찢어 종이 접시에 놓고 소주를 마시며 대화에 끼어들었다.

"우리에겐 다 숨겨진 가능성이 있다고. 아무리 비참한 상황이 닥쳐도 그 뒤에 어떤 미래가 기다리고 있을지는 아무도 모르는 거야."

재프루더는 혼잣말처럼 웅얼거렸다.

"어디서 〈리더스 다이제스트〉에나 나오는 얘기를 하고 있나?"

적그리스도가 핀잔을 줬다.

2.

'취업 선배들과의 대화' 행사 뒤풀이는 신촌에 있는 놀부 부대찌개 집에서 열렸다.

나는 처음부터 이 행사가 마음에 들지 않았다. 요즘 같은 때 취직한다는 게 얼마나 힘든지는 나도 안다. 취직한 사람들의 요령을 배우자는 취지도 좋다. 그러나 취직한 게 존경할 일이라고까지는 생각하지 않는다. 그런데 '취업 선배들'은 그런 존경을 강요했다.

우습게도, 부대찌개 집에 모인 대학생 대부분이 실제로 그런 존경의 눈빛을 직장 초년병들에게 보내고 있었다. 특히 H그룹 인사부에 있다는 선배와 K그룹 채용 담당이라는 선배 두 명이 그런 눈빛을 집중적으로 받았다. 채용 담당 대리의 힘이 도대체 얼마나 크기에?

H그룹 인사부 선배는 요즘 대학생들에게는 도전 정신이 없다는 이야기를 한참 늘어놓았다.

"요즘 학생들 보면 이렇게들 패기가 없어서야 참 걱정이다 싶을 때가 있어. 세세한 스펙 따위 별 상관도 없으니 거기에 목숨 걸고 그러지 말고 큰 꿈을 가져봐."

"그런데 왜 청년들한테 도전 정신이 있어야 하는 거죠?"

내 물음에 H그룹 과장은 황당하다는 표정을 지었다.

"그러면 늙은이들더러 도전 정신을 가지라고 하겠니?"

숭배자들―A대학 경영학과 학생들―의 웃음.

"도전 정신이 그렇게 좋은 거라면 젊은이고 나이 든 사람이고 할 것 없이 다 가져야지, 왜 청년들한테만 가지라고 하나요?"

"젊을 때는 잃을 게 없고, 뭘 해도 다시 일어설 수 있으니까 그럴 때 여러 가지 기회를 다 노려봐야 한다는 얘기지. 그러다가 뭐가 되기라도 하면 대박이잖아."

"오히려 오륙십 대의 나이 든 사람들이야말로 인생 저물어가는데 잃을 거 없지 않나요. 젊은 사람들은 잃을 게 얼마나 많은데……. 일례로 시간을 2, 3년만 잃어버리면 H그룹 같은 데에서는 받아주지도 않잖아요. 나이 제한을 넘겼다면서."

"대신에 그에 상응하는 경험이 남겠지."

"무슨 경험이 있든 간에 나이를 넘기면 H그룹 공채에 서류도 못 내잖아요."

"애가 원래 좀 삐딱해요."

누군가가 끼어들어 제지하려 했으나 나는 멈추지 않았다. 나는 술을 마시면 멈추는 법이 없었다.

"저는요, 젊은이들더러 도전하라는 말이 젊은 세대를 착취하려고 하는 말이라고 생각해요. 뭣 모르고 잘 속는 어린애들한테 이것저것 시켜봐서 되는지 안 되는지 알아보고 되는 분야에는 기성세대들도 뛰어들겠다는 거 아닌가요? 도전이라는 게 그렇게 수지 맞는 장사라면 왜 그 일을 청년의 특권이라면서 양보합니까? 척보기에도 승률이 희박해 보이니까 자기들은 안 하고 청년의 패기 운운하는 거잖아요."

"이름이 뭐랬지? 넌 우리 회사 오면 안 되겠다."

그 말을 듣고 나는 빈정대는 말투로 한마디 내뱉었다.

"거 봐, 아까는 도전하라고 훈계하더니 내가 막상 도전하니까 안 받아주잖아."

1138

큰 꿈 없는 세대

• C세대: 2005년 〈매일경제신문〉이 처음 사용한 것으로 추정. 콘

텐츠(Contents)를 창조(Create)하는 소비자(Consumer)라
는 의미.

• D세대: 삼성경제연구소가 처음 사용. '디지털(Digital) 네이티브'
　　　라는 의미이며, 온라인 네트워크에 몰두하고 반항적 코
　　　드가 담긴 콘텐츠를 선호하는 젊은 층.

• E세대: 2005년께부터 일부 언론이 사용. 대개 정보통신(IT)에
　　　강하다는 의미이나 끊임없이 공부하고 교육(Education)
　　　을 받는다는 뜻도 있음.

• G세대: 〈조선일보〉가 처음 사용. 글로벌(Global) 마인드를 갖고
　　　자란 세대로 자신감과 한국 사회에 대한 신뢰가 강함.

• I세대: 자신의 미래를 위해 투자(Invest)하는 세대. 인터넷
　　　(Internet) 또는 아이팟(iPod)을 능숙하게 사용한다거나
　　　자기(I)중심적이라는 의미로 쓰는 언론도 있음.

• M세대: 2000년께부터 일부 언론이 사용했으나 〈한국일보〉가 몇
　　　년 뒤 창간 특집에서 크게 다룸. 휴대전화(Mobile)를 사
　　　용하며 내(Me)가 세상의 중심이라고 생각하는 젊은 층.

• **P세대**: 제일기획이 처음 사용. 적극적인 참여(Participation) 속에서 열정(Passion)과 힘(Power)을 바탕으로 사회 패러다임의 변화(Paradigm shift)를 일으킴.

• **U세대**: 〈국민일보〉가 처음 사용. 유비쿼터스(Ubiquitous) 세대인 이들은 휴대전화나 인터넷으로 언제 어디서나 정보를 공유하며 서로의 존재를 확인함.

한때 재키는 '큰 꿈 없는 세대'라는 정의를 검토한 적이 있다. 그녀가 만난 똑똑한 20대들은 자신의 꿈이 국제변호사라거나 펀드매니저라거나 아니면 카페를 차리는 것이라고 말했다. 돈 잘 벌고 폼 나는 직업을 갖겠다는 것 이외에 정말 흥미로운 아이디어를 이야기하는 사람은 없었다.

'큰 꿈 없는 세대'를 만드는 요인에는 여러 가지가 있다.

우선 한국이 선진국이 되어가면서 사회체제가 안정되고 1970년대나 80년대처럼 파이가 많이 남지 않았다. 각 조직의 관료화가 완료돼 조직 내 세대교체가 쉽지 않아졌고, 새로운 일자리는 대개 서비스업에서 만들어지는 단순노동거리다. 대단치도 않은 눈앞의 과실을 따기 위해 온 힘을 쏟다 보면 그만큼 생각의 폭이나 인물의 그릇이 작아지게 된다.

말 잘 듣는 아이가 좋은 성적을 거두는 교육이나 조직문화도 문제겠고, 세계화가 갑자기 진행된 것도 관련이 있을 터다. 과거 한국 기준으로는 큰 꿈이던 것이 이제는 그렇지 않으니까.

'단군 이래 가장 많이 공부하고, 제일 똑똑하고, 외국어에 능통한 세대'라는 주장은 칭얼거림에 불과하다. 그게 무슨 소용인가? 과거 세대도 그들에게 주어진 무대에서 썩 잘했다.

게다가 과거 세대들은 민주주의라든가 자본주의 정착, 근대체제로의 편입과 같은 중요한 역사적 과업도 이미 달성했다. 이제 남은 것은 양성평등이나 환경문제와 같은 거대 이데올로기라기보다는 소주제에 해당하는 것들이다.

그다음에 나오게 될 이슈들은 한 세대의 과업이나 종교의 대용품이 되기에는 지나치게 사소한 것이리라. 성적 소수자 보호, 동물 보호, 장애인 인권 문제, 소비자 운동, 저개발국 원조 프로그램 등등.

그래서 이 세대는 큰 꿈을 가질 수 없게 됐다.

'왜 젊은 사람에게 도전을 강요하느냐'는 걸 따지다 그만뒀으면 뒷수습을 할 수 있었을 텐데, 나는 거기서 멈추지 않았다. 난 항상 그게 문제다.

K그룹 대리가 옆자리에 앉은 여학생의 어깨에 손을 올린 것이 발단이었다. 심사가 꼬여 있던 나는 얼굴을 찡그리며 "그 손 내리시죠"라고 말했다. K그룹 대리도 움찔했다. 그의 행동을 성추행

으로 몰고 가는 것은 치사한 일이었다. 다른 부위도 아닌 어깨였고, 손을 딱 한 번 올렸을 때 내가 지적한 것이었으니까.

그래도 K그룹 대리가 뺨이 부딪치는 건 아닐까 싶을 정도로 옆자리 여학생과 얼굴을 가까이 하며 이야기를 한 것은 사실이었다. 가만히 뒀더라면 진짜 성추행이 벌어졌을지도 모른다. 그때까지 기다려야 했는데.

평소 나의 말투나 눈빛이 시건방지기 이를 데 없다는 사실을 먼저 고백해야겠다. 내 친구 중 한 명의 표현을 빌리면 나는 상대방에게 '수컷 본능'을 불러일으키는 남자였다. '이유는 잘 모르겠지만 저놈한테는 지고 싶지 않다'는 생각이 들게 하는 녀석. 내게는 세상 많은 것이 우습게 보였고, 남자들은 자신이 우습게 보이는 것을 참지 못한다.

K그룹 대리는 당황해서 "뭐?"라고 말했다. 그때 그가 조금 경륜이나 기지를 발휘해서 얼른 사과를 하거나 화제를 슬쩍 다른 데로 돌렸다면 좋았을 것이다. 그러나 그는 "뭐?"라고 말했고 나는 "아, 그 손 좀 떼고 이야기하시라고요"라고 대답했다.

그다음에는 두 수컷 사이의 전쟁이었다. "술을 많이 마셨구나" "멀쩡한데요"에서 "말버릇이 그게 뭐야, 건방지게" "선배면 단가?"까지는 2분도 안 걸렸다.

"우리가 여기 강연료라도 받으러 온 줄 아냐? 후배들 잘되라고 진짜 급한 업무 약속도 미뤄놓고 왔는데 이건 뭐……."

"그건 고마운데 여자 후배 어깨에 손은 올려놓지 말라고요."

"너 지금 애 어깨에 선배님이 손 올린 게 기분 나쁜 게 아니라 그냥 시비 한번 걸고 싶어서 이러는 거 아니야?"

K기업 대리를 편드는 학생.

"이 친구만 원래 이런 거지? 요즘 애들이 다 이렇진 않지?"

한 말씀 하시는 K기업 대리.

"아, 씨."

괜한 짓을 했다는 걸 그때서야 알아차린 나.

"뭐, 씨발?"

"씨발이라고 안 했는데요."

평소 성깔 같았으면 이쯤에서 상을 뒤엎고 일어났어야 했는데, 나는 그냥 숟가락만 쩽 소리 나게 상에 내려놓고 자리에서 일어났다.

"갑자기 배가 아프네. 먼저 좀 일어나겠습니다."

난봉꾼은 사람들의 싸늘한 눈빛을 받으며 자리에서 일어나 가방을 챙기고 식당을 나섰다. 멀리 떨어져 앉아 있어서 이 상황을 알지 못하는 학생들은 "어, 벌써 가게?"라며 알은체했다.

될 대로 되라지.

나는 휴대전화를 꺼내 'A대학 경영학과 애들'이라는 그룹으로 저장된 사람 중 이름이 낯익다 싶은 녀석들에게 문자메시지를 보냈다. '오늘 술 먹고 싶은 사람 우리 집으로 모여라. 내가 쏜다.' 경영학과는 학생 수가 너무 많은 데다 학부 수업이 있는 것도 아니다 보니 졸업할 때까지 서로 얼굴도 모르는 사람이 많았다.

신촌 거리를 걷는 동안 응답 메시지가 몇 개 왔다. '왜 먼저 갔어?' '공모전 준비하느라 바쁘다' '술 좀 그만 마셔라' '같잖은 영웅심리 빨리 벗어던져라'…….

1570

기자가 돼보는 게 어때?

사람들은 대부분 미래를 맥도날드화의 '벨벳 감옥'으로 보고 있다. 맥도날드화가 자신들을 끊임없이 가두어놓고 있음을 인정하지만, 그러한 상황을 매우 편안해한다. 그들은 맥도날드화된 세계를 좋아하고, 심지어는 갈망하며, 그것의 지속적인 성장과 번성을 환영한다. … 그들이 알고 있는 유일한 세계인 맥도날드화된 사회는 좋은 맛과 높은 질에 대한 기준을 대표한다.

—《맥도날드 그리고 맥도날드화》, 조지 리처

"가끔 차라리 일제강점기나 1960년대쯤에 태어났으면 좋겠다고 생각하지 않아? 난 왠지 네가 그런 캐릭터라고 생각해. 독립운동이나 민주화운동을 해야 할 것 같거든."

소크라테스는 재키를 따라 학교 안으로 들어가며 그녀의 이야기를 들었다. 방학인 데다 저녁 시간이라서 학교 안은 한산했다.

"무슨 말이야?"

시멘트로 만든 연못은 아주 작았다. 문과대학 건물 뒤쪽의 음침한 구석에서 고인 물 탓에 썩은 냄새를 풍기는 물웅덩이. 난데없는 이 연못의 용도는 아무도 몰랐다. 분수대를 만들다 만 것일까?

콘크리트 바닥은 물이끼와 수초에 덮여 있어서 잘 보이지 않았고, 물 위에는 빛 바랜 나뭇잎이 몇 장 떠 있었다. 소금쟁이가 몇 마리 있었고, 작은 날벌레들이 날아다녔다.

"의미 없는 삶을 못 견디는 것 같아서. 넌 공산혁명 같은 거창한 명분을 주면 겉으로는 왜 이런 시대에 태어났는지 모르겠다고 불평하면서 속으로는 흡족해 어쩔 줄 모를걸. 체제 전복 계획 같은 걸 짜면서 살아 있음을 느끼는 성격이지."

소크라테스는 연못가의 다 썩어가는 벤치에 앉았다. 뒤로는 아무도 관리하는 사람이 없는 듯 음침하기 짝이 없는 작은 숲이 있고, 앞에는 연못과 문과대 건물이 있었다. 선명하지도 않은 석양빛과 햇무리를 쳐다보고 있으려니 기분이 불쾌해지는 데다 건물에 하늘이 정확히 절반이 가려 답답했다. 조금 떨어진 벤치에서는 커플 한 쌍이 서로 안고 있었다.

"오히려 그런 건 너 아니야? 만약 네가 일제강점기나 1960년 대에 태어났다면…….""

"내가 여전사가 됐을 거라고 생각해?"

자신이 하려던 말을 재키가 먼저 해버리는 바람에 소크라테스는 깜짝 놀랐다.

"응."

"아닌데."

"나도 네가 생각하는 그런 사람이 아니야. 나를 그렇게 생각해주는 건 고맙지만, 그건 과대평가한 거야. 난 그저 비겁자 콤플렉스에 시달리는 중산층 자식일 뿐이야."

소크라테스는 자조 섞인 어조로 내뱉듯이 말했다.

"비겁자 콤플렉스가 뭐야?"

"나는 내 인생에서 중요한 결정을 한 번도 스스로 내리지 못했어. 모든 걸 부모나 사회가 원하는 대로 했지. 고등학생 때에는 대학을 가지 않고 시를 쓰거나 영화감독이 되는 걸 꿈꾸기도 했지. 그런데 실천하지는 못했어. 대단한 부잣집은 아니었지만 그렇다고 가난 때문에 고생한 적도 없지. 중간고사 성적이 떨어지는 것 따위 외에 진짜 위기라는 걸 내가 겪어본 적이 있을까? 아버지 사업이 망한 적도 없고 어머니가 돌아가시지도 않았지. 공부도 잘했고 심지어 부모님도 좋은 분이야. 그렇게 여기까지 왔어. 돌이켜보면 모든 게 합리적인 결정이었지만, 너무 쉬운 길로만 걸어왔다는 데에 죄책감을 느껴. 독립운동가까지 갈 것도 없이, 그냥 자수성가한 사람 이야기만

들어도 부끄러워. 안전하게만 살아온 나 자신이 부끄러워."

재키는 더 얘기해보라는 듯한 표정을 지었다.

"난 공부를 곧잘 하는 편이었어. 선생들도 부모님도 모두 내가 서울대에 갈 거라고 생각했지. 그런데 수능 성적이 너무 시원찮게 나온 거야. 2지망으로 우리 학교에 합격했는데 주변에서는 내가 재수를 할 걸로 알고 있었어. 하지만 나는 재수를 하지 않았지. 1년 더 공부해야 한다는 게 두려웠거든. 재수 학원에 가긴 했는데 그 건물 전체에 어린 패배의 기운을 도저히 참을 수가 없었어.

나는 패배자가 되는 게 너무 무서웠고, 지금도 두려워. 내가 받은 교육이라고는 어떻게 하면 패배하지 않느냐에 대한 것뿐이었지. 그래서 승리도 하지 않고 패배도 하지 않는 안전한 방법을 익히고 그대로 살고 있어. 그런데 이게 뭐야? 고등학교를 졸업한 지가 몇 년인데 아직도 학벌 콤플렉스가 있다니.

대학에 들어와서 처음 여자 친구를 만났을 때에는, 성격이 별로 맞지 않는데도 얼굴이 예쁜 아이를 사귀었어. 못생긴 여자와 사귀면 패배한 것 같은 느낌이 들 테니까. 나중에 정말 괜찮은 아이를 만났다고 생각했는데 그 아이가 미국으로 유학을 간다고 했어. 가기 전에 헤어졌어. 그 아이한테 인생을 거는 게 두려웠거든. 군대도 육군 사병으로 가는 게 두려워서 카투사를 지원했지. 그리고 이제는 죽을 때까지 끝내 이런 모습에서 벗어나지 못하는 게 아닌가 두려워."

주변은 이미 어두워졌고 바람이 불기 시작했다. 가로등이 금방이라도 꺼질 듯 위태롭게 깜빡였다.

재키는 벤치에서 일어나 연못을 향해 걸어가며 소크라테스에게 물었다.

"저런 연못에도 사람이 빠져 죽을 수 있을까?"

"술에 취해 거리에서 자다가 비가 올 때 생기는 웅덩이에 익사하는 사람도 있대."

수심이 고작해야 50센티미터 안팎일 시멘트 연못은 더러운 땅에 뚫린 더러운 구멍처럼 보였다.

"여기만 오면 항상 기분이 이상해져. 높은 곳에 오르면 뛰어내리고 싶은 기분 알지? 그런 기분이 들거든. 그런데 정말이지 저 물에 빠져 죽고 싶지는 않아."

소크라테스는 왠지 불안해져서 한 손을 재키의 어깨에 올려 부드럽게 잡아당겼다. 재키는 그 손을 거부하지 않았다.

"신문기자가 되는 건 어때?"

재키가 불쑥 말했다.

"기자?"

"어쨌든 바쁘고, 뭔가 옳은 일을 하고 있다는 감각 같은 것을 네게 줄 테니까. 아니, 적어도 뭐가 옳고 뭐가 그른지에 대해서 계속 생각할 거리를 줄 테니까 말이야. 너한테는 그런 게 필요해."

서로 안고 있던 커플은 그때까지도 벤치에 앉아 있었다. 커플 옆을 지날 때 소크라테스는 커플 중 남자 쪽이 재키의 얼굴을 보고 입을 떡 벌리는 모습을 보았다. 재키는 그 정도로 아름다웠다.

나는 학교 근처의 하숙촌 반지하방에서 자취를 했다. 내 자취 방이라고 하면 퀴퀴한 냄새에 술병이 굴러다니고, 널린 빨래 사이로 바퀴벌레들이 기어다닐 것이라고 생각하겠지만, 사실은 전혀 그렇지 않았다. 이사를 하기 전에 수성페인트 한 통과 페인트 롤러를 사서 직접 도장을 했고, 화장실에는 악취제거제를 뿌렸고, 최고로 독한 약을 발라서 벌레를 한 마리도 남김없이 모두 소탕했다.

'취업 선배들과의 대화'가 있던 날 밤, 내가 예상하지 못했던 손님들이 지하방을 찾아왔다.

제일 먼저 온 사람은 휘영이었다. 동기였지만 그다지 친한 사이가 아니었기 때문에 나는 다소 어색하게 그를 맞았다. '저 자식이랑 둘이서 술을 마셔야 하면 어떡하지' 하는 걱정마저 들었다.

"들어가도 되냐?"

"당근이지."

휘영은 그다운 차림이었다. 하늘색 니트 스웨터에 베이지색 면바지. 전 과목 A를 받고, 공모전을 준비하는 동아리를 이끄는 복학생 오빠.

휘영과 둘이서 소주를 반병 정도씩 마셨을 때 병권이 왔다. 한 학번 후배로 말수가 적은 녀석이었다. 그는 항상 굳은 표정이어서 살짝 무섭다는 느낌마저 들었다.

"들어가도 돼요?"

"그럼, 그럼!"

나는 과장되게 그를 맞았다. 어쨌든 휘영과 둘이 있는 것보다는 한 명이라도 더 있는 게 좋았다.

"잘했다는 건 아니지만, 아까 기분은 통쾌하더라. 대기업에 다닌다고 거들먹거리는 꼴이 정말 같잖았어."

"저는 형 성격에 주먹이라도 휘두르는 건 아닌가 걱정했어요. 그 대린지 뭔지는 얼굴이 붉으락푸르락하더라고요."

두 사람의 칭찬에 나는 기분이 좋아졌다.

"우리처럼 시대를 잘못 만난 세대를 위해서는 사회가 어떤 보상책을 마련해야 해. 부잣집에서 태어나 재산을 물려받는 사람에게는 상속세를 부과하잖아. 그런 것처럼 호시절에 태어나 걱정 없이 사회에 진출하는 사람들한테는 '불경기에 취업 시장에 나오는 세대를 위한 지원세' 같은 목적세를 도입해야 해. 그렇게 마련한 돈은 우리 같은 세대를 위해 쓰는 거지. 그건 정당한 소득분배니까 그놈들이 뻐겨서도 안 돼."

나는 흥에 겨워 또 헛소리를 늘어놓았다. 우리는 '저주받은 ○○년생'류의 이야기를 이어나갔다.

"1980년대에는 대학생들이 정치의 상당 부분을 담당했고, 1990년대에는 대학생들이 대중문화의 중심이었지. 지금 우리는 뭘까? 아무것도 아니야. 작은 유행 하나 만들어내지 못해. 이렇게 형편이 어려운데도 반항 정신이나 독립심조차 이전 세대에 못 미치지."

휘영이 불만을 토로했다. 병권은 거기에 하나를 더 보탰다. 이 세대에 태어난 남자들은 연애 시장에서도 앞선 세대에 위협을 받는다는 것이다. 1973~1977년에 태어난 한국 남자들은 자기와 비슷한 연배의 여자를 사귀는 데 아무런 문제가 없고, 1978년 이후에 태어난 여자들도 쉽게 사귈 수 있다. 경제력이 받쳐주기 때문이다. 반면에 1978년 이후에 태어난 남자들은 자기와 같은 세대의 여자를 사귀는 일도 힘들어진다.

그래서 우리가 아무도 애인이 없는 거구나. 썩을 놈의 세상이다, 우라질 놈의 세상이야! 이게 다 시대를 잘못 타고난 탓이야. 그렇게 되지도 않는 수다를 떨고 있는데 갑자기 형광등이 나가버렸다.

"뭐죠? 안 되는 놈들은 뭘 해도 안 되는 건가?"

병권이 중얼거렸다.

"잠깐 기다려봐."

나는 라이터를 켜고 서랍을 더듬어 손전등과 양초 몇 개를 꺼냈다.

"집에 초가 왜 이렇게 많아?"

"여자애 데리고 왔을 때 초를 켜놓으면 분위기가 얼마나 죽인다고. 너 같은 범생이는 모르겠지만."

"지금은 여자가 없잖아."

그때 마침 세연이 우리 얘기를 듣고 있었던 것처럼 나에게 전화를 걸어왔다.

세연은 교내 유명 인사였다. 학생들 사이에 부러움의 대상이 되고 있는 '21세기 지도자 장학생'이었다.

21세기 지도자 장학생은 지금은 물러난 대학 총장이 야심 차게 도입한 제도였다. 수능 상위 0.1퍼센트에 해당하는 성적을 거둔 학생이 우리 학교에 지원하면 졸업할 때까지 전액 장학금과 얼마간의 생활비를 지원하고, 기숙사 독방과 교환학생 특전을 주며, 멘토 교수를 따로 지정해 학사 생활을 관리해준다는 것이다. 그뿐 아니라 졸업 후 우리 학교 대학원에 오고 싶다면 시험을 보지 않아도 되며, 21세기 장학생 출신은 본교 교수로 임용할 때에도 혜택을 주겠다고 했다.

　　세연은 얼굴도 무척 예뻤다. 그래서 3년째 학교 홍보 모델을 하고 있었다. 지하철에서 A대학 홍보 포스터를 보면 그녀가 책을 가슴에 안고 허리를 틀어 매력적인 미소를 짓고 있고, 그 아래 'A대학교 경영학과 ○○ 학번 정세연'이라고 적혀 있다.

　　한편 세연은 경영학과 학생들 사이에서 수상한 여학생으로 알려져 있었다. 신촌 거리에서 그녀가 외제 차에서 내리거나 나이가 열 살은 더 많아 보이는 남자와 팔짱을 끼고 걷는 모습을 봤다는 아이들이 있었다. 사치스러운 그녀의 옷이나 명품 가방을 질시하는 목소리도 많았다. 집안 형편이 어려워 서울대에 가지 않고 A대학으로 온 것을 모든 사람이 알고 있는데 말이다. 악질적인 소문 중에는 그녀가 멘토 교수와 그렇고 그런 사이라는 얘기도 있었다.

　　무엇보다도 학생들은 그녀가 다른 동기나 선후배들과는 잘 어울리려 하지 않으면서 교수들이나 수업 조교와는 친하게 지내고, 결석이 잦으면서도 항상 시험은 잘 치르는 것을 못마땅해했다. 학생들은 그녀의 도도함을 싫어했다. 다른 사람들이 자신을 싫어하든 말든 그녀는 주위에 신경 쓰지 않고 승승장구하기만 할 뿐이라는 사실이 가장 받아들이기 어려웠을 거다.

그런 세연이 온다는 소식에 우리는 갑자기 긴장했다.

"너 원래 걔랑 친했냐?"

휘영이 내게 물었다.

"제대로 인사해본 적은 없는데……. 하지만 걔가 내 매력에 빠지는 건 시간문제라고 늘 생각하고 있었어."

세연은 터틀넥 티셔츠에 청바지 차림으로 나타났다.

"웬 촛불 파티예요? 남자들끼리."

세연은 남자들만 있는 방에 아무 거리낌 없이 들어와 안쪽 자리를 차지했다. 물론 남자들은 여왕에게 기꺼이 왕좌를 내주었다.

"다들 무슨 얘기를 하고 있었어요?"

"불행한 세대에 대한 이야기를 하고 있었어."

나는 그때까지 우리가 한 이야기를 좀 더 지적으로 들리게끔 포장해서 세연에게 들려주었다. 세연은 고개를 끄덕이며 말없이 듣기만 했다.

우리는 술을 여러 잔 마셨고, 촛불 불빛 속에서 나른한 분위기에 빠져들었다.

"그 대리나 과장도 딱해 보이던걸요. 딴에는 후배들의 존경과 관심을 한 몸에 받을 거라고 기대에 부풀어 학교에 왔을 텐데. 그걸 드러내놓고 하는 게 물론 세련되거나 고상한 일은 아니지만 그렇다고 비난받을 일도 아니잖아요? 그런 면에서 오늘 선배가 좀 야비했어요."

"잘도 관찰했네. 회식 자리에서는 어디에 있었던 거야? 그 부대찌개 집에서는 못 본 것 같은데."

"뒷자리에 얌전히 앉아 있었어요."

나는 세연 같은 유명 인사가 그렇게 눈에 띄지 않고 회식 자리에 앉아 있었다는 사실이 신기했다. 그녀는 어디에 있든 남학생들의 표적이 아니었던가?

"저는 제가 원하면 사람들의 관심을 받지 않을 수 있어요. 남자들이 접근하지 못하게 할 수도 있고요."

"그런 게 가능해?"

"전 사람들을 잘 다뤄요."

촛불에 비친 세연의 모습은 꿈을 꾸는 듯한 표정이었다. 세연은 가방에서 반짝거리는 담배 케이스를 꺼냈다. 그 안에 든 담배는 필터가 없었고, 담뱃잎 가루를 싼 종이도 뭔가 허술해 보였다.

"젊은 남자들을 다루기란 특히 쉬워요. 젊은 남자들이 예쁜 여자애의 관심을 얻는 것보다 더 중요하게 생각하는 게 뭔지 알아요?"

세연은 자신을 예쁜 여자애라고 부르는 데 조금의 부끄러움도 없었다.

"예쁜 여자애랑 섹스하는 거?"

"예쁜 여자애에게 무시당하지 않는 거요. 그래서 상대방에게

'여기서 잘못하면 자존심을 구길 수 있다'는 점을 슬쩍 암시하면 남자애들은 겁을 먹고 저를 모른 척해버리죠. 유용한 기술이에요."

그 방의 젊은 남자 세 사람은 바보처럼 세연의 말을 듣기만 했다.

"이를테면 말이죠, 여기 약간 특이하게 생긴 담배가 있어요. 내가 선배들과 이 담배를 같이 피우고 싶다면, 어떻게 할까요. 우선 제가 이렇게 한 대 피우고—세연은 담배에 불을 붙였다—, 그리고 이 담배가 좀 위험한 물건인 것처럼 으스대볼까요? 그러면 선배가 먼저 한 대 달라고 할지도 모르죠."

그녀는 새 담배 한 개비를 꺼내더니 내게 권했다. 나는 담배를 받아 입에 물고 불을 붙였다. 살짝 겁을 먹었지만, 필터가 없어서 독하다는 것 말고는 특별히 일반 담배와 다른 점을 알아채지 못했다.

"휘영 선배한테는 어떻게 해야 하죠? 뺨에 뽀뽀해주겠다고 하면 피울지도 몰라. 그렇죠?"

휘영은 얼굴을 붉혔다. 그는 세연에게서 '담배'를 한 개비 얻어 갔고, 순간 세연은 솜씨 좋게 휘영의 턱을 잡아끌더니 뺨에 입을 살짝 맞췄다.

"밖에 여관 잡아줄까?"

내 농담에 휘영은 아무런 대꾸도 하지 못했다. 어둠 속에서도 병권이 바짝 긴장하는 것이 보였다.

시간이 흐르자 서서히 '담배'의 약효가 나타나기 시작했다. 우려했던 것처럼 사물이 비뚤어 보인다거나 환각을 겪는 일 따위는 없었다. 보이는 것도 들리는 것도 그대로였다. 다만 몇 분 사이에 몇 년이 지나가버린 것 같은 기묘한 느낌과 이 세상에 나 혼자밖에 없는 것 같은 외로운 기분이 들었다.

"혹시 종교가 있는 사람 있어요?"

세연이 물었다.

"저는 무신론을 믿어요. 설사 신이 존재하더라도 그 사실을 인정할 수 없죠. 저의 세계관은 세상에 신이나 절대적인 가치는 없다는 데에서 출발하기 때문에, 하느님이 등장하면 모든 게 망가져버려요……."

3.

우리 집에 온 날이면 세연은 대개 새벽 두세 시까지 음악을 들으며 컴퓨터로 글을 쓰거나 책을 읽었다. 나와 번갈아 기타로 곡을 연주하기도 했는데 그녀는 기타 솜씨가 아주 뛰어났다.

밤이 되면 그녀는 미안한 기색도 없이 내 침대에서 잠을 잤고 나는 바닥에 이불을 깔고 잤다. 아침에 눈을 뜨면 그녀는 항상 먼저 일어나 화장을 마치고 옷도 깔끔하게 차려입은 뒤였다.

"기숙사에는 안 가도 되나 보지?"

"기숙사에서는 집중이 안 돼서 고시원을 따로 마련했다고 얘기해뒀거든."

나는 그녀에게 먼저 학교로 가라고 했지만 그녀는 나와 함께 등교하는 것을 꺼리지 않았다.

"어차피 아이들이 다 나를 걸레로 생각하는데 뭐."

그녀는 대수롭지 않다는 듯 말했다.

그러나 세연과 나 사이에는 신기할 정도로 성적인 긴장감이 별로 없었고, 우리는 섹스도 하지 않았다.

　　처음에는 신체 건강한 젊은 남녀가 한방에서 잠을 자면서 아무런 일도 생기지 않는다는 사실을 신기하게 여겼으나 이제는 그것이 세연의 용의주도한 관계 설정 때문이었음을 안다.

　　"나, 외음부 경직이 있어. 섹스를 하려고 해도 안 돼. 절개수술을 받아야 해."

　　어느 날 그녀는 진지하게 말했다.

　　그런 그녀가 휘영과 병권 앞에서는 요부 행세를 하고 있었다는 것을 그땐 몰랐다. 심지어 나와 밤을 보냈다는 사실을 두 사람에게 알려 자신을 위험한 여자로 여기게 하는 데 이용했다는 것도.

　　솔직히 세연이 어떻게 다른 사람의 마음을 그렇게 쉽게 쥐락펴락할 수 있는지는 당하는 나조차 영문을 모를 지경이었다.

　　그건 마치 춤의 대가로부터 스텝을 배우면서 춤을 추는 것이나 처음 보는 컴퓨터게임을 할 때 고수가 옆에 붙어서 마우스를 함께 쥐고 내가 할 일을 코치해주는 것과 비슷했다. 내 행동에 대한 통제권을 남에게 넘겼지만, 나도 어쨌든 신기한 경험을 하면서 거기에 빠져드는 상황.

　　우리는 밤이 되면 번갈아가며 기타를 잡고 노래를 불렀다. 나도 팝송을 상당히 아는 편이었으나 세연에는 미치지 못했다. 그녀는 팝송 몇 곡을 자기식으로 번안하고는 마치 자기가 작곡한 것처럼 행동할 때도 있었다. 그녀가 한 수많은 거짓말 중 일부였다.

그녀가 부른 곡 중 지금도 기억에 남는 것은 랜디 뉴먼의 노래를 정세연식으로 번안한 버전이다. 나는 그녀가 죽고 나서 몇 년이 지날 때까지도 그 노래의 제목이나 가수 이름을 몰랐다. 그러나 서글픈 멜로디와 우스꽝스러우면서 냉소적인 가사는 잊히지 않았다.

기억 속에서 세연이 내 방 구석에 앉아 기타를 안고 노래를 부른다. 가사는 정확하지 않다.

만약 한 가지 소망을 이룰 수 있다면
세상 모든 사람에게 하고픈 얘기가 있어
단상에 올라가 연설을 할 거야
우선 노래를 한두 곡 부르고
그다음에 사람들에게 말하겠어
험하디험한 세상입니다, 잔인한 세상이에요
마음먹은 대로 되는 것도 아니고요
하지만 한 가지 우리 모두 똑같이 바라는 게 있잖아요
함께 노래해요

당신들도 나처럼 상처받길 바라요
당신들도 나처럼 상처받길 바라요
당신들도 나처럼 상처받길 바라요…….

공무원이 되는 게 어때?

오늘날 신세계는 구세계만큼이나 경직돼버렸고, 사회는 본래의 유동성을 상실했으며, 노동자의 업무는 세밀하게 정해져 있다. 기회 역시 고정되어 개인은 출발부터 열린 미래를 갖지 못한다. 톱니바퀴 속에 자리 잡은 개인의 위치가 그의 인생 전체를 결정짓는 것이다. 물론 몇몇 우발적 성공이 아직도 자수성가라는 신화의 가능성을 열어두고 있기는 하지만 그것은 복권을 당첨금과 동일시하는 기만과 다를 바 없다.

—《미국 여행기》, 시몬 드 보부아르

"하고 싶으면 해."

"뭘?"

"날 덮쳐도 돼."

재키는 침대에 누워 적그리스도에게 말했다. 적그리스도는 그 말이 유혹인지 아닌지 속으로 가늠하고 있었다. 그는 재키가 자신이 처녀라고 주장하는 것이 마음에 걸렸다. 재키가 처녀일 거라고 믿지는 않았지만 자신이 그녀를 덮치려 하면 그녀가 말과는 달리 완강히 저항하리라 생각했다. 재키 역시 적그리스도와 처음 섹스를 할 때는 강간의 모양새를 취할 생각이었다.

"전부터 궁금한 게 있었는데, 왜 별명이 적그리스도야?"

"학교 밴드에서 공연할 때 찬송가를 펑크록으로 불렀거든. 창작곡을 만들 실력은 안 되고 명곡을 카피하려니 딱히 부를 노래가 없더라고. 그래서 찬송가를 록 버전으로 바꿔서 부르자고 했더니 다들 좋다고 고개를 끄덕였지. 막상 부르고 보니 굉장히 섬뜩하더라."

적그리스도는 자신이 생각하는 록의 역사에 대해 떠들었다. 그가 볼 때 헤비메탈 말기에 와서 록 밴드들은 '반대할 것이 없다'는 난제에 부딪혔다. 기존 체제, 기성세대, 이성애, 권위주의, 기독교, 자본주의 등 모든 것을 선배들이 이미 다 반대해버렸고, 이제는 적으로 삼을 수 있는 게 아무것도 남지 않았다. 그래서 나온 것이 뜻모를 가사를 웅얼거리는 얼터너티브록이었으며, 그런 얼터너티브가 자살하는 것은 당연한 귀결이었다. 그 뒤에는 정말 록 뮤지션들이 노래할 게 없었다. 심지어 록이 죽었다는 것조차 마릴린 맨슨이 불렀다.

"재미없지?"

재키가 물었다.

"뭐가?"

"매사가."

적그리스도는 "그렇다"고 대답했다. 앞으로 재미있는 일은 일어나지 않을 것이다. 잠시 침묵이 흘렀다.

"넌 한 1000년쯤 전에 태어났어야 했어. 정복 전쟁이라는 게 벌어지고 있던 시대에 말이야."

군대가 근대화되기 전, 대량살상무기가 나오기 전, 개인의 무용(武勇)이라는 게 의미가 있었을 때, 나라와 부족들이 별별 명분으로 전쟁을 일으키는 게 당연할 때, 인류가 야만과 관료주의의 중간 상태에 있었을 때.

"왜 그렇게 생각해?"

"너는 속박을 싫어하고 자유를 원하는 사람이야. 한편 세상의 종교나 이데올로기가 실제로는 별 볼일 없다는 것을 간파할 정도로 똑똑한 사람이기도 하지. 그런 태도는 허무주의로 이어질 수밖에 없고, 너는 어떤 고상한 명분을 받아도 거기에 진심으로 공감하지는 못할 거야. 조선의 독립이나 프롤레타리아혁명을 모의하는 사람들 가운데 있으면 너는 아마 속으로 웃음을 참거나 그 자리에 모인 사람들에게 가시 돋친 말을 하고 싶어서 견디지 못할 거야. 이론과 방법론을 가지고 논쟁이 벌어지기라도 하면 너는 입만 산 놈들이라며 그들을 비웃고 자리를 뜰지도 몰라. 네가 납득할 수 있는 것은 극단적인 이기주의와 폭력으로 이뤄진 세계지. 승자가 패자에게 싫은 일을 강요하는 게 당연한 세계에서 패자가 되지 않기 위해 싸우는 투쟁이야말로 네가 유일하게 가치를 인정할 수 있는 부분이야. 그런데 그런 투쟁이 벌어지는 세계는 오래전에 사라져 버렸어."

"지금도 그런 폭력적인 세계 아닌가? 강대국이 약소국에 불평등한 무역 조건을 강요하고, 기업 사냥꾼들이 인수합병을 일으켜서 거액을 챙기는 게 다 그런 거야."

"네가 원하는 폭력이 어떤 종류냐에 달렸지. 변호사가 되어 법정에서 전투를 벌이고 싶어?"

적그리스도는 대답을 하지 않고 담배를 찾아 꺼내 물었다. 그는 양반다리를 한 채로 상체를 구부정하게 숙이고 턱을 침대 위에 올려놓았다.

적그리스도는 자신이 1000년 전에 태어났다면 무엇을 명분으로 전쟁을 일으킬지에 대해 생각했다. 그냥 전쟁 중에 태어나는 게 좋으리라. 적은 정해져 있고, 무엇을 위해 싸울지는 고민하지 않아도 될 테니. 이미 적들이 내 아버지를 살해하고, 내 조상을 욕되게 하고, 우리 부족의 여인들을 범한 상태. 나는 그저 무기를 들고 싸우러 나가면 되는 거다.

복수! 얼마나 가슴 설레는 단어인가. 이 단어는 어떤 이유도 묻지 않는다. 그가 생각할 수 있는 가장 순수한 감정. 모든 회의 (懷疑)로부터 그를 구해줄 수 있는 가장 강력한 동기. 사랑과 달리 시간이 지나도 식지 않는 열정.

만약 평화로운 시대에 태어난다면 어떻게 하지? 그럴 때엔 무슨 명분으로 전쟁을 일으켜야 하지? 위대한 제국을 위하여? 인민의 승리를 위하여? 아니, 그는 체사레 보르자가 쓴 것과 같은 구호를 쓸 것이다. '체사레 혹은 무(無).' 나를 받아들이거나 아니면 무가 되어라.

복수와 정복은 결코 완성되어서는 안 되었다. 이뤄지는 순간 그 과제는 곧 거대한 공허로 변해버릴 테니까. 그 목표는 언제나 두어 발 앞에서 빛나고 있어야 했다. 아마 최선은 복수와 세계 정복을 눈앞에 두고 한 개인의 힘으로는 도저히 극복할 수 없는 운명 때문에 좌절하는 것이리라. 동서양을 막론하고 어떤 경지에 오른 무인들은 그 사실을 알고 있었다. 그래서 '내가 죽을 땅을 찾았다'거나 '오늘은 죽기 좋은 날'이라는 표현이 나온 것이다.

"나는 내 앞에 예정된 미래가 온통 패배의 길밖에 없는 것처럼 느껴져서 화가 많이 나 있지. 나한테 삶은 숙제야. 내가 죽을 날, 죽을 땅을 찾아야 하는. 마혁과시(馬革裹屍)라는 말 알아? 대장부는 싸움터에서 죽어 시체가 말가죽에 싸여 돌아와야지, 침대 위에 누워 여자의 시중을 받으며 죽으면 안 되는 거였어."

적그리스도는 이 복잡한 시대에서 그가 납득할 수 있는 폭력적인 죽음을 상상했다.

예를 들면 이런 것. 지하철역에서 유모차가 선로에 떨어지고, 전혀 알지 못하는 사람의 아기를 구하러 그가 뛰어내린다. 유모차에서 아기를 꺼내 플랫폼으로 올리지만 그 자신이 올라갈 시간은 없다. 이미 전차가 경적을 있는 대로 울리며 역에 들어선 참이다. 그는 달려오는 전차를 향해 이글거리는 눈으로 '씨발'이라든가 '염병' 따위의 욕을 한마디 내뱉고 야비한 웃음을 지으며 죽음을 맞이한다.

누구도 패배라고 부르지 않을 죽음, 은밀한 도피. 그러나 그렇게 해서 살려낸 아이의 삶이 그 자신의 삶보다 더 가치 있으리라는 보장이 있는가? 그건 그저 자신이 하기 싫은 숙제를 다른 사람에게 떠넘기는 행위가 아닌가?

"원래 인간들이 생물학적으로 정해진 평균수명대로 스무 살이나 서른 살 정도에 죽는다면 이런 고민은 하지 않아도 되었을 텐데."

적그리스도는 고등학생 때 사랑니를 두 개 뽑았고 군대에서 맹장수술을 받았다. 100년만 일찍 태어났어도 방향이 어긋난 사랑니 때문에 지독한 치통에 시달리다 20대 초반에 충수염으로 죽었을 것이다. 자신의 기대수명이 스물여섯 살이나 스물여덟 살이라고 생각하면서 사는 삶은 얼마나… 숙제 걱정 없이 알찰 것인가.

"공무원이 되는 건 어때? 7급이나 9급 공무원."

갑자기 재키가 침대에서 몸을 일으켜 적그리스도에게 제안했다.

"뜬금없이 무슨 소리야."

"어차피 이 세상에 네가 원하는 싸움은 없잖아. 몇 푼 더 벌고 몇 점 더 얻기 위한 싸움은 다른 머저리 같은 녀석들이나 하라고 해. 그런 보잘것없는 싸움은 처음부터 항복해버리는 거야. 밥벌이로 저녁 6시까지만 일하고, 그다음에는 네 할 일을 하는 거야. 밴드 활동이나 작곡이나 그런 거. 그래도 하루 6시간은 충분히 확보할 수 있잖아. 네 지위에 너만 확신을 가지면 되는 거잖아."

진호그룹 후계 구도 어떻게 되나

기사 입력 20XX-09-12 10:27

(디투데이경제=김정연 기자) 장남인 선우 씨(29)가 사망한 재계 서열 6위인 진호그룹의 후계 구도는 어떻게 바뀔까. 진호그룹 측은 "그런 문제를 얘기할 때가 아니다"라며 펄쩍 뛰고 있으나 재계 안팎의 관심은 쉽사리 사라지지 않을 태세다.

박주영 진호그룹 회장은 선우 씨를 포함해 2남 2녀를 두었으며, 선우 씨는 장남이기는 하지만 태어난 순서로는 세 번째다. 즉 장녀인 아영(38) 진호C&I 상무보, 차녀 이선(35) 진호캐피탈 실장 다음이 선우 씨다. 박 회장은 지난해 대한상공회의소 강연에서 "내 자식들이라 해도 능력이 모자라면 회사를 물려주지 않겠다. 빈말이 아니라 4명이 모두 기업 지분을 갖거나 경영을 해야 할 필요는 없는 것 아니냐"라고 말한 바 있다. 실제로 박 회장은 선우 씨를 제외한 다른 3명의 자녀에게는 계열사 지분을 거의 나눠 주지 않았다.

비록 후계자로 삼겠다는 얘기를 단 한 번도 언급하지는 않았지만 박 회장은 뒤늦게 태어난 장남 선우 씨를 각별하게 생각했다. 진호그룹 관계자는 "선우 씨가 MBA 유학을 마치는 대로 (주)진호로 들어와 정식 후계 수업을 받는 것은 기정사실이나 다름없었다"라고 말했다.

2세 경영인이지만 현재의 진호그룹을 거의 혼자서 일궈낸 박 회장은 '자식들도 스스로 커야 한다'는 생각이 강한 것으로 알려졌다. 이런 가운데 일각에서는 장녀인 아영 진호C&I 상무보를 주목해야 한다는 이야기가 나온다. '리틀 박주영'이라는 별명까지 있는 아영 상무보가 진호그룹 경영권 승계 과정에서 태풍의 눈이 될 수 있다는 관측이 지배적이다.

박 회장도 지난해 아영 상무보가 진호C&I 기업의 로고 개편 작업을 성공적으로 이끌자 "아들이었으면 좋겠다"라며 애정을 표시하기도 했다는 후문이다. 아영 상무보 본인도 진호C&I에 기획관리실장으로 입사했을 때부터 경영에 활발히 참여하며 자회사들의 사업 보고까지 챙긴 것으로 전해졌다.

그룹 사정에 정통한 한 관계자는 "아영 상무보는 호오가 분명하고 대범한 성격"이라며 "그룹 안에서는 선우 씨가 박 회장의 '머리'를 이어받았다면 아영 상무보는 '가슴'을 물려받았다고 얘기한다"라고 말했다.

4.

　'촛불 파티' 이후 나와 휘영, 병권 그리고 세연은 종종 함께 어울려 다녔다. 세연은 그 이후로는 우리에게 수상한 사제 담배를 권하지 않았다.

　취업난이니 뭐니 해도 젊음은 좋은 것이다. 돈을 내는 친구가 있는 젊음은 더 좋다. 휘영은 강남 중상위층 집안의 자식이었고, 세연에게 푹 빠져 있었으며, 세연과 함께 있을 때 술값과 밥값을 도맡아 냈다. 세연은 그 모든 것을 당연하다는 듯 받아들였다. 나 역시 그런 상황을 당연하게 생각하고 있었다.

　세연은 남자들로부터 공짜 선물을 받는 데 익숙했고, 자기에게 빠진 남자들을 착취하는 데에도 능숙했다. 나는 아무 생각이 없었고 매사에 근거 없는 자신감으로 가득 찬 바보였다.

　질투심에 사로잡힌 병권만이 그런 상황을 불편하게 받아들였다. 당시 나는 휘영과 병권의 관계가 얼마나 심각한지 알지 못했다. 병권이 워낙 말이 없었기 때문이다.

세연이 내게 추윤영을 소개해준 날은 5월 초, 학교 축제가 열리는 첫째 날이었다. 휘영과 세연, 병권 그리고 나는 함께 놀거리를 찾아 캠퍼스를 어슬렁거렸다. 나는 도서관 앞 천막 주점에서 낮부터 막걸리를 마시고 알딸딸해져 있었다. 나의 부추김에 휘영과 병권도 술을 꽤 마셨고, 세연도 한두 사발 정도는 마셨다.

우리는 과학관 지하에 학생들이 꾸려놓은 '귀신의 집'에 갔다. 귀신의 집이라고 해봤자 사실 학생들이 몸으로 때우는 이벤트였다. 2000원을 내고 불 꺼진 지하 강의실에 들어가면 합판으로 만든 '동굴' 사이에서 괴물 가면을 쓴 남학생들과 소복을 입고 처녀귀신으로 분장한 여학생들이 손전등으로 얼굴을 비추며 튀어나오는 게 전부였다.

단순한 장난이었지만 실제로 겪어보면 의외로 무서워서 으스스한 배경음악 사이로 여학생들의 비명 소리가 끊임없이 들렸다. 강의실 반대편 문으로 나오는 학생들은 성별을 불문하고 모두 안색이 좋지 않았다.

표를 사고 귀신의 집 입구 앞에 줄지어 선 학생들에게도 그런 기분이 전해져서, 차례를 기다리는 동안 나는 어수선한 농담을 늘어놓았다. 휘영은 말이 없었고, 세연은 안에서 나오는 비명 소리를 들으며 몹시 즐거워했다. 그녀의 밝은 모습을 보는 것은 그때가 처음이었다. 그 점을 지적하려고 입을 떼려는 순간, 귀신의 집 안에서 "왜 이러세요, 살려주세요"라며 울먹이는 여자 목소리가 들려줄을 서고 있던 사람들이 모두 웃음을 터뜨렸다.

몇 년이 지난 뒤에도 이날의 기억은 내게 뚜렷이 남아 있다. 세연과 그 패거리에 대해 좋은 기억을 떠올리려고 하면 늘 그때 "왜 이러세요, 살려주세요"라고 울부짖던 누군지 모를 여학생의 목소리가 생각난다. 우습지만 그 뒤에 우리에게 벌어진 일에 대한 불길한 암시 같기도 하다.

입구에서는 입장객 수를 관리하는 학생이 들어가는 손님들에 게 "하드코어요, 모자이크요?"라고 장난조로 물어봤다. "약하게 해주세요"라는 대답을 뻔히 듣고도 문지기 학생은 "여기 초강력 하드코어! 피 철철 흐르는 걸로!"라고 안에다 소리치곤 했다. 세연은 "센 걸로 넣어주세요"라고 대답했고, 문지기 학생은 잠시 세연의 미모에 정신을 못 차리고 제대로 응대를 하지 못했다.

귀신 역을 맡은 학생들은 짓궂었지만, 몇몇 아이디어는 쓸 만했다. 나조차도 몇 번인가는 혼비백산할 정도로 깜짝 놀랐다. 어둠 속에서 세연은 내 손을 잡더니 귀에 대고 뭐라고 속삭였다.

그 순간 가짜 좀비가 손전등으로 우리를 비췄다. 나와 세연이 껴안다시피 하고 있는 모습을 본 병권이 몸을 움찔했다.

그날 저녁 파전 가게에서 술을 마시는 내내 병권과 나 사이에 는 냉기가 감돌았다.

휘영은 '세계에 신이 없다면 가치는 어디에서 오는가' 따위 의, 내가 딱 싫어하는 류의 화제를 자꾸 테이블에 올렸다.

나는 그가 세연의 관심을 끌기 위해 자기가 잘 아는 분야의 이야기를 늘어놓는다고 생각했고, 그게 매우 유치하게 여겨졌다.

"가치가 어디서 오냐고? 돈에서 온다. 돈이랑 숫자."

그런 이야기를 내가 막 하고 있을 때 세연이 전화를 한 통 받았고 조금 뒤 우리 테이블에 한 명이 합석했다. 그녀 역시 눈이 휘둥그레질 정도로 미인이었다. 그렇지 않아도 힐끔힐끔 세연을 훔쳐보던 가게 안 남자들의 시선이 완전히 우리 자리로 고정됐다.

"안녕."

그녀는 세연과 눈빛으로 인사를 나누더니 우리에게는 존대 없이 그냥 "안녕"이라고 말했다. 모르는 사람에게 반말을 하고 젊은 남자들에게서 대접을 받는 것이 몸에 밴 듯한 태도였다.

추윤영은 어딘지 세연의 사악한 쌍둥이와 같은 느낌이었다. 두 사람은 모두 미인형 얼굴에 핏기 없이 창백하다는 점이 닮았고 키도 엇비슷했다. 그러나 분위기는 천양지차로 달랐다. 여자 얼굴을 하나밖에 못 그리는 순정만화가가 청순가련형 주인공으로 그린 얼굴이 세연이라면 주인공을 괴롭히는 조연으로 그린 날카로운 인상의 흑발 미녀가 추윤영이랄까.

이날 눈에 더 띈 사람은 세연보다는 추윤영이었다. 수수한 옷차림에 살짝 웨이브를 넣고 자연스럽게 염색한 머리의 세연과 달리 추윤영은 마치 화보에서 튀어나온 듯했다. 짙은 눈 화장과 마스카라를 두껍게 발라 부담스러울 정도로 긴 눈썹, 빨간 립스틱 때문에 흡혈귀처럼 보이기도 했다.

이런 대조적인 스타일의 두 사람을 보면 흔히 악녀 스타일이 세연과 같은 스타일을 압도하리라 짐작하기 쉽다. 그러나 실제로는 추윤영이 세연의 눈치를 살피고 있었다. 남자애들을 지배하는 것처럼, 세연은 검은 머리 악녀도 지배하고 있었다.

추윤영이 오고 나서 얼마 안 있어 세연은 자리에서 일어났다. 따로 만나야 할 사람이 있다고 했다.

"누구를 만나러 가는데? 내가 바래다줄까?"

휘영이 비굴하게 물었다.

"아니, 너희 넷은 여기서 술 좀 더 마셔. 그러라고 애를 부른 거야. 혹시 밤에 내가 다시 돌아올 수도 있으니까 기다려."

물론 우리는 세연이 돌아오지 않으리라는 걸 알았다. 하지만 늘 그렇듯 세연의 명령은 거부할 수 없었다.

세연이 파전 가게를 나가고 얼마 되지 않아 추윤영이 자리에서 벌떡 일어섰다. 그녀는 우리에게 아무 말도 하지 않고 갑자기 가게 밖으로 뛰쳐나가더니 밖에서 구두를 고쳐신고 있던 세연을 붙잡고 한참동안 이야기를 했다. 추윤영이 울먹이는 것 같기도 했고, 그런 그녀를 세연이 달래는 것 같기도 했다. 짧은 대화가 끝나자 세연은 추윤영의 볼에 살짝 입을 맞추었다.

자리에 돌아온 추윤영은 태연한 모습이었다. 무표정하게 앉아 있는 폼이 어찌나 도도하던지 파충류나 조류 같아 보였다.

대화가 겉돌자 휘영이 다시 인생의 의미가 어쩌고 가치가 어쩌고 하는 얘기를 꺼냈으므로 나는 짜증이 났다. 그런 얘기는 젊은 여자를 재미있게 해줄 줄 모르는 샌님들이나 입에 올리는 주제다. 추윤영 같은 여자가 그런 화제를 좋아하리라고는 도저히 상상도 할 수 없었다.

휘영이 하는 말에 나는 계속 핀잔을 주었고 마침내 휘영도 그 사실을 눈치챘다. 우리 둘 사이의 분위기가 험악해지자 추윤영은 오히려 재미있어 하는 표정이었다.

"그런 얘기 하면 여자애들이 좋아할 거 같냐? 세연이도 네 얘기 지루해해."

"뭐?"

결국 술집 밖에 나가서 한판 싸움이 붙었다. 내가 뭐라고 약을 올린 것이 직접적인 계기였다. 휘영이 먼저 주먹을 날렸는데, 쪽팔리게도 나는 가슴을 한 대 맞자마자 할리우드 영화의 조무래기 악당처럼 바닥에 주저앉고 말았다. 어렸을 때부터 동네 싸움에는 일가견이 있는 데다 휘영 같은 녀석에게는 지지 않을 거라고 방심한 탓이었다. 명치를 얻어맞은 내가 얼굴이 벌게져서 숨을 헐떡이는 사이에 병권이 휘영을 데리고 어디론가 사라졌다. 나는 아픈 것보다 자존심에 더 큰 타격을 받았다.

나는 쌍욕을 하며 일어났고 옆에서 이 모든 광경을 추윤영이 보고 있었다는 사실을 깨닫고는 자리에도 없는 휘영에게 욕을 더 퍼부었다.

"오버하지 말고 어디 다른 곳으로 가자. 내가 좋은 데를 알아."

추윤영이 말했다.

"좋은 데 어디?"

"공짜로 춤출 수 있는 곳."

한 대 맞고 나니 술도 깨는 것 같았다. 나는 추윤영을 따라가기로 했다. 추윤영은 내게 자신을 그냥 '추'라고 부르라고 했다.

"윤영이라고 부르지 말고 '추'라고 불러. 그게 더 좋으니까."

"추?"

"추하다는 추(醜)지. 미추(美醜), 추악(醜惡)할 때 그 추. 영어 이름도 있어. 영어 이름은 '루비'야."

추가 덧붙였다. 그 뒤로도 추는 내가 어떻게 장단을 맞춰줘야 할지 모르겠는 말들을 늘어놓았다. 나는 담배를 찾으며 이 애도 참 독특한 유머 감각을 지녔다고 생각했다.

추가 나를 데려간 곳은 캠퍼스 안이었다. 교문에 들어설 때 내가 "학교 안에 뭐 볼 게 남았다고"라고 불평했지만 추는 듣지 않았다.

운동장 안에 번쩍번쩍하는 임시 건물이 세워져 있었고 거기에서 시끄러운 음악이 나왔다. 가건물 입구에는 '시가렛 라운지'라는 간판이 걸려 있었다. 학교 축제에 영국계 담배 회사가 얼마간 후원을 하고 홍보 공간을 마련했다는 기사를 학생회보에서 읽은 기억이 났다.

추의 걸음걸이는 거들먹거리는 듯한 특이한 모습이었는데, 그러다 보니 어느 순간부터 내가 앞장서서 걷고 있었다. 가건물 입구로 들어가려 하자 검은 슈트에 붉은 넥타이를 차려입은 남자가 우리 앞을 가로막았다.

"손님, 죄송하지만 팔찌가 있으신가요? 안에 들어오시려면 학생회관에서 퀴즈를 풀고 야광 팔찌를 받아 오셔야 합니다."

"오빠, 나야. 우리 그냥 들어가도 되지?"

뒤에서 추가 나타났다.

남자는 추를 보고 고개를 끄덕였다.

"앞에서 손팻말 들고 시위하던 애들은 다 어디 갔어?"

"걔들도 낮에만 해. 저녁엔 안 와."

추는 카운터 뒤에서 던힐 두 갑을 들고 와서 내게도 한 갑을 내밀며 말했다.

"오늘 낮이랑 어제 여기에서 아르바이트를 했어."

담배 회사에서 고용한 아르바이트생들은 아주 화끈했다. 턴테이블 앞에서 디제잉을 하는 남자와 무대에서 몸을 흔드는 여자 2명, 다트보드 앞에서 과녁에 꽂힌 다트를 뽑아 주는 여자와 카운터에서 담배를 파는 여자, 이렇게 5명이 아르바이트생이었다. '시건방진 쿨함'이 시가렛 라운지의 콘셉트였고, 쿨한 남녀들은 말도 못 붙이게 쿨했다.

반면 요즘 담배의 독성은 커피보다도 낮은 수준이라든가 하는 내용의 퀴즈를 풀고 부스로 들어온 남학생들은 어쩐지 주눅이 든 모습으로 스테이지에서 어정쩡하게 춤을 추고 있었다. 추가 무대에 올라가자 당연히 모든 사람의 시선이 그리로 쏠렸다. 추는 가끔 여자 아르바이트생들과 아주 가까이 서서 춤을 추었는데, 그 분위기가 마치 레즈비언 쇼를 보는 것처럼 음란했다.

시가렛 라운지를 나왔을 때는 자정께였다. 추는 집에 데려다 달라면서 자신은 운전할 수 없으니 대신 차를 몰아달라고 했다. 술이 깨기는 했지만 나 역시 운전할 수 있는 정도는 아니었다. 그러나 운전대를 잡았다.

과학관 앞에 주차해놓은 추의 차는 구형 마티즈였다. 차를 보고 나서야 나는 비로소 그녀가 우리 학교에 다니는지, 다닌다면 어느 과 학생인지 등 추에 대해 아무것도 모른다는 사실을 깨달았다.

다행히 자동변속기 모델이긴 했지만 운전 자체가 몇 년 만이었다. 축제 기간이면 신촌 도로는 지독하게 막히고 밀렸다. 나는 음주단속에 걸리면 차를 버리고 도망칠까 아니면 거짓말로 둘러댈까를 고민했는데 답이 안 나왔다.

조수석에 앉은 추는 흐느적거리며 자기가 집 쓰레기통에서 거미를 기르고 있다는 둥 전혀 이해할 수 없는 얘기를 해댔고, 나는 데이비드 린치 영화 속에 들어온 것 같은 기분이 되었다.

추가 사는 오피스텔은 고작해야 학교에서 한 블록 거리였다. 신촌 뤼미에르 빌딩의 기계식 주차장에 차를 세웠을 때 추가 물었다.

"방에서 한잔 더 하지 않을래?"

나는 될 대로 되라는 심정으로 그러겠다고 했다.

추의 원룸은 여자의 방이라고는 믿기지 않을 만큼 몹시 지저분했다.

와인 한 병을 다 마셨을 때는 새벽 1시 반쯤이었다. 추가 갑자기 자리에서 일어나더니 셔츠를 벗고 브래지어 차림으로 나를 바라보며 말했다.

"너 나랑 섹스하고 싶어서 왔지? 그런데 어쩌나, 나 생리 중인데. 너 떡볶이 좋아해?"

그러고는 혼자 킬킬거리며 웃어댔다. 나는 하도 어이가 없어서 아무 말 없이 밖으로 나왔다.

1695

그 목표들이 시시하다는 걸
우리 스스로도 알고 있기 때문이지

민주 시대의 사람들이 고매한 야심을 갖지 못하는 주된 원인은 그들의 재산이 부족해서가 아니라 그 재산을 늘리기 위해 너무 격렬하게 노력하기 때문이다. 그들은 얼마 되지 않는 결과를 성취하기 위해 자신들의 재능을 최대한으로 동원하는데, 이것은 그들의 시야를 급속히 제한시킬 수밖에 없고 그들의 영향력 또한 줄어든다.

—《미국의 민주주의》, A. 토크빌

적그리스도의 명치를 때려 쓰러뜨렸다는 소크라테스의 얘기에 재키는 깔깔대며 웃었다.

"어렸을 때 우슈를 배웠거든. 외아들인데 성격이 너무 내성적이니까 부모님이 걱정하셔서."

소크라테스가 겸연쩍게 웃으며 설명했다.

"사실은 그전에 그 녀석이 말로 나를 한 방 먹였어. '너 그렇게 어려운 얘기가 하고 싶었으면 서울대를 갔어야지 왜 이런 2류 대학에 왔냐'고 하더라. 그 말에 욱했던 거지."

"우리가 무슨 이야기를 하고 있었더라?"

"가치에 대한 이야기를 하고 있었어…… 세계에 신이 없다면 가치는 어디에서 오는가의 문제에 대해. 저번에 너는 신이 없는 세상에서는 절대적인 가치가 있을 수 없다고 했지, 그리고 신이 있다는 걸 믿지 않는다고도 했고. 그렇다면 우리는 아무런 가치도 없는 세상에서 살아야 한다는 말인가?"

"아니, 각자의 주관적인 가치가 있지. 그때 재프루더가 말했잖아. 애 낳고 애 키우고 여행도 다니면서 살고 싶다고. 그걸로 충분한 사람한테는 그걸로 충분하지, 안 그래? 그리고 네 얘기도 별로 다르진 않았잖아. 뭔가 가치 있는 일을 하고 싶다고 했지. 공익 같은 것에 기여하면서. 기자가 되고 싶다고 하지 않았나?"

"난 그런 얘기 한 적 없어."

소크라테스가 화들짝 놀라서 반박했다.

"뭐, 아무튼 괜찮아. 너희에게 문제는, 너희가 세운 그런 목표가 뭔가 찜찜하게 여겨진다는 것이겠지. 죽지 않고 살아야 하는 이유를 찾아야 하는 상황에서 세상과 타협한 것 같은 기분이 드는 게 문제겠지? 그런 목표들이 자기기만처럼 여겨지고 말이야.

난 주관적인 목표를 정해놓고 그것을 달성하기 위해 사는 건 전혀 나쁘지 않다고 생각해. 신이 없다고 해도 말이야. 신이 없고 내세가 없으면 역사도 없는 걸까? 그렇다고 본다면 각자의 쾌락을 추구하면 되지. 그것만큼 확실한 건 없으니까. 그리고 역사가 없는 것도 아닐 거야. 우리는 본성상 남의 시선을, 내가 죽은 다음에라도 신경 쓰는 존재거든. 너희도 죽기 전에 마지막 할 일이 하드디스크의 야동 지우는 거라고 농담하잖아.

그러니까 자기만족을 위해 어떤 일을 하겠다거나, 역사에 남는 일을 하겠다거나 하는 목표는 다 좋은 거야. 그걸로 완결된 거야. 누구의 승인을 받거나 할 필요가 없어.

그런데 왜 우리가 세운 목표가 마음에 차지 않는 걸까? 그 목표들이 시시하다는 걸 우리 스스로도 알고 있기 때문이야. 충분히 위대한 목표는 그 자체로 우리 가슴에 불을 지르고, 그러면 그걸로 충만해지지. 괜찮은 직업을 갖고 애를 낳아서 기른다는 목표로는 절대 이를 수 없는 경지야."

"그러면 무슨 목표를 세워야 해? 세계평화? 열대우림 보호? 제3세계 인권운동?"

"그런 뻔한 것들 말고 좀 참신한 것 없어? 꼭 정의롭거나 하지 않아도 좋으니까 말이야."

소크라테스는 잠시 궁리하다 입을 열었다.

"기자가 된다면 뭔가 사람들의 마음을 움직일 수 있는 글을 쓰고 싶어. 어느 범죄자가 구속됐다거나 어디서 비리가 발생한 것 같다는 이야기 말고, 뉴스가 아니더라도 내가 그 의미를 알고, 그 이야기에서 뽑아낸 가치에 대해 책임질 수 있는, 좀 더 단순한 이야기. 그러면서 다른 사람들에게 재미와 약간의 감동을 줄 수 있는 것들. 이를테면 신촌 로터리에서 토스트를 파는 노점 주인 가족에 대한 이야기라거나……."

"시시해. 별로 위대하지 않아. 시시한 일을 추구하면 사람의 값어치도 낮아져. 실패하더라도 굉장한 걸 좇아야 해."

재키가 말을 잘랐다.

"그럼 뭐가 위대한 일이지?"

"아무도 전에 시도하지 못했고, 아무도 생각하지 못한 일. 그 일 이후에는 모든 사람의 생각이 바뀌게 되는 것, 반대하는 사람이라도 무시할 수는 없게 되는 그런 일. 진화론이나 상대성이론 같은 것."

"그런 게 있어?"

"오늘 내가 이야기하고 싶은 것 중 하나가 그건데, 사실 그런 일들이 별로 남아 있진 않아. 뇌과학이라든가 분자생물학 분야에는 아직 혁명거리가 남아 있겠지.

하지만 내가 말하는 건 진짜 혁명 얘기야. 진짜로 세상을 바꾸고 사람들의 존경을 얻는 일에 대한 얘기. 진짜 영광스러운 일은 그런 일에 있지. 실패하더라도 칭찬을 듣는 일이라니까. 그런데 그런 일들은 이미 워싱턴이라든가 링컨이라든가 애덤스라든가 마틴 루서 킹 같은 사람들이 다 해버렸어. 동성연애자들이 결혼할 권리까지 이미 누가 먼저 주장해버렸다니까."

"그래서, 너는 목표가 있어?"

"있지."

"뭔데?"

"아직은 네가 들을 준비가 안 돼 있어."

재키는 웃으며 말했다.

"사실, 너는 내가 죽은 다음에나 준비가 될 거야."

세연은 그해 6월에 죽었다.

5.

세연은 그해 6월에 죽었다.

도무지 해석이 안 되는 죽음이었다. 유서 한 장 남기지 않고 문과대 뒤 학교 연못에 빠져 죽었고, 경찰은 실족사라고 간단히 결론을 내렸다. 세연의 피에서는 얼마간의 알코올이 검출되었다. 그러나 그 정도 술을 마셨다고 깊이 50센티미터 정도인 물에 빠져 죽는다는 게 가능한 이야기인가?

유족들은 시신과 함께 조용히 서울을 떠났다. 빈소는 부산에 차렸다. 과 학생회 대표가 학생들에게서 부의금을 만 원씩 걷어 부산으로 내려갔고, 세연의 죽음을 '취업으로 인한 스트레스와 우울증 때문'이라고 쓴 기자들에게 메일을 보내 기사 수정을 요구했다. 세연은 삼성전자에 이미 특채가 된 상태였다(우리는 세연이 죽은 다음에야 그 사실을 알았다).

학과장은 학생들을 소집해서 '대학생이 지켜야 할 음주 10계명'을 모두 복창하게 했고, 다들 떨떠름한 표정으로 그 10계명을 읽었다. 하나, 자신의 주량을 안다. 둘, 안주와 함께 마신다. 셋, 섞어 마시지 않는다……. 여학생 두 명이 울음을 터뜨렸는데, 나는 그 울음이 전날 내가 혼자 마신 술만큼이나 의미 없는 행위라는 생각이 들었다.

음주 10계명을 복창한 날 저녁에 과 친구들이 모여서 술을 마셨다고 한다. 나는 가지 않았다. 술자리는 침울했으리라. "죽긴 왜 죽어"라고 분통을 터뜨리는 녀석도 있었을 것이고, 세연에 대한 빈약한 기억을 더듬는 녀석도 있었을 것이다. 죄의식을 과장하는 녀석도 있었을 것이고, 태연한 척하는 녀석도 있었을 것이다.

전공 책임교수와 함께 부산에 다녀온 학생들은 조촐하고 쓸쓸한 장례식이었다고 말해주었다.

나는 어쩌면 내가 우리 과 학생 중에 살아 있는 세연을 마지막으로 본 사람이 아닐까 생각했다. 세연이 죽은 그 밤에 나는 그녀를 잠시 만났다. 그러나 그에 대해 물어보는 사람이 아무도 없었으므로, 장례식이 진행되는 어수선한 상황에서 나는 그 말을 누구에게도 하지 못했다. 경찰이 와서 "마지막으로 고인을 본 게 언제였죠?" 따위의 질문을 할 줄 알았는데.

휘영에게 전화가 온 것은 기말고사 기간 중이었다. 우리는 그때까지 친한 사이도 아니었고, 같이 다닌 시간도 고작 한두 달에 불과했지만 언젠가 그에게서 전화가 올 것이라는 사실을 나는 알고 있었다. 다만 그가 시험기간에 전화할 줄은 몰랐다.

"뭐 해? 술 한잔할래?"

"넌 시험이 다 끝났겠지만 난 아직 안 끝났어."

"나도 안 끝났어. 그냥 공부가 안 돼서 그래. 집에 있는 거지? 그리로 갈게."

"너 같은 우등생은 모르겠지만 나한테는 이번 시험이 내 일생을 좌지우지할 수 있어. 졸업 학점이 평점 B가 되느냐 안 되느냐가 이번 학기에……."

"너 공무원 시험 준비한다고 하지 않았냐? 그럼 학점은 별 상관 없잖아."

휘영은 내 말을 끝까지 듣지도 않고 전화를 끊더니 막무가내로 소주 2병과 맥주 3병 그리고 안줏거리들을 사 들고 찾아왔다. 나는 그에게 "주정을 부리거나 신세 한탄을 하면 쫓아낼 거야"라고 경고했다.

예상과 달리 휘영은 맨정신이었다. 내 방에는 의자도 책상도 하나밖에 없었으므로 내가 거기 자리를 잡았고, 휘영은 바닥에 앉아 벽에 몸을 기댄 채 전공 서적들에 줄을 쳐가며 읽었다. 그는 중얼중얼 외워야 할 부분을 읊다가 내 눈치를 살피고는 "이 자취방 월세가 얼마냐" 같은 의미 없는 질문들을 던졌다. 나는 시험 범위를 한번 훑어본 다음 턱 끝으로 냉장고를 가리켰다.

"술 마시고 싶으면 마셔. 세연이 얘기 하러 온 거 아니야? 무슨 얘기가 하고 싶은 거야?"

휘영은 오징어를 좋아하는지 안주로 마른 오징어와 오징어 맛 과자를 사 왔다. 나는 오징어를 싫어하는 건 아니었지만 냄새 때문에 평소 집에서는 잘 먹지 않는 편이었다.

"세연이 정말 실족사했다고 생각해?"

휘영이 소주를 입에 털어 넣으며 물었다.

"아니면? 누가 죽였다는 거야?"

"아니⋯⋯."

휘영이 숨기고 있는 게 뭔지 그때 나는 알지 못했다.

"그 연못에 세연과 함께 간 적이 있어. 그런데 거기서 세연이 이상한 얘기를 했어. 그 연못에서 사람이 빠져 죽을 수 있을 것 같냐고 묻더니 그 연못에서 빠져 죽기는 정말 싫다고 하더라고. 그런데 이상한 얘기지만 거기서 세연이 죽었다는 얘기를 듣는 순간 그건 분명 자살일 거라는 확신이 들었어."

내가 아무 말도 하지 않자 휘영은 말을 이었다.

"부산에 가서 세연의 장례식을 보고 왔어. 문상객은 별로 없었는데, 거기 그 애가 나왔다는 고등학교 교장 선생님이 와서 한참을 울다가 가더라. 자기는 세연이 커서 한국 최초의 여성 대통령이나 뭐 그런 사람이 될 줄 알았다는 거야. 그 늙은 선생님이 우는 모습을 옆에서 세연의 여동생이 싸늘하게 쳐다보는데 자매가 거의 판박이로 똑같이 생겨서 깜짝 놀랐어. 영정 사진과 똑같이 생긴 사람이 옆에 있다니, 좀 으스스하더군."

그때 문을 열고 병권이 들어왔다. 어색함을 없애기 위해 휘영이 부른 것이다. 휘영과 병권이 술을 마셨고, 나는 맥주를 마시다 책상 앞에 앉아 공부하기를 반복하며 대화에 끼었다.

"세연이라면 능히 유서를 남기지 않고 자살할 수 있을 거야."

휘영의 주장에 병권은 반박했다.

"어쩌면 유서를 남겼을지도 모르죠."

"연못 주변이나 세연이 살던 고시원은 경찰이 싹 다 뒤졌을 텐데. 그럼 아무도 모르는 곳에 유서를 남겼단 말이야?"

"도서관 사물함 같은 곳에 남겼을 수도 있죠. 학생회가 관리하는 공식 사물함 말고, 왜 3층이랑 4층 복도에 쌓아놓은 사제 사물함 있잖아요. 4층에 보니까 아직 세연의 사물함이 그대로 있던걸요? 자물쇠가 걸린 채로요."

휘영과 나는 눈이 마주쳤다. 순간 나는 실수했음을 깨닫고 손을 들며 말했다.

"좋아, 좋아. 가서 뜯어보자고. 단, 기말고사 끝난 다음에. 우선 나는 지금 내일 있을 시험공부를 해야 하고, 둘째로 기말고사 기간에 사람들로 북적거리는 도서관에서 구태여 남들 시선 받으면서 세연의 사물함을 뜯을 필요는 없으니까."

행동 대장과
위대한 좌절

예비 왕들이 세금과 노동력을 더 지독하게 징발하게 되면서, 수메르 평민들은 자신들이 도망갈 구멍을 잃어버렸음을 발견했다. 한 세대의 노동력을 투여해야만 만들어지는 인공수로, 관개로 물을 대는 농장이나 과수원 같은 것을 그들이 자기 힘으로 어떻게 손에 쥘 수 있었겠는가? 그런 하부 시설들을 관장하는 통치자를 마다하고 강을 떠날 수는 있다. 그렇게 되면 떠돌이 유목 생활을 해야 한다. 하지만 거기에 필요한 기술과 테크놀로지가 그들에게는 없었다.

—《작은 인간》, 마빈 해리스

재프루더는 깊은 절망에 빠져 있었다. 옆자리에 누운 재키가 몇 시간 전에 다른 남자와 잤으며, 재프루더의 것이 아닌 정액도 지금 자신의 몸속에 있다고 웃으며 말했기 때문이다.

"그 하비라는 녀석이야? 아니면 소크라테스?"

재키는 대답하지 않았다.

재키는 재프루더의 몸이 마음에 들었다. 흐물흐물하지 않고 헬스장에서 갑자기 부풀린 것도 아닌, 오랫동안 꾸준하게 단련한 단단한 근육들이다. 정직한 몸에 정직한 마음.

그녀는 자기가 누군가와 사랑에 빠진다면 아마 그 상대는 재프루더거나 재프루더와 매우 닮은 다른 누군가일 것이라고 생각했다. 그와 몸을 섞는 날이 얼마 남지 않았다고 생각하니 다행이라는 기분마저 들었다.

재프루더가 듣거나 말거나 재키는 이야기했다.

"가끔 내가 세상에 뭘 보탤 수 있을까 하는 생각이 들어. 어렸을 때 나는 사람이 저마다 검거나 붉거나 푸른 색깔을 갖고 있다고 생각했어. 그런 색들이 어울려서 세상이라는 화폭에 어떤 이미지를 그려낸다는 상상을 했지. 어떤 비범한 개인이 압도적인 재능을 펼쳐 그 주변으로 그 개인이 지닌 색의 빛이 퍼져나가는 모습을 머릿속에서 그렸어.

그런데 이제 나는 세상이 아주 흰색이라고 생각해. 너무너무 완벽해서 내가 더 보탤 것이 없는 흰색. 어떤 아이디어를 내더라도 이미 그보다 더 위대한 사상이 전에 나온 적이 있고, 어떤 문제점을 지적해도 그에 대한 답이 이미 있는, 그런 끝없이 흰 그림이야. 그런 세상에서 큰 틀의 획기적인 진보는 더 이상 없어. 그러니 우리도 세상의 획기적인 발전에 보탤 수 있는 게 없지. 누군가 밑그림을 그린 설계도를 따라 개선될 일은 많겠지만 그런 건 행동 대장들이 할 일이지. 참 완벽하고 시시한 세상이지 않니?

나는 그런 세상을 '그레이트 빅 화이트 월드'라고 불러. 그레이트 빅 화이트 월드에서 야심 있는 젊은이들은 위대한 좌절에 휩싸이게 되지. 여기서 우리가 해야 하는 일은 우리 자신이 품고 있던 질문들을 재빨리 정답으로 대체하는 거야. 누가 빨리 책에서 정답을 읽어서 체화하느냐의 싸움이지. 나는 그 과정을 '표백'이라고 불러."

"그래서 자살하려는 거야? 아무것도 할 게 없어서?"

"아니! 난 뭔가 위대한 일을 할 거야. 생각해놓은 일도 있고."

"그게 뭔데?"

"글쎄, 설명하려면 시간이 한참 걸려. 그리고 이제 모텔에서 나갈 시간이야. 씻어야 해."

재키는 그렇게 말하고 샤워실로 들어가버렸다.

세연이 죽기 몇 시간 전에 나는 신촌에서 그녀를 만났다. 나는 추와 함께 있었고, 세연은 내가 모르는 남자와 함께 있었다.

그날 낮에 추에게서 전화가 왔다. 괴상한 애라고는 생각했지만 예쁘긴 했고, 또 전화로 듣기로는 그날은 멀쩡한 것 같았으므로 수업이 끝나면 만나기로 했다.

막상 대낮에 만났더니 할 일이 없었다. "너 하고 싶은 거 해, PC방을 가든 만화방을 가든." 추가 말했다. 나는 '추처럼 예쁘고 몸매도 잘빠진 아이는 남자들이 떠받들어주는 데 익숙해져 있을 테니 차라리 내 마음대로 하는 게 유혹하는 데 더 유리하지 않을까' 하는 가당치 않은 생각을 했다. 우리는 PC방에 가서 각자 2시간 정도씩 게임을 하고 이른 저녁을 먹으며 술을 마셨다.

　추는 또 자폭하듯 술을 마셔대고는 헛소리를 늘어놓기 시작했다. 나는 살짝 지겨운 기분이 들었고, 추가 춤을 추고 싶다고 했을 때 그 헛소리들에 맞장구를 쳐주지 않아도 된다는 생각에 안도의 한숨을 내쉬었다. 우리는 '젠'이라는 이름의 클럽으로 춤을 추러 갔다. 거기서 추가 쉬지 않고 춤을 추는 동안 나는 병맥주 두어 병을 더 마셔 추와 거의 비슷한 정도로 취하게 됐다.

　"한잔 더 하자."

　클럽에서 나온 추는 술을 더 마시자고 했다.

　"돈도 없고, 피곤해. 어제 밤새워 게임했어."

　"세상엔 돼지 새끼들이 참 많아. 누군가 비범한 개인이라면 그 사람이 지닌 색을 세상에 펼칠 수 있겠지만 말이야. 그런데 이 세상은 너무 하얘서 거기에 우리가 뭘 보태고 말고 할 게 없다고. 너도 돼지니? 너도 돼지야?"

　"도대체 무슨 개소리를 하는 거야?"

　그런데도 나는 추에 대한 흥미를 잃거나 그녀를 버려두지 않고 또 술을 마시러 갔다. 실은 정말 이상한 일이었지만 그녀가 술에 취하면 취할수록, 그녀가 괴상해질수록 나는 그녀에게 더 빠져들었다.

추는 제정신이 아닐 때 더 재미있는 인간이었고, 그건 나도 그랬다. 그리고 그녀 안에서 술에 취하면 자극되는 부분과 내 안에서 술에 취하면 자극되는 부분은 마치 암나사와 수나사처럼 잘 맞아떨어지는 듯했다. 그런 점에서 내게 추와 세연은 달랐다. 그리고 세연은 나와 추가 서로 잘 맞으리라는 것을 알고 있었다.

3차는 어느 이자카야로 갔는데, 거기서 추는 전화를 한 통 받더니 갑자기 가게를 뛰쳐나가는 바람에 나를 혼비백산하게 만들었다.

추를 뒤따라 나가보니 그곳에 세연이 있었다. 세연은 하늘색 원피스를 입고, 나와 비슷한 키의 인상 좋은 청년과 서 있었다. 추의 태도는 기이했다. 세연을 보자마자 울음을 터뜨리고 그녀의 손을 잡으며 뭐라고 말했는데 그 모습이 몹시 과장돼 보였다. 세연은 추를 다독였다.

그동안 나는 세연과 함께 있던 청년을 안 보는 척하면서 살피고 있었다. 잘생긴 얼굴과 잘 차려입은 옷 때문에 얕잡아보고 싶은 마음이 들었지만 어쩐지 그의 태도에는 상대를 기죽게 만드는 요소가 있었다. 잘난 녀석이 잘난 체도 안 하고 유약해 보이지도 않으면 흠 잡을 데가 없어서 기죽게 되는 그런 것 말이다. 그가 세연과 추 사이에 끼어들지 않았으므로 나도 끼어들지 않았다.

두 사람의 대화가 끝나갈 즈음, 나는 깜짝 놀랄 장면을 목격했다. 추가 갑자기 세연의 얼굴을 붙잡더니 연인 사이에 하는 그런 진한 키스를 시도한 것이다. 나는 '저 여자애가 드디어 미쳤구나' 하고 생각했는데, 세연은 그런 추를 받아주었다. 그래서 신촌 길거리 한복판에서 난데없는 두 레즈비언의 진한 키스 장면이 연출됐다. 두 사람은 그렇게 1분도 넘게 입을 맞추고 있었던 것 같다.

헤어질 때 세연은 내게도 "안녕, 너도"라고 말했다. 그게 내가 마지막으로 본 그녀의 모습이었다. 추는 이자카야로 돌아와서는 갑자기 침울해져서 이야기도 하지 않고 내 말에도 거의 반응하지 않았다. 그날 우리는 밤 10시쯤 헤어졌다.

세연이 나나 휘영을 이용한 것은 얼마간 정정당당한 게임이었다고 생각한다. 젊은이들은 자기파괴 성향이라는 폭탄을 안고 있으며, 저마다 각자의 뇌관을 지니고 있다. 나의 뇌관은 아마 폭력 성향일 것이다. 따지고 보면 나는 어렸을 때부터 별다른 이유 없이 무언가를 부수고 파괴하는 데에서 쾌감을 얻었으며, 언제나 질서보다는 무질서를 선호했고, 제대로 자리 잡히고 정돈된 것을 못 견뎌왔다.

휘영은 자립에 대한 콤플렉스와 정의에 대한 결벽증이 약점이다. 그리고 그 역시 얼마간 '위대한 일'에 동참하고 싶은 욕심이 있었다. 오케이, 여기까지는 좋다. 학도병을 세뇌시켜 가미카제 공격에 나서게 한 어른들도 있었다.

그러나 어떤 사람이 로맨티스트고 순정파인 점을 이용한 것

도 공정한 게임일까? 병권 얘기다. 성격이 불안정했던 추를 자살
로 몰고 간 것은 또 어떤가? 그것은 너무도 야비한 일 아닌가.

1844

고르디우스

스비드리가일로프는 악한이 아니다. 그는 관대하게 두냐를 풀어주고
돈을 나누어 주며, 마르멜라도프의 가족들을 도와준다. 그는 악행에서
자신의 자유를 시험하고, 그 자유에 한계가 있다는 것을 발견하지 못
한다. 두냐에 대한 사랑은 일시적으로 그를 사로잡는다. 그는 권태로
말미암아 자살한다. 초인은 사람들 사이에서 할 일이 없는 것이다.

— 〈5막 비극으로서의 '죄와 벌'〉, 콘스탄틴 모출스키

"신문에서는 우리 아버지가 나를 각별히 생각한다고 하더라.

그다음은 첫째 누나라고. 둘 다 아닌데."

하비가 말했다. 이른 아침이라선지 민주동산에는 사람이 거의 없었다. 재키는 하비가 가방에서 꺼낸 캔 커피를 받아 마셨다. 재키가 들여다보던 신문에는 하비가 경연 대회에서 대상을 수상했다는 내용의 기사가 실려 있었다.

"축하해. 잘했어."

"내가 받아야 할 상이 아니야. 네가 받아야 할 상이지. 난 그저 네가 하라는 대로 했을 뿐이야. 왜 끝까지 팀 명단에 이름을 올리지 않았어?"

"내 이름이 거기 있으면 스포트라이트가 두 군데로 나뉘었을 걸? 너도 알고 있었잖아."

하비는 자기도 모르게 신음 소리를 냈다.

"아버지가 좋아하셔?"

하비로서는 그날 재키와 만난 지 5분도 안 되어 아픈 곳을 두 군데나 들킨 셈이었다.

"심드렁하시던데. 오히려 한심하게 여기는 것 같았어. 그런 걸 왜 했지? 그런 느낌."

"아버지가 좋아하는 형제는 누구야? 엉뚱한 짓을 제일 많이 하는 사람이야?"

"그래. 내 동생."

"왜 착실하고 머리 좋은 첫째 아들 말고 사고뭉치 둘째를 더 좋아할까?"

하비는 시험을 받는 듯한 느낌이 들었다. 나도 정답은 알고 있어. 그 답이 나를 아무 곳으로도 데려가지 않을 뿐이지.

"고르디우스의 매듭. '매듭을 푸는 자가 아시아를 지배한다는 전설을 들은 알렉산더 대왕은 매듭을 칼로 잘라버렸습니다.' 우리 아버지가 원하는 건 그런 거야. 몇 년 전에 가게에서 동전으로 계산을 하다가 셈이 맞지 않아서 아버지를 기다리게 한 적이 있어. 아버지는 짜증이 났는지 갑자기 만 원짜리 지폐를 꺼내서 점원에게 주고, 거스름돈은 필요 없다고 말하고는 내 뺨을 한 대 때렸어. 그러고 나서 '이게 교훈이다'라고 하셨던가? 뭐, 그런 문법에도 안 맞는 말씀을 하셨던 것 같아. 그보다 더 전에는 집에서 보고를 받다가 비서실장의 얼굴에 서류를 집어 던진 적도 있어.

당신이 어릴 때부터 천재라는 소리를 들으며 자랐고 파격적인 결정으로 남들을 여러 번 놀라게 했으니, 그리고 그 결정이 나중에는 다 선견지명이었던 것으로 드러났으니, 뻔한 모범생인 나를 보면 매사에 실망할 수밖에 없겠지. 그렇다고 해서 나까지 괴팍해져야 할까? 나는 내 길을 가는 거야. 아버지가 원하는 대로 성격까지 바꾸고 싶진 않아."

"너희 아버지 기사를 찾아봤어. 삼성은 한번 그만둔 임원은 다시 부르지 않는데, 너희 아버지는 쫓아낸 임원을 몇 년 뒤에 다시 부르는 경우가 있어서 전직 임원들이 회사를 나간 다음에도 휴대전화 번호를 바꾸지 못한다더라."

"임원 인사를 즉흥적으로 해서 그래. 진호그룹에서는 없는 것

중 하나가 정기 임원 인사라잖아. 어느 날 승진시켰다가 어느 날 갑자기 쫓아내니까. 쫓아낼 때도 그렇게 인정머리가 없어서 다들 한을 품는다더군."

"영리한 방법 아니야? 난 너희 아버지가 사람을 부리는 법을 안다고 생각해. 그렇게 쫓아내니까 밑에 있는 사람들이 한시도 긴장을 늦출 수 없고, 쫓겨나서도 혹시나 다시 불러줄까 하는 생각에 회사에 대해서 비판도 못 하고 기다리게 되는 거지."

"그건 이론일 뿐이야. 조직원들의 사기가 떨어지고, 임원들은 다른 회사로 이직하거나 오너 눈치만 보면서 보고를 정직하게 하지 않을 수도 있어."

"누가 그런 술수를 쓰느냐에 달려 있겠지."

"아마 너라면 그런 술수를 잘 쓸 수 있을 거야. 내 동생은 잘 모르겠어. 나는 아냐."

기말고사가 끝난 다음 우리는 도서관 3층에 모였다. 내가 실톱과 장도리를 준비해 왔다.

"시험은 잘 봤어? 평점 B 나오겠어?"

"몰라, 이 자식들아. 너희 때문에 한 학기 더 들어야 할지도 몰라. 만약에 그렇게 되면 네 놈들이 내 등록금 내."

도서관 3층 복도에는 학생회가 정식으로 허가하지 않아 '예고

없이 철거할 수 있다'는 경고가 붙은 개인 사물함이 수십 개 놓여 있었다. 세연의 학번과 이름이 써 있는 사물함은 직접 합판을 짜서 못을 박아 만든 수제품이었다. 우리 과 남자 녀석 중 한 명이나 동아리 '오빠' 중 한 명이 세연의 미소에 헤벌쭉 넘어가 만들어 줬으리라.

우리는 주변에 사람이 없는 것을 확인하고 바로 작업에 들어갔다. 장도리로 몇 번을 내려쳐도 자물쇠는 부서지지 않았다. 실톱으로 자물쇠 고리를 자르는데 톱날이 부러지면서 조각이 튀는 바람에 눈을 다칠 뻔했다. 순찰하던 경비원이 우리를 보고는 뭔가 말을 하려는 듯한 표정으로 2, 3초간 서 있다가 그냥 지나갔다.

세연의 사물함에는 수업 자료인 프린트를 복사한 종이 뭉텅이가 몇 개 있었고, USB 메모리스틱이 한 개, 대학 노트 몇 권과 두꺼운 연습장 한 권, 전공 책 네 권, 50센티미터짜리 플라스틱 자, 중앙도서관에서 빌린 책이 한 권 있었다. 《우리가 얼굴을 가질 때까지》라는 제목의 표지가 두꺼운 원서였다.

우리는 도서관 바닥에 세연의 소지품을 늘어놓고 하나하나 살폈다. 복사지 이면에 메모나 낙서가 돼 있을지도 몰라 프린트물까지 다 뒤져보았다. 세연이라면 이면지에 유서를 쓸 수도 있다고 생각했다.

대학 노트와 연습장에는 강의 노트나 메모, 수학 문제 풀이와 짧은 일기, 단편적인 감상문 같아 보이는 글들이 어지럽게 적혀 있었으나 크게 중요한 내용은 없었다. 두툼한 원서는 휘영이 읽어보겠다며 챙겼다.

"그래. 어차피 난 영어 원서는 못 읽으니까. USB는 내가 가져가서 안에 있는 파일들을 전부 다 너희한테 메일로 쏴줄게."

내가 말했다.

도서관을 나섰을 때 휘영이 맥주를 마시자고 제안했다.

"왜? 우리 별로 친하지도 않잖아?"

"됐어. 꺼져."

"호, 이게 아름다운 우정의 시작인가?"

내 말에 아무도 웃는 사람이 없었다.

'주다스 오어 사바스'라는 바에서 아무 말 없이 맥주를 여러 병 마셨다. 계산은 휘영이 했다. 나는 그 녀석이 점점 좋아지고 있었다.

반면 휘영과 병권은 눈에 띄게 어색해 보였다. 내성적인 선배와 무뚝뚝한 후배 사이의 조용한 교감을 내가 눈치채지 못한 것일 수도 있겠지만 그보다는 죽은 세연을 둘러싼 질투심 때문인 듯했다.

바에서 나올 때 나는 휘영과 병권에게 말했다.

"죽은 애는 그냥 잊어버려. 너희들 양파 같은 여자가 제일 위험하다는 얘기 들어봤어? 베일 속에 뭔가 있을 것 같아서 남자들을 미치게 하지만 까고 까봤자 그 안에는 아무것도 없다는 얘기야. 내가 보기엔 세연이 그런 애야."

휘영은 뭔가 할 말이 있는 표정이었으나 이내 체념한 듯 말했다.

"USB에 뭐가 들어 있는지 이따 알려줘."

집에 돌아와서 나는 팔굽혀펴기 80개, 윗몸일으키기 90개를 하고 샤워를 하고 난 뒤, 그만하면 휘영을 충분히 감질나게 했다고 생각했을 시점에 메모리스틱을 컴퓨터에 꽂았다. 그런데 정작 나 자신이 메모리스틱의 데이터가 로딩되는 동안 손톱을 물어뜯으며 초조해하고 있었다.

메모리스틱은 텅 비어 있었다. 그 안에는 아무 파일도 없었다.

나는 휘영에게 전화를 걸었다.

"난데, 그 USB 안에는 아무것도……."

"너한테도 메일이 왔어?"

"뭐?"

"메일이 와 있어, 세연에게서. 세연이 죽기 전날 보낸 거야. 예약발송이 돼 있더라고. 내가 비밀 참조인으로 돼 있고, 다른 수신인이나 참조인은 누군지 모르겠어. 혹시 너한테도 메일이 왔어?"

"잠깐만."

나는 수화기를 든 채로 메일 계정에 접속해 받은 편지함을 확인했다.

와 있었다.

"'잡기 모음'이라고 적혀 있는 메일 맞아? 내용은 없고 첨부파일이 세 개 있는 거?"

"맞아. 첨부파일 제목이 차례로 '잡기 모음 1000~3999'랑 '잡기 모음 4000~8337', 그리고 '4000~8337 잡기 모음 비번 힌트'라고 쓴 거지? 앞쪽 두 개가 압축파일이고 '비번 힌트'라는 파일은 텍스트 파일인 거 아니야?"

"응. 바로 그거야. 나도 너랑 똑같은 걸 받은 것 같아. 여러 명한테 한꺼번에 보냈나 봐. 안에 있는 내용 읽어봤어?"

"보고 있는 중이야. 그런데 첫 번째 파일은 압축이 풀리는데 두 번째 파일은 암호가 설정돼 있어."

나는 '잡기 모음 1000~3999'라고 쓰인 파일의 압축을 풀었다. 문서 파일이 여러 개 있었다. '잡기 모음 4000~8337'이라고 적힌 파일을 더블클릭하자 '이 파일의 압축을 풀려면 암호를 입력하세요'라는 메시지가 떴다.

'4000~8337 잡기 모음 비번 힌트'라고 적힌 텍스트 파일에는 아래와 같은 단어들이 써 있었다.

재키

소크라테스

재프루더

루비

하비

제리

메리

여기 빠진 사람은 누구?

6.

 '잡기 모음 1000~3999'은 세연이 그해 4월까지 겪은 일들을 3인칭 소설처럼 서술한 글이었다. 세연은 고등학생과 대학 시절 애기, 자신에게 간질 증세가 있다는 고백 등을 여기에 썼다. 안네 프랑크의 일기처럼 중간에 그녀가 쓴 에세이나 동화도 나온다.

 이 글에서 세연은 자신을 '재키'라고 부르고 있으며, 휘영은 '소크라테스', 병권은 '재프루더'라는 이름으로 등장한다. 나는 '적그리스도'다. 실제 내 별명을 그대로 캐릭터 이름으로 쓴 것이다. 휘영을 '소크라테스'라고 한 것은 그의 고리타분한 성격 때문일 것이리라. 추는 이 글에서 '루비'인데, 그녀는 자신의 영어 이름이 '루비'라고 말한 적이 있다.

 그 외에도 '잡기 모음 1000~3999'에는 '하비', '제리', '메리'가 등장하는데, 그게 누구인지는 확신할 수 없었다. 친한 동기생 중 한 명일 수도 있고, 아니면 전혀 모르는 사람일 수도 있었다.

'하비'는 남자, '메리'는 여자인 것 같았지만 확실한 건 아니었다. 나는 세연이 죽기 전날 밤 만났던 남자, 추와 술을 마시다가 이자카야 앞에서 봤던 그 단정한 청년이 '하비'일 거라고 생각했다.

'잡기 모음 4000~8337' 파일에는 암호가 걸려 있었고, '4000~8337 잡기 모음 비번 힌트' 문서에 따르면 암호는 '글의 주요 등장인물이면서 재키, 소크라테스, 재프루더, 루비, 하비, 제리, 메리가 아닌 누군가'다.

"그건 너잖아? '적그리스도'라는 이름이 여기 없잖아. 그리고 네가 적그리스도고."

휘영이 흥분해서 내게 따졌지만 나로서도 영문을 알 수 없는 노릇이었다. 내 이름, 영문 이름, 영문 이름을 거꾸로 쓰기도 하고, '적그리스도' 또는 'antichrist'라는 단어, 숫자 '666', 이 모든 낱말과 숫자를 대문자나 한글로 써보거나 3벌식 자판에서 쳐보기도 하고, 이 조합들을 거꾸로 치거나 숫자로 바꿔보거나 다른 나라 말로 번역해서 입력하는 등 온갖 방법을 시도해봤지만 모두 허사였다.

나는 세연이 내게 무심코 했던 말 중에서 암호를 유추할 수 있는 뭔가 의미심장한 단어는 없었는지 곰곰이 생각해보았다. 하지만 아무것도 머릿속에 떠오르지 않았다.

"경찰에 신고할까?"

휘영의 말에 나는 코웃음을 쳤다.

"신고해서 뭘 어쩌게? 경찰이라고 뾰족한 수가 있을 것 같냐.

차라리 컴퓨터 기술이 발전해서 압축파일에 걸려 있는 암호를 푸는 프로그램이 나오길 기다리는 게 낫지."

정말 그럴지도 몰랐다. 언젠가는 그런 프로그램이 나올 것이다. 그러니 두 번째 파일의 내용이 영원히 풀 수 없는 미스터리인 것은 아니다. 세연도 그 사실을 알고 암호를 걸어 메일을 보냈으리라고 생각하니 얄미운 마음이 들었다.

그 후로도 나는 시간 날 때마다 세연의 두 번째 파일에 이것저것 암호가 될 만한 단어들을 쳐 넣었다. 하지만 아무것도 들어맞지 않았고, 나는 이내 지쳤다. 게다가 이즈음 내게는 세연의 죽음보다 더 시급한 문제가 생겼다. 휴학 계획을 알게 된 아버지가 이를 강하게 반대하며 내가 휴학을 하면 월세를 내주기는커녕 보증금도 다시 가져가겠다고 으름장을 놓았던 것이다.

스캔들에 빠진 재벌 3세

아버지와 아들이 있었다. 아들이 수능시험을 보기 얼마 전, 빨간 당구공 3개를 사 달라고 했다. 그리고 서울대에 합격했다. 그다음 면허를 딸 때도, 고시를 볼 때도 빨간 당구공 3개를 요구했고 모두 합격했다. 그러던 어느 날 병원에서 전화가 왔는데, 아들이 죽어간다고 했다. 아버지는 병원에 가서 아들의 유언을 듣던 중 빨간 당구공 3개의 비밀이 너무 궁금해 아들에게 물어보았다. 아들은 비밀을 말해준 뒤 곧 숨을 거두었다. 아들의 장례를 마친 뒤 집에 가려고 택시를 잡던 아버지는 아들이 말해준 비밀이 생각났고 너무 웃겨서 택시 안에서도 배를 잡고 깔깔대며 웃었다. 택시 기사는 무슨 영문인지 몰라 아버지에게 왜 웃느냐고 물어봤다. 이야기를 들은 택시 기사는 너무 웃긴 나머지 웃음을 참지 못했고 잠시 방심한 채 운전하다 강 옆에서 그만 핸들을 잘못 틀었다. 아버지와 택시 기사는 강으로 떨어져 죽고 말았다. 그래서 빨간 당구공 3개의 비밀은 아무도 모르게 되었다.

— 괴기과학도시전설 사이트(*http://hehehe.co.kr/msul*)

"사람들을 가장 감질나게 하는 게 뭔지 알아?"

재키가 하비에게 물었고, 하비는 말없이 고개를 저었다.

"끝나지 않은 이야기지. 왜 어릴 때 그런 적 있잖아? '주말의 명화' 시간에 부모님이 일찍 들어가라고 하는 바람에 끝까지 보지 못한 영화의 결말이 궁금해 며칠 동안 머릿속을 떠나지 않던 경험. 그런데 정작 결말을 알아봤더니 시시했던 거."

"아버지가 엄해서 저녁에 TV 자체를 못 봤어."

"전래 설화부터 최신 할리우드 영화까지, 아주 짧은 농담부터 긴 장편소설까지, 동양 고전이나 서양 고전이나, 왜 모든 이야기의 구조는 다 똑같을까? 난 인간의 뇌가 세상을 파악하는 방식이 그런 이야기 구조와 닮아 있다고 생각해. 뭔가 흥미로운 것이 출현하고, 그게 위험한 건지 아닌지 계속 정체가 밝혀지지 않아 긴장감이 점점 높아지다가 극적인 전환이 일어나 긴장감이 해소되면 비로소 안도감을 느끼게 된단 말이지.

그래서 나는 내 얘기를 둘로 쪼개서 뒷부분을 몇 년 뒤에나 읽을 수 있게 하려고 해. 그러면 몇 년 동안 사람들의 마음을 붙들어놓을 수 있을 거야."

"네 목적을 달성하기 위해 그런 장치를 만들어낼 필요가 뭐가 있어? 현대는 매스컴 시대인데. 15분이면 누구나 유명인이 될 수 있는 것 몰라?"

"대신에 잊히는 데도 15분이면 충분하지. 난 잠깐 유명해지고 싶은 게 아니야. 난 불길한 악몽의 기억처럼 끈질기게, '그런 게 있었다'라고 사람들 머릿속에 끝까지 남고 싶어. 매스컴은 그다음이야."

하비는 '매스컴'이라고 한마디 중얼거린 뒤 갑자기 깨달았다는 듯이 말했다.

"내 역할이 그거군. 매스컴. 스캔들에 빠진 재벌 3세."

"그런 역할도 있어. 좋을 대로 생각해. 내가 널 어떻게 이용하든 너에 대한 평가는 그와 별개야. 그게 너 스스로 내리는 자기평가만큼 중요한 것도 아니고."

하비는 잠시 침묵했다. 그는 자신이 타인의 시선을 지나치게 신경 쓴다는 사실이 약간 부끄럽게 느껴졌다. 하지만……

"남들의 평가에 집착하는 건 너도 마찬가지야."

하비가 반박했다.

"당연하지. 난 선동가니까."

재키가 대꾸했다.

"한 1, 2년 더 있다가 하면 안 돼?"

하비의 질문에 재키는 고개를 저었다.

"안 돼."

"왜?"

"삼성전자에서 합격 통보를 받았어. 내년이면 그 회사에 다녀야 해. 회사를 다니다 자살하면 사람들은 업무 부적응과 우울증이 원인이라고 할 거야. 누가 봐도 아쉬울 게 아무것도 없는 상태에서 실행해야 해."

기말고사를 치르고 난 다음 주에 나는 익산에 다녀왔다. 푹푹 찌는 날이었다. 공무원 시험을 준비하겠다고 하니 뜻밖에도 아버지는 벌컥 역정을 냈다. 자기도 공무원이면서. 설득을 하러 내려갔다가 벽창호 같은 반응에 분통만 터뜨리고 왔다.

"네가 7급 공무원 생활을 안 해봐서 그런 거야. 나이가 쉰이 되도록 젊은 애한테 고개 숙여야 하고, 아무리 수십 년을 일해도 자기 목소리 한번 낼 수 없는 게 하급 공무원 생활이다."

도대체 반대하는 이유가 뭐냐는 내게 아버지가 한숨을 쉬며 한 말이었다.

"그런 건 괜찮아요."

"그런 게 괜찮다고? 너 7급 공무원 하라고 서울에 있는 대학 보내준 거 아니야. 시험 준비를 해도 왜 행정고시가 아니라 7급 공무원이냐? 왜 그렇게 야심이 없니?"

"그러는 아버지도 7급 공무원 아니셨어요? 이제 겨우 5급 되신 거잖아요?"

"나한테는 너처럼 누가 그렇게 학비 보내주지 않았다."

"아버지, 저 무슨 장차관 하려고 7급 공무원 하겠다는 거 아니에요. 제가 진짜 하고 싶은 일 하면서 살고 싶어서 그런 거예요. 공무원 생활은 안정적이니까 낮에 일하고 퇴근한 다음에 제가 하고 싶은 일 하려고요. 아인슈타인도 특허청에 다니면서 밤에 물리학 연구 했다잖아요."

"네가 진짜로 하고 싶은 일이 뭔데?"

"밴드요. 기타 치고 노래 부르는 거요. 그런데 제가 그거 하겠다고 하면 돈벌이가 되겠냐며 말리실 거잖아요. 그러니까 공무원 생활 하고 제 앞가림하면서 남는 시간에 밴드를 할 거예요. 그게 제 야심이에요."

"회사 다니면서도 기타 치고 노래도 부를 수 있어. 저번에 TV 보니까 스위스에서 박사 공부하면서 노래 부르는 젊은이도 있고, 치과의사 하면서 작사·작곡하는 애도 있더라. 다 네 또래들이야. 서울대 다니면서 대학가요제 나와서 우승하는 사람도 있어. 너 윤장배 씨라고 들어봤냐. 〈나 어떡해〉라고 우리 때 아주 유명한 노래 부른 양반이다. 그 양반 그렇게 노래 부르고 그룹사운드 하면서도 행시 합격해서 청와대 갔어."

"청와대에 가면 뭐가 달라져요?"

"나중에 공기업 사장도 할 수 있지."

"그래서, 저더러 야심 있게 살라는 게 고작 공기업 사장이나 하라는 말씀이에요?"

"공기업 사장이 우습게 보이니?"

"평생 공무원 하다가 공기업 사장 되는 거랑 그냥 평생 공무원 하는 거랑 무슨 차이가 있어요? 야심 없는 제가 보기에는 공기업 사장도 별거 아닌 것 같은데요. 그거 하면 무슨 역사에 이름이라도 남나요? 공기업 사장이 하는 일이 신문 머리기사라도 되나요? 그게 무슨 대통령이나 삼성그룹 회장 같은 거예요?"

"달라."

"제 생각엔 그게 그거예요. 아버지, 아버지랑 저랑 인생관이 다른 걸 갖고 제가 야심이 없다거나 쪼잔하다고 단정 짓지 마세요."

"그럼 네가 네 돈으로 시험 준비해. 행정고시를 본다고 하면 투자하는 셈치고 학원비 정도는 대줄 수 있다. 무슨 7급 공무원 시험 준비하는 데 학원비로 한 달에 몇십 만 원씩 쓰냐?"

"아버지, 지금 7급 공무원 시험을 준비하는 사람이 몇 명인지 아시고 하는 말씀이세요? 경쟁률이 100 대 1이에요, 100 대 1. 아버지 때랑 달라요. 그 애들 다 학원 다니고, 그동안 학교 안 나가고, 아르바이트 따로 안 해요."

"그건 다 공부 못하는 애들 얘기지."

"아버지가 좋아하는 서울대, 연고대 나온 애들 중에서도 7급 준비하는 사람 많아요. 우리 학교에도 스터디 모임이 몇십 개나 있어요."

"그런 모임 가서 공부해. 학원 가지 말고."

"스터디하는 애들도 다 학원 다녀요. 스터디는 서로 아침에 도서관 나왔는지 체크하고 정보를 교환하기 위한 거라고요. 학원 나가는 건 필수예요."

"네가 무슨 얘기 하는 건지 모르겠다. 고작해야 국어, 영어, 국사 시험 정도일 거고, 그거 다 서점에 문제지들 나와 있는 거 아니냐. 너 정말 학원 다닐 거냐? 어디 돈 필요해서 학원 다닌다고 하고는 돈 받아 쓰려는 거 아니야?"

어머니가 옆에서 '애한테 기회 한번 줘보라'고 나를 거들었지만 아버지의 역정에 본전도 건지지 못했다.

더욱 기가 막힌 일은 막 군대를 제대한 동생 녀석이 장사를 하겠다고 하자 아버지가 크게 칭찬하며 밑천을 빌려주기로 한 사실이었다. 이 녀석은 전주 시내 B대학 앞에서 친구와 함께 노점을 내고 머리핀과 휴대폰 줄 같은 장식품을 팔겠다며 아버지에게 500만 원을 빌려달라고 했다.

"이 새끼가 미쳤나, 500만 원이 무슨 애 과잣값도 아니고……."

"걔가 너보다 나아."

동생에게 물어보니 시장조사를 한 것도 아니고 자기 친구와 그냥 유행하는 아이템 몇 가지를 서울 동대문에서 사 와 길거리에서 팔겠다는 것이었다.

"상권분석 같은 건 해봤냐? 네 친구라는 녀석은 믿을 만한 놈이야?"

"상권분석은 이제부터 해봐야지. 여기도 노점연합회가 있다던데. 아이템만 좋으면 하루에 50만 원도 번대. 그리고 남의 친구더러 놈놈 그러지 말지?"

이놈의 집안 남자들은 나를 포함해서 왜 이렇게 똥고집인지 모를 일이었다. 저런 철부지 짓을 사내애답다며 부추기는 아버지도 내가 보기엔 어지간히 세상 물정 모르는 양반이었다.

짜증이 치밀어서 저녁을 먹은 뒤 부모님께 대충 인사하고 집을 나와 심야 고속버스를 잡아탔다. 내가 인사하는 동안 자기 권위에 상처를 입은 아버지는 입술을 씰룩거렸고, 어머니는 고집 센 애어른 두 명 사이에서 어쩔 줄 몰라 난처한 표정이었다. 어머니가 자고 가라고 했지만 나는 딱 잘라 거절했다.

서울로 올라오는 길은 찜찜했다. 고등학생 때 아버지와 숱하게 싸우고 한번은 주먹다짐까지 벌인 적이 있다. 꼭 그 철없던 시절로 되돌아간 것 같은 기분에 스스로 민망했다. 너, 삐쳐서 집 나온 거지? 공무원 시험을 보겠다며 준비하는 데 드는 돈을 달라고 손을 벌리는 나 자신이 부끄럽기도 했다.

심야 버스 안에서 나는 내가 어떤 인간인지, 앞으로 어떤 인간이 될지에 대해 생각했고 주변 사람들과의 관계에 대해서도 생각했다. 상처를 주고 상처를 받는 데 대해 나는 퍽 싸늘한 견해를 갖고 있었다. '어느 상황에서고 강한 척할 수 있다면 강한 것이다'라는 게 내 신조였고, 자신의 아픔을 떠벌리는 녀석들을 경멸했다. 무슨 일을 하든지 주위의 도움과 동정에 기대고 싶지 않았다.

그런데 공무원 시험을 준비하려면 돈이 필요했다. 학원비가 큰 부담은 아니었지만 1년 동안의 생활비가 문제였다. 이즈음 나는 부모님에게서 한 달에 30만 원씩 용돈을 받고, 신촌의 한 닭갈빗집에서 시간당 4000원을 받으며 평일 오후 아르바이트를 하고 있었다. 공무원 시험을 준비하게 되면 이 아르바이트는 더 이상 할 수 없고 아버지도 용돈을 주지 않겠다고 했다. 시험 준비를 하면서 할 수 있는 아르바이트가 과외 말고 또 있을까? 하지만 남자인 데다 명문대생도 아닌 내가 요즘처럼 경쟁이 치열한 시기에 과외 자리를 얻을 수 있을까?

공무원 시험을 준비하기 위해 휴학을 한다는 게 자랑스러운 일은 아니지만, 현실적으로 그 방법밖에는 없다고 생각했다. 3, 4년째 7·9급시험을 준비하고 있다며 인터넷에 올라온 하소연을 보면 한심하다는 생각도 들었지만, 자신감이 약간 줄어들기도 했다. 그보다는 짧고 굵게 올해 승부를 낸다는 생각으로 집중하는 게 낫지 않을까?

독학으로 공무원 시험을 준비하는 것은 무모한 일이었다. 공무원 시험을 준비하려면 산으로 올라가는 게 아니라 산에서 학원으로 내려와야 한다고 했다. 종합반을 한 번 듣고 나서 그다음에 부족한 과목 위주로 단과반에 등록할 생각이었고, 검찰직부터 지방직까지 가리지 않고 시험을 볼 요량이었다.

기분이 울적해져 휴게소에서 내리지 않고 음악을 들으며 출발을 기다렸다. 그랬더니 얼마 가지 않아 갑자기 참을 수 없을 정도로 오줌이 마려웠다. 버틸 수 있는 데까지 버텼지만 나중에는 방광이 터질 것만 같았고 숨쉬기조차 힘들었다. 조심조심 앞으로 걸어가 기사에게 소변이 급하니 차를 멈춰달라고 부탁했다. 기사는 투덜대며 차를 갓길에 세웠다.

차에서 내리니 거짓말같이 굵은 빗방울이 후두둑 떨어지더니 소나기로 변했다. 소변을 보는 내내 바지 주머니 안에서 휴대전화가 요란하게 떨었다. 나는 개씨발쌍 어쩌고 하며 조합이 맞지도 않는 욕설을 내뱉었다.

빗물에 손을 씻고 다른 승객들의 따가운 시선을 받으며 버스에 올라타 부재중 전화의 번호를 확인했다. 모르는 번호여서 무시하고 잠든 척하려는데 다시 전화기가 울렸다.

전화를 받았지만 상대방은 말을 하지 않았다. 어렴풋이 여자가 흐느끼는 소리 같은 게 들렸다.

"여보세요? 여보세요? 전화를 걸었으면 말을 해야 할 거 아냐. 끊습니다."

"나 추야. 축제날이랑 기말고사 전에 한 번씩 만났지. 기억해? 지금 어디야? 잠깐 좀 볼 수 있어? 세연이 자기 잡기에서 내 이름을 왜 '루비'라고 했는지 알려줄게."

2879

열역학 제2법칙과
신성한 평온

이런 변화는 일부 신경학자가 측두엽 인격이라고 부르는 것을 만들어 낸다. 이 환자들은 감정 상태가 고양되어 있으며, 사소한 사건에도 우주적 의미를 부여한다. 그들은 유머가 없고, 자신을 매우 중요하게 여기는 경향이 있다. 또 평범한 사건들을 매우 자세하게 기록하는 일기를 쓴다. 이는 글쓰기 중독이라 부르는 특징이다. … 그들은 철학적이고 신학적인 주제에 강박적으로 집착한다.

—《라마찬드란 박사의 두뇌 실험실》, 빌라야누르 라마찬드란

'자살을 통한 어떤 선언'은 오랜 기간 계획된 것이 아니었다. 그것은 그해 초에 갑자기 떠오른 어떤 생각을 구체화하는 과정에서 나왔다. 발단이 된 생각은 '취업 선배들과의 대화' 행사 뒤풀이

에서 적그리스도가 H그룹 인사부 과장에게 "왜 청년들에게 도전 정신이 있어야 하는 거죠"라고 따질 때 떠올랐다.

사실은 이미 세계가 완벽한데, 기성세대가 자신들이 하기 싫은 일들을 대신 시킬 수 있는 싼 노동력이 필요하기 때문에 다음 세대에게 꿈과 도전 정신을 불어넣고 있다는 아이디어를 재키는 그날 저녁 머릿속에서 발전시켰다.

"그냥 네가 죽고 싶어서 만들어낸 계획이잖아? 명분이 필요했던 거지? 왜 그렇게 자살하고 싶어 해?"

언젠가 루비가 물은 적이 있다. 재키에 대한 집착과 의존적인 성격이 있긴 했지만 루비는 머리가 좋고 감도 빨랐다. 재키는 루비의 주장을 부정하지 않았다.

숨은 동기가 있다거나 입안자의 정신상태가 건강하지 못하다고 해서 계획이 틀어지거나 선언의 의미가 축소되는 것은 아니다. 찰스 맨슨 일당이 저지른 살인 사건들은 물론 그 일당이 제정신이 아니었다는 걸 알려줬지만, 동시에 미국 사회 역시 정상적이지 않다는 것을 드러내기도 했다. 이것이 테러범들이 그토록 유리한 이유다. 어떤 것이 완벽하지 않다는 것을 증명하기는 쉽다. 아주 작은 균열, 아주 작은 실패를 찾아내기만 하면 된다.

그런 이야기를 루비에겐 말하지 않았다.

재키는 자기 자신의 진정성을 확신할 수 없었다.

그러나 세상 모든 일이 그렇다.

재키는 고등학교 1학년 때부터 자신이 비정상임을 깨달았고 자살을 꿈꿨다. 학교에서 껌 좀 씹는다는 질 나쁜 무리와 ○○대 남학생들을 만나 해운대의 한 클럽에 갔던 게 계기가 됐다. 여고생 눈에는 대학생이라면 다 멋져 보이게 마련이지만 재키는 그때도 이 남자애들이 별 볼일 없는 녀석들이라는 사실을 금방 알아챘다.

그들은 해운대 J호텔의 나이트클럽에 갔다. 일반 술집보다 오히려 호텔 나이트클럽이 신분증 검사를 잘 하지 않는다고 했다. 사이키델릭 조명과 일렉트릭 음악 속에 재키는 정신을 잃었고, 몇십 분 뒤에 깨어났다. 아이들은 주먹을 쥔 채로 신음 소리를 내는 그녀를 병원이나 호텔 밖으로 데려가지도 않고 그냥 나이트클럽 룸의 소파에 눕혀놓았다. 심한 발작이 아니었기 때문에 다른 학생들은 나이 어린 여고생이 술에 취해 쓰러진 것으로 생각했지만 이미 그 전에 음주 경험이 많았던 재키는 그게 아니라는 걸 알았다. 재키가 정신을 차리고 일어났더니 방에 있던 다른 여고생 한 명이 "이년아, 너 때문에 양주 시켰잖아"라고 말했다. 그녀의 첫 간질 발작이었다.

재키는 팬티가 축축하게 젖어 있자 자신이 오줌을 지렸음을 눈치채고 황급히 다른 아이들에게 인사한 뒤 룸을 빠져나왔다. 집에 오는 길에는 지하철에서 조금 울었으나 집에 와서는 냉정을 되찾을 수 있었다.

평소에는 자각 증상이 없다가 심한 스트레스나 자극 때문에 갑자기 발작을 일으키는 종류의 간질이 있다는 것을 재키는 나중에 알았다. 도스토옙스키와 같은 질환을 앓고 있다는 사실에 어딘지 로맨틱한 기분이 들었다. 그런 사실을 알게 된 날 그녀는 기분 전환을 위해 머리를 아주 짧게 잘랐다.

병원의 진단서는 학교를 빠지는 데 매우 유용했다. "제가 지랄병이 있습니다"라고 말하면 선생들은 몹시 미안해했다. 그녀가 적절한 표정을 지으면 교사들은 귀찮은 질문을 계속하지 않았다.

남자들은 예쁜 여자아이들에게 관대했고, 학교는 우등생들에게 너그러웠다. 중학생 때 이미 그녀는 선생들 대부분을 마음대로 조종할 수 있었다. 오히려 동급생들의 마음을 움직이는 것이 더 어려웠다. 그냥 숭배를 받는 것은 쉬웠지만 어떤 의견이나 행동을 끌어내는 것은 쉽지 않았다. 때로 그녀는 단순한 호기심이나 자신의 능력을 시험해보고 싶은 마음에 또래들에게 이런저런 일을 시키기도 했다.

재키가 앓고 있는 간질병의 정도가 심한 것은 아니었다. 사이키델릭 조명이 발작을 일으키는 것 같았기에 재키는 그런 증상을 불러오는 동영상을 몇 개 내려받아서 의도적으로 발작을 유발해보았다. 비주얼베이직과 간단한 웹프로그래밍을 독학으로 배운 후에는 컴퓨터 화면에 정신없이 빠르게 깜빡이는 입자를 뿌리는 프로그램을 직접 만들었다. 프로그래밍은 모든 변수를 자신이 조절할 수 있고 결과를 금방 확인할 수 있다는 점이 마음에 들었다.

나중에는 그런 동영상이나 프로그램 없이 눈을 감은 채 눈꺼풀을 손가락으로 누르는 행위만으로도 발작을 일으킬 수 있었다. 더 뒤에는 눈꺼풀을 손가락으로 누르면서도 정신을 집중하면 발작을 어느 정도 참을 수 있다는 것까지 알게 됐다.

　그런 일들을 한 이유는 도스토옙스키가 간질성 발작 중 신(神)을 보았다고 했기 때문이다. 처음에는 도스토옙스키의 경험을 재현하기 어려웠으나 차차 익숙해지면서 발작 직전의 어느 짧은 순간에 무섭고도 황홀한 기분을 얻을 수 있었다. 그것은 마치 끝없는 구멍 속으로 빠르게 떨어지면서 다음 순간 세상의 모든 것을 한꺼번에 알아차릴 수 있을 것 같은 느낌이었다. 또는 끝없이 펼쳐진 미로를 둥둥 뜬 상태에서 내려다보는 기분이었다.

　그런 기분은 도스토옙스키가 묘사한 것과는 달랐다. 대문호는 '지혜와 정서가 더없이 밝은 빛으로 빛나고 온갖 의혹과 불안이 신성한 평온 속에 녹아버린다'라고 썼다.

　재키가 경험하는 정신적 체험은 오히려 그 반대에 가까웠다. 모든 희망과 절망의 감정이 다 사라져버리고 어떤 가능성도 남지 않은, 압도적으로 절대적이고 완벽한 끝이었다. 그것은 그녀가 열역학 제2법칙에 대해 생각할 때마다 사로잡히곤 하는 개념, 엔트로피가 최대에 이르러 에너지로 쓸 수 있는 것이 조금도 남지 않은 열종말 상태와 같았다. 그 나름대로 종교적인 체험이었다.

　오랜 역사 속에서 가장 수치스러운 병으로 간주돼온 지랄병이 그런 가능성을 품고 있다는 사실에 재키는 강한 인상을 받았다. 재키는 자신이 어릴 때 병으로 죽었다던 아버지도 혹시 간질 때문에 죽은 것이 아닌가 궁금해졌고, 자신의 간질이 유전성인지 알아보기 위해 여동생을 실험 대상으로 삼았다.

자신이 만든 동영상을 5분가량 보게 했더니 여동생은 다리가 저리다며 전조 증상을 호소했다. 조금 더 깜빡거리는 입자들에 집중하게 했더니 입을 쩝쩝거리면서 오른쪽 팔과 다리에 힘을 주기 시작했다. 재키는 양손을 뻗어 여동생의 눈을 세게 눌렀다. 언니의 행동에 겁을 먹어 아무런 저항도 하지 못한 여동생은 곧 몸이 뻣뻣해지며 발작을 일으켰다. 재키는 미소를 지었다.

추에게 큰 기대 없이 "차를 몰고 고속터미널로 나와서 신촌까지 태워다줄 수 있느냐"고 물어봤더니 그녀는 대뜸 "그러겠다"고 했다. 자신이 술에 취해 있지 않으니 걱정하지 말라는 얘기까지 덧붙였다.

그렇게 해서 나는 추의 원룸에 두 번째로 가게 됐다.

예상했던 대로, 화장을 하지 않은 추의 얼굴은 청순하고 참했다. 도발적인 구석이라고는 찾아보기 힘들었다.

추는 자신의 여고 시절에 대해 이야기했다. 나는 그때까지 추와 세연이 같은 고등학교 출신이라는 것도 몰랐다. 추가 고등학교 1학년 2학기 때 세연이 전학을 왔다. 집이 김해에서 부산으로 이사를 오게 됐다고 했다.

"세연은 전학을 오자마자 학교의 스타가 됐어. 여고생들의 세계라는 게 워낙 좁잖아. 그리고 내 생각에는 개도 일부러 괴상한 짓들을 그때 많이 저질렀던 것 같아. 답답한 데 갇혀 있는 게 싫어서.”

추의 설명에 따르면 한창 때 세연의 유명세는 한 학교에 국한되는 정도가 아니었다. 근처 서너 개 고등학교에는 이미 세연의 이름이 잘 알려져 있었고, 꽃다발과 편지를 들고 여고 교문 앞에 서 있는 수모를 감수하는 황당한 남자애도 많았다.

세연의 여성스러운 모습만 봐온 나로서는 이해하기 힘든 상황이었지만 세연은 고등학생 때 보이시한 스타일이었다고 한다. 쉬는 시간마다 여자애들이 자리에 종이학과 정성 들여 쓴 편지를 놓고 가는 그런 여고생. 특히 세연이 머리를 남자 군인처럼 짧게 밀었을 때 그 인기는 정점을 찍었다.

하지만 추가 다녔던 고등학교에서 세연의 인기는 그냥 예뻐서 생긴 것이 아니었다. 제아무리 생각 없는 10대라지만 이들은 세연에 대해 뭔가 보통 인간이 아닌 것 같은 기운을 느끼고 있었다. 교사들도 마찬가지였다. 이를테면 어린 예수와 나사렛 주민들 같은 관계였다. 세연이 무단결석하는 것에 대해서는 어떤 교사도 문제를 제기하지 않았고, 그녀가 다른 학생들과 담배를 피우다 걸리면 교사들은 그 사건을 어떻게 처리해야 할지 몰라 난감해했다. 젊은 남자 교사와 세연이 사귄다는 소문도 나돌았다.

“한국 여고생들의 계급을 결정하는 요인이 뭔지 알아? 외모와 학업 성적, 성깔이지. 그리고 세연은 그 세 가지를 완벽하게 다 갖춘 여왕이었지.”

만약 세연이 없었더라면 그 학교에서 여왕 자리를 차지했을 사람은 자신이었다고 추는 말한다. 추의 성적은 세연처럼 무지막지한 전교 1등은 아니었으나 반에서 상위권에 드는 축이었고, 추는 세연을 만나기까지 자기보다 예쁘면서 성깔도 강한 또래 여자가 있으리라고는 상상도 해본 일이 없었다.

처음에는 추도 세연과 대적해보려 했으나 자신은 그녀의 상대가 안 된다는 사실을 곧 깨달았다. 추는 세연을 싫어하다가 인정하게 됐고, 점차 숭배하게 됐으며, 나중에는 세연과 사랑에 빠졌다. 세연의 사랑은 달콤하면서 잔인한 것이었다. 세연은 간혹 끔찍한 일들을 요구했다.

"어떤 일들을 하라고 시켰는데?"

"나중에 얘기해줄게. 지금은 별로 얘기하고 싶지 않아."

A대학에서도 세연의 존재감은 어마어마했으나, 고등학교 시절에 비하면 죽어 지낸 것이나 다름없었다. 추는 처음 A대학에 편입해서 사람들이 세연을 그다지 신경 쓰지 않는 데에 대해 '역시 서울은 다르구나'라고 생각했다가 뒤에 세연이 스스로 눈에 띄지 않기를 택했음을 알게 됐다.

"왜 서울에 와서는 태도를 바꿨을까?"

"구체적인 계기야 알 수 없지만 어떤 변화를 추구했겠지. 세연은 고등학교 내내 부산이 지긋지긋하다고 했어. 하지만 나는 세연이 부산이 아니라 자기 자신에게 지긋지긋해하고 있음을 알고 있었어. 정확히 말하자면 부산이 규정하는 자신의 모습에 질려 있었던 것 같아. 무슨 짓을 저질러도 자신을 학교 스타로, 동네의 인재로 보는 추종자들 사이에 둘러싸여 있는 것은 나름대로 피곤한 일이겠지. 하지만 그게 장소를 옮기고 태도를 바꾼다고 해결될 일인가."

확실히 그녀는 어떤 단절을 원했다. 서울로 가서는 부산에 있는 어떤 친구에게도 연락하지 않았고 고등학교를 다시 찾아오지도 않았다. 추가 보낸 문자메시지에 대답하지 않았고 전화도 받지 않았다.

추가 서울로 찾아갔을 때 세연은 추를 마치 존재하지 않는 사람처럼 대했다. 추는 자신이 할 일이 뭔지 알고 있었다. 그녀는 휴학계를 내고 편입 시험을 준비했다. 다음 해 추가 A대학으로 편입하고 세연에게 그 사실을 문자메시지로 보내자 비로소 세연은 추를 만나주었다. 세연은 추가 새로 구한 원룸에서 그녀를 안아주었다. 다정하게, 예전처럼.

이야기를 하다가 추는 울음을 터뜨렸고 나는 그녀가 우는 동안 냉장고에서 캔 맥주 하나를 꺼내 마셨다. 추가 자신도 달라고 했고, 곧 냉장고에 있는 맥주가 동이 났다. 나는 그때까지도 눈물을 흘리고 있는 추를 방에 둔 채 신촌 뤼미에르 빌딩 1층으로 내려가 편의점에서 1리터짜리 페트 맥주와 땅콩 안주를 사 왔다.

맥주와 땅콩을 사 왔더니 추는 어딘가에서 와인 한 병을 꺼내 혼자 마시고 있었다. 내가 자리를 비운 20여 분 사이에 추는 다른 사람이 되어 있었다. 또다시 눈이 불타오르고, 시끄럽게 떠들고 고집부리며, 말할 때마다 눈동자가 불안하게 흔들리는 모습으로 변해 있었다. 그녀는 세연을 욕하기 시작했다. 거지 같은 년. 썹할 년. 그러고는 내게도 와인을 권했다. 우리는 금세 와인 한 병을 비우고 다시 맥주를 마시기 시작했다.

추는 자신이 눈동자를 불안하게 떤다는 사실을 의식하지 못하는 것 같았다. 그러나 나는 그 흔들리는 눈동자에서 눈을 뗄 수가 없었다.

모든 게 설명하기 쉽다. 나는 섹스에 눈이 먼 전형적인 20대 남자였고, 추는 거창한 사고를 하지 못하는 대신 눈치가 빠르고 집착이 강한 20대 초반의 여자였으며, 세연은 위인전 목록에 자기 이름을 올리고 싶어 하는 사이코패스였다.

"걔는 제정신이 아니었어. 머리가 너무 좋아서 미쳐버린 거야. 아마 죽기 전에 10년은 미쳐 있었을 거야."

"내가 보기엔 너도 미쳤어. 그런다고 학교를 그만두고 편입을 해? 도대체 그렇게 해서 네가 얻은 게 뭐야?"

그러자 추는 순간은 영원한 거라느니 자기 인생에 후회는 없다느니 따위 말을 지껄이며 횡설수설했다. 나는 불알이 터질 지경이었다. 내가 얼굴을 끌어당겨 그녀의 입술에 내 입술을 포개자 추는 기다렸다는 듯이 덤벼들었다.

콘돔이 없었다. 나는 폭발하기 직전 내 물건을 그녀에게서 빼냈다. 둘 다 헐떡이며 잠시 누워 있다가 욕실에 가서 차례로 몸을 씻었다. 샤워를 하는 동안 다리가 후들거렸다.

"괜찮았어?"

추가 옷을 벗은 채로 고양이 같은 미소를 지으며 내게 찰싹 붙어서 물었다.

"아주 좋았어. 정말 좋았어."

그날 서너 시간 사이에 이 여자아이가 보여준 인격이 몇 개인지 몰랐다. 이제 나는 이 아이와 사귀게 되는 걸까?

이런 성격의 여자와 오래 사귀는 게 가능할까? 이 아이는 지금까지 남자를 제대로, 신실하게 사귀어본 적이 있긴 한 걸까? 진지하게 사귀게 되면 세연에게 보인 집착을 내게도 보이는 건 아닐까?

추의 머리를 쓰다듬는 동안 여러 가지 의문이 머릿속에 들었다. 그러다 잊고 있던 첫 의문이 떠올랐다.

"그런데 말이야, 왜 세연이 쓴 글에서 네 이름이 '루비'인 거야?"

"나도 몰라."

추가 고개를 들고 대답했다.

"무슨 말이야?"

"내 이름이 왜 루비인지는 나도 몰라. 하지만 내 이름이 왜 루비인지 알려주겠다고 하면 밤이라도 네가 달려올 거라고 세연이 그러더라. 나랑 네가 잘 어울릴 거라고 하면서. 어제 메일이 왔어. 내 이름이 왜 루비인지 넌 혹시 모르니?"

순교자가 필요한 이유

이 최후의 인간은 타인보다 훌륭한 존재로 인정받고 싶다는 욕망 따위는 털끝만큼도 갖고 있지 않으며, 그와 같은 욕망 없이 인간은 어떠한 미덕이나 업적도 이룰 수 없다. 자신의 행복에 만족하고, 하찮은 욕망을 뛰어넘을 수 없는 자신에게 아무런 수치심도 느끼지 않는 최후의 인간은 요컨대 인간이기를 포기한 존재인 것이다.

—《역사의 종말》, 프랜시스 후쿠야마

주변에 있던 여러 사람 중 꼭 소크라테스와 재프루더, 적그리스도, 루비, 하비, 제리, 메리 등을 계획에 끌어들인 데에는 특별한 의도가 없었다. 그들에게 '아주 특출한' 재능이 있는 것은 아니었다. 열두 사도가 그 시대의 최고 엘리트라서 예수의 부름을 받았던가? 아니다. 그들은 그저 예수가 제자들을 필요로 할 때 어느 정도

의지를 갖고 근처에 있던 사람이었다.

예수가 종교 지도자와 왕족들로 12제자를 구성했더라면 그토록 세를 확장할 수 있었을까? 처음에는 세를 불리기 쉬웠을지라도 거기에는 어떤 한계가 있었을 것이다. 그 지도자와 왕족들이 죽고 난 다음에는 추종자들이 소리 없이 사라졌으리라. 오히려 주 예수를 세 번씩 부정한 수제자와 직접 그리스도의 옆구리 상처를 만져봐야 부활을 믿겠노라고 했던 복음서의 저자가 있었기에 후세 사람들이 예수의 이야기를 더 열렬히 믿을 수 있었다.

그렇다고 재키가 자신의 '제자'들을 인정하지 않는 것은 아니었다. 소크라테스와 재프루더, 적그리스도, 루비, 하비, 제리, 메리 등은 모두 자질이 있었다. 그들은 옳다고 믿는 것을 위해서라면 다른 많은 가능성을 희생할 수 있을 정도로 순수했고, 21세기의 한국 사회가 구성원들에게 지상 과제로 제시하는 성공의 가치를 의심할 수 있을 정도로 영리했다.

그들은 그 성공의 가치와 자신들이 옳다고 믿는 것 사이의 모순을 감지할 수 있을 정도로 예민했고, 무엇보다 그 모순을 해소하기 위해 어떤 일을 저지를 수 있을 정도의 에너지를 지닌 젊은이들이었다.

재키는 소크라테스와 재프루더의 뛰어남을 잘 알고 있었다. 불과 20대 초반의 나이에 아무런 야심도, 통찰력도 없이 그저 부모가 시키는 것을 해내거나 남들보다 먼저 어떤 시험을 합격하는 것으로 충만해지는 아이들을 많이 보았기 때문이다. 그네들은 자신들이 타락했다는 사실조차 몰랐다. 한 번도 고귀해본 적이 없기 때문에 그런 영적인 고갈 상태에서도 자신들이 밑바닥에 있다는 것을 모르는 인간들이었다.

재키는 나름의 방식으로 자기 제자들을 사랑했다. 제자들의 임무는 자신의 존재를 세상 사람들에게 알리고 자신의 가르침을 전파하며, 결국은 자신을 따라 죽는 데 있다. 그들은 그 과정에서 많은 것을 희생하게 되리라.

열두 사도에 대한 예수의 마음도 실은 자신과 비슷했던 것 아닐까? 정말로 그가 죽어서 모든 인간의 죄를 대속한 것이라면, 그 뒤에 제자들이 예수를 따라 순교했어야 하는 이유는 무엇인가?

세연은 추에게 나와 사귀라고 지시했다. 추는 나에게 그 사실을 말했다.

"그런 이야기를 듣고 나서 내가 너와 사귈 수 있을 거라고 생각해? 세연은 뭔가 음흉한 속셈이 있었어. 난 거기 걸려들고 싶지 않아."

"세연이 죽기 전에 순수한 마음으로 우리를 위해 제안한 것일 수도 있다는 생각은 안 해?"

"안 해. 그랬을 것 같지 않아."

"그 아이라고 해서 뭐든지 다 계산할 수는 없어. 걔가 똑똑하긴 했지만 신은 아니잖아.”

“그래서, 함정이 있다는 걸 뻔히 알면서 그 길로 가라고?”

“네가 생각하는 것과 반대일 수도 있잖아. 너와 내가 사귀는 걸 세연이 두려워했기 때문에 오히려 우리더러 사귀라고 말했을 수도 있어.”

나는 잠시 생각해보았다. 우리가 교제하는 것을 막으려고 우리더러 사귀라고 한다?

그러나 우리가 서로 사귀지 않게 만드는 것이 세연의 ‘숨은 의도’라고 해석해서, 세연의 노림수에서 벗어났다고 생각하며 서로 교제하는 것이 세연이 진짜 원하는 바일 수도 있지 않은가?

문제는 이 뫼비우스의 띠에 대해 생각하면 할수록 마음속에서 세연의 존재감은 커지고 우리가 죽은 세연이 연출하는 인형극의 등장인물처럼 느껴진다는 점이다. 아마 그게 세연이 정말로 원한 것이었을지도 모른다. 아무 수나 던져놓고 그에 대해 곰곰이 생각하게 만드는 것.

“그래도 이해가 안 돼. 우리를 서로 사귀지 않게 하려면 처음부터 우리를 만나지 않게 하면 되는 거 아니야? 그런 복잡한 수를 쓸 이유가 뭐 있어?”

“어차피 우리는 만나게 돼 있는 것 아니었니? 누구라도 세연의 잡기를 메일로 받으면 그 등장인물들을 찾으려고 나서지 않겠어? 세연이 소개해주지 않았더라도 우리는 서로 만나게 돼 있었을 거야. 나는 우리가 조만간 ‘메리’나 ‘하비’, ‘제리’라는 아이도 만나게 될 거라고 생각해. 하비는 무슨 대기업 오너의 아들인 것처럼 나오던데."

"넌 세연을 숭배하지 않았어? 세연의 '잡기'엔 네가 광적인 추종자로 나오던데. 우리 학교로 편입한 것도 그 아이 때문이었잖아."

이 지적에 추는 잠시 잠자코 있었다. 그녀는 내가 말할 때부터 골난 아이처럼 입술을 실룩거렸다. 그녀는 머리카락을 쓸어 넘기고 뭔가 말을 하려다 갑자기 자리에서 일어나 계단을 향했다. 우리는 신촌 버거킹 2층에서 커피를 마시고 있었다. 나는 말문이 막히니 삐친 척하는 그녀의 술수가 뻔히 보인다고 생각하면서도 잡아야 하나 말아야 하나 망설이고 있었다.

추는 뒤에서 내가 붙잡은 손을 뿌리치고 계단을 계속 걸어 내려갔다.

"도대체 왜 그러는데? 내가 무슨 잘못이라도 했어?"

추는 내 말을 들으려 하지 않고 뛰다시피 해서 가게 밖으로 나갔다. 나는 혀를 차며 신촌 거리까지 추를 쫓아갔다. 매장 안에 있던 사람들이 우리를 쳐다보았다.

커피빈 신촌점 앞에서 나는 다시 추를 붙잡았다.

"왜 그래? 내가 뭘 잘못했어?"

나는 추가 달아나지 못하도록 그녀의 팔을 꽉 잡았다.

"넌 내가 정말 그 애 때문에 너를 만나고 있다고 생각해? 다른 이유는 아무것도 없이?"

"아니야?"

"누가 어느 남자랑 자라고 하면 그러는 애로 보여, 내가?"

어떤 의미에서는 추가 세연보다 더 이해하기 힘든 인간이었다. 세연은 미치긴 했지만, 논리적이고 사고와 행동에 일관성이 있었다. 추는 그런 게 없었다. 정말 예측 불능이었다.

나는 그런 추의 기행이 세연의 행동을 어설프게 흉내 내다 학습된 것이라고 생각한다. 어쩌면 추가 원래부터 불안정한 성격이었는지도 모른다. 그렇다 해도 나와 지내던 시기 추가 벌였던 괴상한 행동들은 분명 관객인 나와 죽은 세연을 의식한 것이었다. 추는 세연을 숭배하면서도 그녀 자신도 완전히 없애버릴 수 없는 시기심을 마음 밑바닥에 지니고 있었다.

그녀는 제2의 세연이 되고 싶었던 것 같다. 그러나 그런 시도는 범재가 천재인 척 굴 때 대부분 그렇듯 우스꽝스럽게 보일 뿐이었고, 추 자신도 그것을 잘 알았다. 세연처럼 미칠 수 있는 사람은 세연밖에 없다. 세연의 자유로움과 당당함은 광기의 결과가 아니라 원인이거나 아니면 같은 원인을 두고 있는 서로 다른 종류의 결과물이다.

신촌 거리에서 추는 내게 제안했다.

"세연이 한 말이 그렇게 신경 쓰여서 그래? 그러면 나랑 헤어져. 여기서 갈라지자고. 세연이 뭐라고 했든 우리가 좋으면 사귀고, 우리가 싫으면 안 사귀면 되잖아. 난 다른 여자 신경 쓰느라 나한테 집중하지 못하는 남자는 필요 없어."

추는 나를 세게 밀친 뒤 빠른 걸음으로 아트레온 극장 쪽으로 걸어갔다.

《인간의 굴레》《달과 6펜스》《어센덴》등 서머싯 몸의 작품에서 되풀이되는 테마가 있는데, 바로 너무 천박하다고 생각해 경멸해 마지않는 상대와 지긋지긋한 사랑에 빠지는 것이다. 사랑을 하는 중에도 상대방을 천박하다고 여기고 그런 자기 자신을 용납하지 못하는 긴장 상태가 포인트다.

몸은 '인생은 불가해한 것'이라는 자신의 인생관을 뒷받침하는 하나의 에피소드로 이 테마들을 반복한다. 몸 자신이 실제로 그런 천하면서도 진지한 사랑에 빠진 경험이 있었던 게 아닐까? 몸은 그런 괴이한 사랑에서 빠져나오지 못하는 상태를 마치 재활 노력에 번번이 실패하는 마약중독자나 도박중독자의 상황처럼 묘사하는데, 이는 상당히 설득력이 있다.

추에 대한 나의 욕망은 상대를 죽어라 두들겨 팬 뒤 강간하고 싶은 그런 종류의 것이었다. 그리고 나는 우리가 처음에 만났을 때는 몰라도 나중에는 추가 나를 그런 충동에 휩싸이도록 거의 사주하고 있었다고 생각한다.

이 글을 쓰고 있는 지금에 와서 나는 기묘한 생각에 사로잡힌다. 정말로 내가 그녀를 두들겨 패고 강간했더라면, 모든 것을 처음부터 새로 시작할 수도 있지 않았을까 하는 생각이다. 그녀는 자신이 저지르거나 저지르지 않은 어떤 죄에 대한 죄책감에서 벗어나 속죄하는 느낌을 받을 수 있었을 것이고, 나는 세연의 그림자를 완전히 떨쳐버릴 수 있었을지도 모른다.

나는 일주일 만에 추에게 연락했다. 늦은 시간이었는데도 추는 자신의 오피스텔로 오라고 했고, 나는 티셔츠 차림으로 곧장 그리로 갔다.

"세연이 뭐라고 했든 신경 쓰지 않을 거야?"

문을 열어주며 추가 물었다.

"그래."

"그럼 들어와."

섹스를 마치고 추의 어깨가 들썩이기 시작했다. 추는 울고 있었다.

"왜 울어?"

추는 내 품에 안겨 울면서 말했다. 세연을 떨쳐버릴 수 없어서 너무나 두려웠노라고, 세연이 말한 대로 자기가 죽게 되는 건 아닌지 무서웠노라고. 그녀는 세연에게 5년 뒤에 세연을 따라 자살하겠다고 말했다는 것이다. 추는 자신을 지켜달라고 했다. 자기가 죽지 않게 계속 희망을 주고 세연의 음울한 메시지를 잊을 수 있도록 도와달라고 말했다.

그러나 나는 그 순간에조차 이 모든 게 세연의 계획이 아닐지 의심하고 있었다. 추가 하는 말은, 그녀가 하는 말치고는 이상하게 논리정연했다. '세연이 뭐라고 했든 우리가 좋으면 사귀고, 우리가 싫으면 안 사귀면 되잖아. 다른 여자 신경 쓰느라 나한테 집중

하지 못하는 남자는 필요 없어.' 추의 머릿속에서 그런 제안이 나올 것 같지는 않았다. 자신을 지켜달라고 우는 것 역시 나를 옭아매기 위한 음흉한 계략이 아닐까?

7.

    추는 자신도 7급 공무원 시험을 준비하겠다고 해서 나를 당황하게 했다. 내가 농담하지 말라고 하자 그녀는 자기도 공무원이 되는 것을 오래전부터 생각해왔다고 말했다. 물론 나는 그 말을 믿지 않았다.

    "따라 하긴 누가 누굴 따라 한다고 그래? 학교 도서관에 가서 아무 책상이나 살펴봐. 둘 중 한 명은 공무원 시험 준비하고 있어."

    "그럼 7급 공무원 시험 과목이 뭔지 말해봐. 그런 것도 모르면서 어떻게 공무원 시험을 염두에 두고 있다고 할 수 있지?"

    "올 여름방학 때부터 준비하려고 했단 말이야! 기말고사가 끝나면 카페랑 스터디에 가입하려고 했어. 그런데 세연이 자살하는 바람에 신경 쓸 겨를이 없었던 거야."

    세연의 이름을 들으면 나는 조용해졌다. 나는 되도록 세연이

나 세연과 연관된 얘기는 입밖에 꺼내지 않는다는 주의였다. 반면 추는 일부러 세연의 이름을 입에 자주 올렸다. 그게 그녀 나름대로 세연을 극복하기 위해서인지 아니면 내게 세연을 상기시키고 싶어서인지, 그도 아니면 아무 생각이 없어서인지는 알 수 없었다.

같이 살면서 공무원 시험을 준비하자는 추의 제안도 처음에는 터무니없이 들렸다.

"웃기는 소리 하지 마. 그게 될 리가 없어. 있는 애인도 합격할 때까지는 헤어지라는데."

"시험 준비하면서 학원 다니고 먹고 자는 데 쓸 돈은 어디서 마련할 건데? 어차피 뭐라도 아르바이트를 해야 하는 처지 아냐? 네가 방을 빼면 그 보증금으로 잘하면 2년, 못해도 1년 반은 버틸 수 있다고. 아르바이트하면서 시험 준비를 하는 게 시간이 더 많겠어, 아니면 불편해도 나랑 살면서 같이 공부하는 게 네 시간이 더 많겠어? 게다가 같이 공부하면 교재도 절반만 사면 되고 인터넷 강의도 한 명분만 다운로드해서 같이 볼 수 있잖아?"

나는 대답하지 않았다.

"왜, 내가 무서워? 공부는 안 하고 너 잡아먹을까 봐?"

추가 핵심을 찔렀다.

홍익문고에서 공무원 시험 교재를 산 날 저녁에 휘영과 병권을 만났다.

"당분간 너희랑 만날 일이 없을 테니까, 내 얼굴 볼 수 있을 때 실컷 봐줘라. 술값도 내고. 합격하면 내가 쏠 테니까, 투자라고 생각해."

"어디, 노량진 고시원이라도 가는 거야?"

"아니. 학교에서 공부할 건데. 도서관에서."

"그런데 네 얼굴 볼 일이 왜 없어?"

"새벽부터 밤까지 도서관에만 있을 거니까. 도서관 복도에서도 보기 어려울걸? 화장실도 하루에 5번만 갈 거다. 식후 30분, 그리고 여유분으로 두 번."

방학인데도 저녁 8시 동래파전은 대학생들로 가득했다. 이태백이니 낙바생이니 어쩌고 해도 그날 테이블에 앉은 젊은 남녀들은 모두 흥겨운 모습이었다.

휘영도 휴학할 계획이었다. 토익 점수도, 학점도 거의 만점에 가까운 그는 다른 대기업 입사 시험에는 일부러 응시하지 않고 신문사 시험에만 전념할 거라고 했다.

"언론사 시험 공부를 1년씩 할 필요는 없는 것 같아. 한 학기로 끝낼 거야. 합격하면 복학해서 졸업하고."

우리는 동동주를 마시며 동기생들이 뭘 하고 있는지에 대해 정보를 교환했다. 휘영이 아는 경영학과 동기생이 내가 아는 애들보다 더 많았다. 나는 어깨를 으쓱했다. 외국계 컨설팅 회사에서 인턴을 하는 녀석이 잭팟이었으며, 공인회계사나 행정고시를 준비하는 녀석들은 잘나가는 축이었고, 가끔 변리사나 감정평가사를 준비하는 놈들도 있었다. 대기업 입사 준비는 다들 옵션으로 걸어놓는 것이었고, 나처럼 7급 공무원을 준비하는 치들은 계급으로 치자면 서민층에 속했다. 말을 안 해서 그렇지 9급 공무원을 준비하는 녀석들도 틀림없이 있을 것이었다.

"이거 정말 고등학생 때랑 똑같잖아. 내신 1등급, 2등급 하는 녀석들은 나중에 판검사가 되거나 대기업에 가고, 3·4등급 하는 녀석들은 중견기업에 가는 거지. 5·6등급이면 어디서 품이나 팔아야 하고."

"그러면 너도 지금 7급 준비하지 말고 행시 보면 되잖아. 다 뿌린 대로 거두는 거 아냐?"

"야, 난 고위공무원 되기 싫어. 되기 싫어서 안 하는 거야. 그런 거지 같은 계급체계를 거부하는 거라고. 어차피 이 세상에 내가 원하는 싸움은 없어. 몇 푼 더 벌고 몇 점 더 얻기 위한 경쟁 따위 머저리 같은 녀석들이나 하라지. 나한테는 자유시간을 하루에 6시간 확보할 수 있는지 없는지가 직업 선택에서 가장 중요한 조건이야."

"그 얘기 어디서 들어봤는데."

갑자기 휘영의 얼굴이 어두워졌다.

"뭐."

"네가 조금 전에 한 말, 세연이 쓴 잡기에 있는 말이야."

"그래?"

"그렇게 인상 쓰지 말고 들어봐. 혹시 너한테 공무원이 되라는 얘기를 처음으로 한 사람이 세연 아니야? 왜냐하면 나한테 기자가 되면 좋을 것 같다는 얘기를 처음으로 한 사람이 세연이거든.”

“야, 학교 도서관에 가서 아무 책상이나 살펴봐라. 셋 중에 둘은 공무원 시험 준비하고 있어. 세연이 뭐라고 말했든 상관없어.”

나는 거짓말을 했다.

“공무원 시험을 봐야 하는 이유도 네가 생각해낸 거야? 몇 푼더 버는 것보다 시간을 확보하는 게 중요하니까 거기에 꼭 맞는게 7급 공무원 시험이란 얘기도 네가 생각해낸 거야?”

“이거 왜 이래. 세연의 잡기에는 너도 순 찐따로 나와 있더만. 뭐라더라? 옳은 일을 하고 있다는 감각? 안 그래, 소크라테스?”

우리는 잠시 서로 말을 하지 않았다. 휘영이 먼저 잔을 내밀었고, 나는 얼굴이 붉어져서 그와 잔을 부딪친 뒤 남아 있던 동동주를 단숨에 들이켰다.

“그 여자애는 미쳤어.”

잠시 동안 흐르던 침묵을 깨고 내가 말했다. 그리고 흥분한 어조로 말을 이었다.

“우리 중에 누구도 그 년이 하라는 대로 하지 않아. 그렇게 되지도 않고. 병권아, 너는 그 ‘잡기’에 보면 세연이를 따라 자살할 것처럼 나오더라. 세연이랑 잠도 잤고. 정말 그런 거야?”

“하.”

병권이 대답하는 대신 어이가 없다는 표정으로 코웃음을 쳤다. 휘영이 귀를 쫑긋 세웠다가 애써 덤덤한 표정을 지었다.

“안 죽을 거지?”

휘영이 다짐을 받으려고 한 번 더 묻자 병권은 말없이 휘영을 노려봤다.

"그런데 우리가 아직 메리나 제리, 하비가 누군지 모르잖아요. 이 사람들을 찾는 글을 학교 게시판에 올려보면 어떨까요?"

병권이 말했다. 휘영과 나는 얼굴을 마주보았다.

"메리, 제리, 하비가 우리 학교 학생일 가능성은 꽤 높아요. 그들도 우리처럼 세연에게서 메일을 받고 암호를 풀기 위해 애쓰고 있겠죠? 터무니없는 얘기인지는 모르지만 학교 자유 게시판에 '재키, 소크라테스, 적그리스도, 재프루더, 루비, 제리, 메리, 하비를 아는 사람은 연락해주십시오'라고 올리면 그중에 누가 보고 연락해 올지 알아요? 특히 하비는 어느 대기업 후계자인 것처럼 묘사가 돼 있어요. 찾기 쉽지는 않겠지만, 그래도 우리 학교에 다니는 대기업 후계자라면 그리 많지는 않을 거 아네요? 알음알음으로 물어보다 보면……."

"제리는 아니야. 잡기를 잘 읽다 보면 제리는 실제 존재하는 사람이 아니라 재키의 또 다른 인격이라고 돼 있어."

휘영이 말했다.

"야, 나는 메리인지 하비인지 그런 강아지 이름을 한 년놈들한테 아무 관심도 없다. 그놈들을 찾아서 도대체 뭘 하겠다는 거야? 왜 우리가 그 죽은 애의 글 나부랭이에 그렇게 집착해야 하는 거야."

살짝 취기가 오른 나는 흥분해서 일장연설을 쏟아부었다.

"미래를 향한, 좀 건설적인 얘기를 하자고. 세연이 얘기는 계속하면 할수록 더 궁금해질 뿐이야. 그런 얘기는 그냥 안 하고 덮어버리는 게 최선이야. 메리나 하비를 만나서 우리한테, 적어도 나한테 득될 건 없을 거라고 생각해. 난 너희도 이제 별로 안 만날 참인데."

"형이 그렇게 말씀하신다면야 할 말 없죠. 하지만 저는 학교 게시판에 글을 올려볼래요."

병권은 고집을 꺾지 않았다.

우리는 열심히 동동주를 마셨고, 패배자가 된 느낌이 들기 전 적절한 타이밍에 헤어졌다.

나는 그날 이후로 병권을 만나지 못했다. 그가 자살하던 날까지.

내가 각서를 요구하니 추는 배꼽을 잡고 웃어댔다.

"그게 뭐야. 완전 병신 같아. 아, 나 웃겨 죽겠어. 자기 공부하는 거 방해하면 안 된다고 각서를 써달래. 뭐야, 책상 금 그어놓은 거 넘어오면 샤프로 찌르겠다는 규정 같은 건 없어?"

나는 이 재수 없는 여자애를 한 대 때려주고 싶었지만 각서를 쓰자고 한 것은 내가 생각해도 병신 같은 제안이긴 했다.

"도대체 그 각서에 뭘 쓸 거야? 평일에 섹스 요구하면 벌금 3만 원, 이런 거? 술 마시고 들어오면 벌금 2만 원이고 스터디 빠지면 벌금 만 원, 그런 거?"

"됐어."

나는 기분이 상해서 말을 멈췄다.

동거하면서 함께 공무원 시험을 준비하자는 추의 제안은 분명 유혹적이긴 했다. 성적인 얘기를 하는 게 아니다. 경제적 측면을 말하는 것이다.

나는 복잡한 심정이었다. 추의 제안을 받아들이지 않으면 공무원 시험 준비를 위한 돈을 마련할 길이 없다는 걸 안다. 그러나 여느 여자도 아닌 추와 동거하면 시험뿐 아니라 내 인생까지 말아먹기 쉬워 보였다.

이런 경우 나는 뭔가를 하지 않는 것보다는 뭔가를 저지르는 것을 선택하는 아이였다. 그래, 나는 젊고 예쁘고 깨어 있는 시간의 절반쯤은 취해 있는, 헤픈 여자애랑 함께 살면서 공무원 시험을 준비할 준비가 됐다. 성공했다는 얘기는 못 들어봤지만, 어쨌거나 동거하면서 공무원 시험을 준비하는 남녀가 꽤 많은 것도 사실이었다.

그러나 뭔가 안전장치가 필요했다. 그게 고작 종잇조각에 써놓은 몇 줄의 문장이라 해도.

"완전 웃겨. 그럼 나한테만 뭘 요구하지 말고 너도 규율을 좀 정해봐. 공무원 시험 합격할 때까지 딸딸이 치면 한 번에 3만 원씩 나한테 줘. 네가 딸딸이 치면 나 시험공부하는 데 방해될 거 같거든. 안쓰러워서."

"야 씨발, 그만 좀 웃을래? 난 지금 진지하다고. 이 시험이 나한테 얼마나 중요한지 알아?"

추는 얼굴에서 웃음을 거뒀다.

"알아. 이 시험은 나한테도 중요해."

"그래, 잘됐네. 그러니까…….''

"그래도 그 벌금 제도 따위는 안 해. 나더러 술을 줄이라고 하면 그럴게. 일주일에 금요일이나 토요일 하루만 술을 마시는 걸로 정하든가 하자. 너나 나나, 어차피 술 한 방울 안 마시고 하루 14시간씩 공부하는 건 불가능해. 그런데 내가 그 약속을 못 지킨다고 나한테 벌금을 물린다는 생각은 말아줘. 내 벌금 받아서 너한테 좋을 게 뭐야? 그 벌금 모아서 장사라도 할 거야?"

추는 내 손을 잡았다.

"우린 이제 운명공동체잖아. 나는 너한테 내 공간을 아무 대가 없이 제공한다고 나섰어. 그러니 너도 나를 좀 믿어봐. 내가 흔들릴 때 나를 떼놓고 혼자 앞서갈 생각하지 말고 나를 좀 붙잡아 줄 수 없겠니? 나도 한다면 해. 편입 시험도 결코 쉬운 건 아니었어."

말문이 막혀 있는 사이 추가 내게 결정타를 날렸다.

"너 나 사랑하지 않지?"

추는 야유조로 물었다. 그녀도 답은 알고 있고, 크게 기대하지 않는다는 투였다. 잠시 침묵이 흘렀다. 물론 나는 그녀를 사랑하지 않았다. 추에 대한 욕망은 사랑이라고 부를 수 있는 종류의 것이 아니었다. 나는 그저 내가 "미안해, 내가 잘못 생각했어. 각서 따위는 잊어"라고 말할 때 추가 거기서 물러나주길 바랐다. 추는 거기서 물러났다.

　　인터넷으로 '학생 이사 전문'이라는 이사업체를 찾아 내 원룸에 있던 짐을 추의 원룸으로 옮겼다. 물론 같은 원룸이라 해도 대충 만든 빌라 지하실인 내 자취방과 신촌 로터리에서 가장 좋은 상권에 자리 잡은 오피스텔 건물 13층에 있는 추의 원룸은 하늘과 땅 차이였다. 추가 사는 오피스텔 건물에는 성형외과와 네일아트 숍, 스튜어디스 학원이 있었으며, 원룸도 10평은 돼 보였다.
　　버린 물건이 좀 있긴 했어도, 내 짐들이 1톤짜리 픽업트럭 하나도 다 채우지 못한다는 사실이 서글펐다. 내 또래로 보이는 이삿짐센터 아르바이트생은 조립식 간이 옷장을 헐렁하게 모양만 맞추고 도망쳤다. 옷걸이를 몇 개 걸었더니 간이 옷장은 무너져버렸다. 무너진 간이 옷장을 일으키고 다시 너트를 죄면서 나는 투지를 불태웠다. 공무원 시험에 합격하면 애를 낳지 않고 그 대신 남들이 좆같이 양육비에 쓰는 돈을 전부 유흥비로 쓰면서 다시는, 다시는 씨발 이렇게 궁상맞게 살지 않을 거야.
　　창가 좌우로 조립식 간이 옷장을 하나씩 설치했다. 하나는 추의 것이었고, 또 하나는 내 것이었다. 양쪽에 모두 옷을 거니 채광에 심각하게 문제가 있었다. 방에는 거의 빈틈이 보이지 않았다.
　　"그래도 고시원 두 개 합친 것보다는 크잖아?"
　　추가 내 심정을 알겠다는 듯이 말했다.

"그래. 어차피 집에서는 잠만 잘 건데 뭐. 아침에 세수하고 이빨 닦는 것도 도서관이나 학원에 가서 할 거야."

나는 섹스도 일주일에 한 번만 하리라고 다짐했다.

합격 비결이라며 온갖 다양한 글로 넘쳐나는 공무원 시험 관련 인터넷 게시판에서 딱 하나 모두의 의견이 일치하는 조언이 있었다. 노량진이나 신림동에서 공부를 하면 오히려 시험을 망친다는 것이었다. 성인 전용 PC방, 스크린 경마장과 마사지 업소가 동네를 점령한 지 오래기 때문이다.

그래서 우리는 학원은 노량진에서 다니되 잠은 신촌에서 자고, 학원을 더 다니지 않아도 될 것 같은 시기가 오면 학교 도서관에서 공부하기로 했다. 우선 종합학원에서 전 과목 수업을 듣고 그다음에는 부족하다 싶은 과목을 따로 수강하든지 인터넷 강의를 듣기로 전략을 짰다.

내 목표는 다음 해 6월에 필기시험이 있는 서울시 7급과 같은 해 7월에 필기시험이 있는 국가직 7급이었다. 둘 중 하나를 한 번에 붙기만 한다면 더 바랄 게 없을 것 같았다.

만약 두 시험에서 모두 떨어진다면? 생각만 해도 머리가 아팠다. 내후년에 시험을 다시 봐? 포기하고 복학해서 대기업 공채를 노려? 어느 쪽도 자신이 없었다.

7급 공무원 시험을 2년 넘게 공부한다는 데에 생리적으로 거부감이 일었지만—병신 아냐?—누구는 제아무리 머리가 좋은 사람이라 해도 1년도 채 준비하지 않고 7급 공무원 시험에 합격할 수는 없으며, 만약 자신이 그 정도로 머리가 좋은 사람이라고 생각한다면 사시나 행시를 준비하는 게 맞다고 주장했다.

'그 문제는 닥치면 고민하지 뭐.' 나는 생각하기를 미뤘다.

학원에 처음 가는 날, 추는 몸매가 그대로 드러나는 스키니진에 배꼽티를 입어 수강생들의 눈길을 한 몸에 받았다. 나도 학원에서 옆자리에 앉은 추를 쳐다봤다. 내가 21세기에 있음을 느낄 수 있는 게 추의 패션밖에 없었기 때문이다. 형광등 조명에 구식 칠판과 분필 냄새, 삐걱거리는 강의실을 꽉 메운 수강생들, 이런 현실을 다시 겪으니 정말 시계를 거꾸로 돌려 10년 전 영어 문법을 배우러 다녔던 바로 그 단과학원에 다시 온 것 같았다.

동작구 노량진 '파워스터디 공시전문학원' 건물은 가만히 앉아 있는 것만으로 온몸의 기운이 쭉쭉 빠져나가는 그런 공간이었다. 학원에 있는 놈들은 강사부터 학생, 청소부에 이르기까지 모두 겨드랑이 땀 냄새와 패배자의 기운을 물씬 풍겼다. 그 자리에 있다는 것 자체가 이미 일종의 패배였다. 그 자리에 있는 어떤 사람도 다른 이로부터 존중과 존경을 받지 못하며, 설사 원하는 시험에 합격한다 해도 그 사실은 변함이 없을 터였다.

이런 환경에서 어지간한 인간들은 좀스럽고 추한 모습을 보인다. 좋은 자리를 잡으려고 수업이 있기 몇 시간 전부터 강의실 앞 복도에 신문지를 깔고 기다리는 녀석들과 내가 같은 급이라는 게 한심했다. 그럴 시간이 있으면 자습실에서 제대로 앉아 공부를 하는 게 낫지 않나? 《정재준 한국사》니 《황남기 헌법》이니 하는 책들에 밑줄을 그으며 중얼중얼 법 조항들을 외우고 있다 보면 이런 공부에 정말 젊음을 바쳐야 하나 싶어 한숨이 절로 나왔다.

그래도 나는 억지로 마음을 다잡고 공부에 몰두한 편이었으며, 의외로 추도 마음을 잡은 것처럼 보였다. 그래도 그녀는 계속 몸에 달라붙는 옷을 입고 다녔으며, 학원의 남학생 가운데 몇몇은 초라하게도 캔 커피 같은 것을 추에게 건네며 말을 붙여보려고 했다. 그녀는 나에게 "절대로 머리는 빡빡 밀지 마, 수험생이 그러면 병신 같아 보이니까"라고 말했다. 시험에 합격하면 그다음에는 머리를 밀어도 괜찮다고 했다.

시험을 준비하고 2주가 지났을 때 우리는 신촌 가구 백화점에서 잡다한 물건들을 사고 태국 음식점에서 똠양꿍과 볶음밥을 먹었다. 그날 밤 추는 내게 트레이닝복을 선물했다. 그녀는 같은 디자인으로 자기 것도 한 벌 사서 나와 커플룩을 맞췄다.

"고시생들이 추리닝 하나쯤은 있어야 하지 않겠어?"

"고시는 무슨……. 7급 공무원 시험 준비하는 건데."

나는 뜻하지 않은 선물에 할 말이 없어 얼버무렸다.

"그럼 같이 7부로 잘라 입을까?"

추는 그렇게 말하고 깔깔 웃으며 나를 껴안았다. 나는 순간 마음이 뭉클해졌고, 이런 일에 마음이 움직이다니 보름 사이에 나 자신이 감정적으로 많이 약해졌다는 것을 알았다.

"너, 솔직히 내가 이렇게 마음잡고 공부할 줄 몰랐지? 나한테 고맙지?"

추가 내게 물었고 나는 고개를 끄덕였다. 우리는 그날 섹스를 하고 잤다. 나는 그날 오래도록 잠을 이루지 못했다. 1년 동안 수험생 생활을 계속할 수 있을지 자신이 없었다. 비몽사몽간에 추와 사귀게 된 날 저녁, 그녀가 울면서 했던 말을 다시 떠올렸다.

'나는 너무 두려워, 세연을 떨쳐버릴 수 없어서. 세연이 말한 대로 내가 죽게 되는 건 아닌지 무서워. 그 아이에게 5년이 지나면 뒤따라 자살하겠다고 약속했어. 나를 지켜줘. 내가 죽지 않게 나를 좀 붙잡아줘.'

내가 그렇게 중심이 단단하고 믿음직한 사람으로 보인단 말인가?

그리고 마치 꿈결처럼 5월 초, 학교 축제에서 휘영, 세연과 함께 귀신의 집에 갔을 때 어떤 여자아이가 비명을 지르며 했던 말이 생각났다. '왜 이러세요, 살려주세요. 왜 이러세요, 살려주세요.'

그 뒤 6개월이 가장 알찬 시기였다. 학원 수강을 마친 뒤 전 과목을 인터넷 강의로 들었고, 전 과목 기본서를 한 번씩 읽었고, 헌법과 행정법, 경제학은 기본서를 두 번씩 뗐으며, 전 과목 문제집을 한 번씩 풀었고, 국어의 한자 부분은 문제집 두 권을, 영어는 문제집 세 권을 풀었다. 오답 노트는 만드는 중이었다.

사실 정말로 하루에 화장실을 5번만 간 것은 아니었고 깊이 파고들기보다는 속도감 있게 공부하는 성격이긴 했지만, 어쨌거나 이전까지 공부 인생 16년 동안 그때처럼 열심히 공부해본 적이 없다.

다들 체력 관리가 문제라고 했지만 나는 오히려 수험 생활 동안 더 건강해진 듯했다. 술도 마시지 않고, 규칙적으로 정해진 양의 식사를 하고(학생회관에서 먹으니까), 정신이 산만해질 때마다 도서관 복도나 1층으로 나가 팔굽혀펴기를 했기 때문이다. 그래서 흉근이 엄청나게 두꺼워졌다. 밤에 내키면 나가서 땀이 날 때까지 운동장을 달리기도 했다.

한편으로는 항상 무언가에 쫓기듯 초조한 나날이었다. 그날그날 마쳐야겠다고 정해놓은 공부 목표량을 채운 적은 두어 번밖에 없었기 때문이다.

매일 밤 12시에 자고 아침 6시 반에 일어났으며, 낮잠이 많은 편이라 도서관에서 틈틈이 엎드려 잔 시간이 아마 하루에 한두 시간은 됐을 것이다. 엎드려 잘 때 머리에 베기 좋은 학습 수면 베개도 인터넷에서 샀다.

주말에는 기분 전환을 위해 추와 맥주를 마시거나 영화를 보러 가기도 했다. 치킨과 맥주를 시켜놓고 오피스텔 소파에 앉아 추의 노트북으로 불법다운로드한 영화 파일을 함께 본 적도 있다.

규칙을 깨고 평일에 영화를 보러 간 적도 있다. 낙원상가의 허리우드극장에서 하는 '장국영 영화제'를 꼭 가야 한다고 추가 징징댔기 때문이다. 우리는 거기서 〈아비정전〉을 보았다.

평일 낮에 장국영 영화를 보겠다고 모여든 반백수들은 모두 차림새가 구질구질했다. 저 중에는 공무원 시험을 준비하는 녀석들이 분명히 또 있을 테지. 그것도 나 같은 이유로 공무원이 되겠다고 생각한 놈들일 거야. 나를 포함해 이런 싹수 노란 녀석들이 정말로 시험에 합격해 대한민국 중앙과 지방 정부를 이끌어가는 공무원이 될 것을 생각하니 나라의 장래가 근심스러웠다. 영화는 지루했다. 이런 영화를 보니 집에서 편히 낮잠이나 잘걸 그랬다는 생각이 들었고, 한편으로는 장국영 캐릭터의 팔자가 부럽기도 했다. 실업자로 살면서 몇 끼는 쫄쫄 굶어봐야 정신을 차릴 새끼.

추는 다음 날 나 몰래 낙원상가에 가서 〈해피 투게더〉를 또 보았다. 나중에 그녀의 《재정국어》 사이에 꽂혀 있는 〈해피 투게더〉 영화표를 보고 나서야 그녀가 나 몰래 장국영 영화를 보러 갔다는 사실을 알았다. 그러나 나는 그녀에게 아무 말도 하지 않았다.

그날 추는 도서관에 나오지 않았다. 그즈음 추는 새벽에 침대에서 일어나지 못했고, 도서관에서 자리를 옮겨 다니는 게 싫다며 집에서 공부하겠다는 날이 가끔 있었다.

〈해피 투게더〉는 예전에 보긴 했는데 정확한 내용은 잘 기억나지 않았다. 단지 장국영이 주변 사람들에게 이리저리 민폐를 끼치고 다녔다는 것만 생각났다.

영화 속에서 장국영은 어떤 쓰레기 같은 짓을 해도 주변 사람들이 항상 관심을 보이고 매력을 느낀다는 점에서 세연을 닮았다. 현실에서 그럴 정도로 재능이나 매력을 갖춘 캐릭터는 거의 존재하지 않는다. 내가 아는 한 세연이 유일했다. 세연도 장국영도 남들이 자신을 우습게 보기 전에 자살했다.

다른 한편으로 장국영의 영화 속 캐릭터는 매번 추와 닮기도 했다. 실제로는 대단한 도전도 반항도 하지 않으며, 심오한 사고를 할 수 있는 머리도 없고, 상처를 잘 받으며, 무책임하고, 자기가 뭘 원하는지 잘 모르는 것 같다는 점에서 그랬다. 내가 알기로는 실제의 장국영도 그런 인물이었다.

추와의 관계를 어떻게 할 것인지는 내가 미뤄놓은 또 다른 고민거리였다. 시험에 합격한다고 해서 저절로 해결될 일이 아니라는 점에서는 더 심각한 문제기도 했다.

밤 9시가 넘으면 집중력에 한계가 와 더 이상 책이 눈에 들어오지 않았다. 그런 때 추는 "차라리 집에 가서 잠을 자는 게 낫겠다"라고 말하며 먼저 도서관을 나가곤 했다. 나는 어영부영 밤 11시까지 버텼다. 밤 11시까지는 도서관을 떠나지 않겠다고 결심했기 때문이다.

공부를 마치고 집으로―내가 빌붙어 살고 있는 추의 원룸으로―혼자 돌아오는 길은 가끔 눈물이 날 정도로 외로웠다. 7급 공무원 시험 수험서를 가방에 담고 울분에 싸여 술 취한 신촌 거리를 걷다 보면 당치도 않은 감상에 휩싸였다.

나는 누군가가 내게 시비를 걸어주길 바랐다. 그리고 내가 상대방을 잔인하게 두들겨 패는 모습을 상상했다. 내가 세상에 할 수 있는 복수는 그 정도밖에 없었다.

예전에는 졸부가 되어 돈을 펑펑 쓰면서 돈이 주는 권력의 맛을 즐기는 상상을 했다. 그런데 이제는 상상 속의 그런 일은 벌어질 수 없게 됐다는 점이 명확해졌다. 운이 좋아 시험에 합격한다 해도 7급 공무원이 어디서 그런 돈을 벌겠는가? 뇌물을 받아서? 공무원 시험을 준비하는 학생들이 만든 인터넷 카페에는 7급 공무원이 얼마나 막강한 자리인지에 대한 게시물들이 올라왔다. 나는 건설업자나 사업가들을 상대로 횡포를 부리는 7급 공무원의 모습을 그리며 자리가 주는 권력의 맛을 상상 속에서나마 즐겨보려 했지만, 추잡하고 부끄럽다는 생각만 들 뿐이었다.

그 길에서 나는 때로 독하게 살아야 한다고 다짐했으며, 때로는 내 또래의 다른 녀석들도 다 같이 불쌍한 처지라고 인정했다. 나는 온전치 못한 정신으로 세연이 얘기한 '우리 세대'에 대해 잠시 생각했다. 신촌 거리 전체가 발악하고 있는 것 같았다.

휘영과는 주말에 두세 번 만나 술을 마셨다. 10월에 그는 '형 내일 SBS 1차 면접 보러 간다'라는 문자메시지를 보냈다. 나는 '잘 봐라. 붙으면 단단히 쏴야 함'이라고 답신을 보냈다. 그는 면접 결과에 대해서는 내게 말하지 않았고 나도 묻지 않았다.

왜 내가 이 기회를 저버려야 해?

"당신은 신비적인 숭배의 대상이자 전설적인 존재요, 멀린. 당신의 정체가 무엇인지 나는 모르오. 하지만 그런 당신의 힘을 성전(聖戰) 따위에 허비하지는 마시오. 이번에는 뭔가 다른 일을 하는 것이 어떻겠소. 의사가 되어서 고통과 싸운다든지, 그림을 그리시오. 역사학 교수가 될 수도 있고, 골동품 연구자가 될 수도 있지 않소. 아니면 아예 사회평론가로 변신해서 인간의 악을 지적하고, 어떻게 그걸 고칠 수 있는지 지적하면 되지 않소."

"그런 일들이 나를 만족시킬 수 있다고 정말로 믿고 있나?"

—〈캐멀롯의 마지막 수호자〉, 로저 젤라즈니

5월 말 어느 주말, 재키는 부산으로 내려갔다. 그녀는 상념에 젖어 광안대교 아래 방파제를 몇 시간이나 걸었다. 재키는 그 방파제 아래의 콘크리트 구조물 사이에서 밤에 섹스를 한 적도 있다. 방파제 때문에 그때의 수치스러운 기억이 계속 떠올라 정신이 적당히 예민해졌다.

해가 완전히 지고 나서 그녀의 또 다른 자아인 제리가 나타났다.

"굳이 이 방파제에서 상념에 빠질 건 또 뭐야? 이 장소에 안 좋은 기억 있지 않아?"

제리가 말했다.

"그래서 일부러 온 거야. 여기 있으면 감상에 빠지지 않고, 나 스스로를 하잘것없는 어린 여자아이로 생각할 수 있으니까. 다른 사람이랑 일부러 말싸움을 벌이는 것보다는 낫지 않아? 난 말싸움을 할 때면 머리가 핑핑 잘 돌아가더라."

"나를 불러낸 것도 그런 이유에서야?"

"그래. 네가 나보다 더 엄격하니까, 의견을 들어보고 싶어."

"아부하지 마."

"대신에 내가 더 창조적이지."

재키와 제리는 각각 선과 악을 대표하는 식의 분열은 아니었다. 재키는 '낮과 밤'이라는 비유를 즐겨 썼다. 재키라는 인격은 세계가 완전히 허무하며 그런 까닭에 모든 인간은 뭐든지 할 수 있고 완전히 자유롭다고 본다. 그래서 그녀는 배트맨 영화의 조커와 같은 해괴한 일들을 저지를 수 있지만 제리는 그러지 못한다. "내가 좀 더 극단적이고, 그만큼 더 치열하지"라고 재키는 주장했다.

그러나 그렇게 세상의 신념과 미덕들을 신나게 때려 부수다가도 밤이 찾아와 마땅히 가야 할 어느 선을 넘고 더 깊이 파들어가는 것이 두려워지면 우울한 체념이 찾아왔다. 그것이 제리였다. 제리는 '내가 좀 더 객관적이고 냉철하며, 그만큼 더 치열하지'라고 생각한다.

"내 계획들 살펴봤어? 어떻게 생각해?"

"정말로 그 계획들을 실행할 거야?"

"그래."

"신춘문예를 준비한다는 건 어떻게 됐어? 등단에 성공했어도 지금 네가 이 계획을 붙들고 있었을까?"

"그건 됐어. 난 여느 소설보다 훨씬 더 대단한 걸 쓰고 있다고. 공산당선언과 대중소설 둘 중 하나만 쓸 수 있다면 어떤 기회를 붙잡고 늘어져야 해?"

"네가 쓰는 게 공산당선언이야?"

"난 내가 많은 재능과 가능성을 타고났다고 생각해. 그리고 내 삶을 어떤 작품으로 만들어내고 싶어. 그런데 그게 실현될 가능성은 원래도 아주 작고, 특히나 이 사회에서 내가 가진 이 조건들로 그걸 이뤄낼 가능성은 아주 희박하지. 나뿐 아니라 우리 세대의 모든 젊은이가 그래. 그런 의미에서 내가 바로 우리 세대야. 물론 그렇게 계속 삶을 유지하는 게 자살하는 것보다 어떤 의미에서는 더 힘들고 어려운 일이란 건 알아. 그런데 그렇다고 그런 삶을 선택해야 해?

그런 걸 이뤄봤자 별거 없으리라는 걸 난 이미 알고 있어. 이런 저런 운이 따르고 내가 지금처럼 계속 도전적인 생각을 할 수 있다면 뭔가 다른 대단한 일을 이뤄낼 수 있을 가능성이 눈곱만큼 있기는 하겠지. 반면 지금 내 앞에 있는 것은 어떤 위대한 일을 할 수 있는 기회고, 지금 하지 않으면 이 기회는 지나가버려.

나는 순교할 기회를 잡은 예비 성인이야. 이 죽음은 내 인생을 완성하는 거야. 같잖은 시인이나 로커들의 죽음보다 이게 훨씬 의미 있는 거야. 왜 내가 이 기회를 저버려야 해? 다른 기회를 기다리는 동안 닳고 닳아 지금의 내가 아니게 되는 것 역시 또 다른 형태의 죽음이야. 나는 내가 지금처럼 날카로울 때 죽고 싶어.

게다가 지금의 나를 봐. 앞으로 살날이 정해져 있고 목숨을 바쳐 추진해야 할 목적이 생기니 지금 얼마나 활기에 차 있는지. 지금껏 이렇게 살아 있다는 느낌을 받아본 적이 없어."

제리는 한동안 말이 없었다. 재키는 제리의 침묵을 동의로 받아들였다.

"그러니까 이 모든 계획은 너 자신을 위해서인 거지? 다른 사람들을 위한 건 아니지?"

"어떤 일이 위대해지려면 그 시대의 시대정신과 맞닿아 있어야 해. 그러니까 내가 나 자신을 위해서 어떤 일을 하더라도, 그 일이 위대하다는 평가를 받는다면 그건 내가 시대정신을 꿰뚫어봤다는 뜻이 되는 거야. 링컨이 게티즈버그연설을 할 때 그 동기가 그저 순수하기만 했을까, 아무런 정치적 득실을 고려하지 않고? 도스토옙스키가 도박 빚을 갚으려고 《죄와 벌》을 썼다고 해서 그 책의 가치가 달라져?"

연말이 되면서 추가 저녁에 술을 마시고 집에 들어오는 일이 몇 번 있었다. 패턴은 매번 똑같았다. 오후에 도서관에서 나에게 '정말 미안하지만 오늘은 빠질 수 없는 저녁 약속이 있어서 먼저 갈게, 내일부터는 이런 일 없이 열심히 공부할게'라는 내용의 문자를 보낸다. 밤에 내가 전화를 걸면 받지 않는다. 자정이 넘어 술이 떡이 된 채로 집에 들어오거나 아니면 나에게 자신을 데리러 와달라고 전화를 건다.

그런 일이 잦아지면서 추가 다음 해 시험에 합격하지 못하리라는 건 거의 확실해졌다. 나는 추가 맨정신일 때 타일렀고, 윽박을 지르기도 했다. 한번은 추가 "나는 그냥 내년은 패스하고 내후년을 목표로 천천히 준비할래"라고 말해서 나를 기가 막히게 했다.

"어차피 1년으로 승부를 낼 수 있는 시험이 아니라고 하잖아. 남자들 군대 갔다 오는 셈치고 천천히 공부하지 뭐."

"그렇게 하면 절대 시험에 못 붙어. 그런 정신으로 될 수 있을 것 같아?"

"왜 안 돼? 천천히 확실하게 공부하면 되지. 붙기만 하면 다 똑같은 거 아냐?"

나는 가끔 추가 우리의 미래에 대해 내게 아무것도 강요하지 않는다는 점을 다행으로 여겼다. 그럴 때면 마음 한구석에서 아직 썩지 않은 내 마음의 일부가 스스로를 비겁하다고 문책했다. 내가 몰랐던 것은 나도 추에게 의존하고 있었다는 사실이다. 어쩌면 그때 추라는 걱정거리가 있었기에 내가 다른 데 한눈팔지 않고 공부할 수 있었는지도 모른다.

1월이 되자 나도 슬럼프에 빠졌다. "공부가 잘 안 돼 고시원으로 옮길까 생각 중"이라고 말했더니 추는 펄쩍 뛰면서 심각하게 반응했다. 나는 추가 나와 떨어지는 걸 그렇게 두려워한다는 사실을 재미있게 여겼고, 추를 겁주는 수단으로 이용했다.

어떤 때에는 추가 자신을 포기하지 말아달라고 애원하기도 했다.

"이제부터 정말 마음잡고 공부 잘 할게. 네가 도서관 나갈 때까지 나도 절대 나가지 않을게. 제발 나를 믿어줘. 날 버리지 마. 응? 내가 이렇게 애원하잖아."

그러면서 추는 정말 내 앞에 무릎을 꿇고 손바닥을 싹싹 비비며 애처로운 눈길로 나를 바라보았다.

누군가가 손을 비비며 애원하는 모습을 실제로 본 적이 있는가? 엄청나게 코믹하고 궁상맞아 보인다. 희극적으로밖에 보이지 않는다.

나는 매달 월세 겸 생활비로 추에게 20만 원을 냈다. 그 돈을 내고 추의 침대와 세탁기, 전기와 수돗물, 도시가스를 썼다. 청소도 거의 돕지 않았다.

　추가 내게 엄청나게 특혜를 베풀고 있다는 것쯤은 나도 알았다. 신촌에 있는 어느 고시원에 갔다 해도 그보다 훨씬 못한 환경에서 돈을 훨씬 더 많이 쓰게 됐으리라. 그런데도 나는 추에게 감사하지 않았고, 내가 언제든 추를 떠날 수 있다는 점을 악용해서 그녀를 은근히 협박했다. 나는 그게 추를 바른 방향으로 끌고 가기 위해 어쩔 수 없이 해야 하는 행동이라고 스스로를 합리화했지만, 사실 나는 기둥서방처럼 타락하는 중이었다. 나는 기둥서방, 추는 창녀, 포주는 세연이었다.

　그러나 그 같은 도덕적 추락은 그 당시 나의 여러 가지 고민거리 중 대단치 않은 하나에 불과했다. 진짜 고민거리는 따로 있었다.

　내가 술을 마시기 시작했다는 것이었다.

과연 '자살 선언'이
효과를 볼 수 있을 것인가

　이 글을 읽는 기성세대 절대 다수와 소위 지식인들이 와이두유리브닷컴의 자살 선언에 대해 '불쾌하고 어리석은 집단 히스테리'라는 평가를 내리고 있음을 나는 알고 있다. 모든 혁명이 처음에는 그런 평가를 받았다.

　그런 비난에 일일이 대응하는 것은 시간 낭비일 것 같다. 자살 선언자들이 뭐라고 대답하든 와이두유리브닷컴과 비판자들 사이의 논의는 조금도 깊어지지 않고 제자리만 맴돌 것임을 알고 있다. 심지어 비판을 제기하는 사람들도 그 점을 알고 있지만, 비판이라도 제기하지 않으면 자신들이 너무 수세에 몰리게 되니 비판을 제기하는 것이다. 그런 면에서 방어자인 그들이 공격자인 선언자들보다 퍽 불리한 위치에 있고, 나는 그 점이 즐겁다.

　보다 실제적인 질문에 대해 대답하겠다.

　와이두유리브닷컴에서 자살 선언을 읽은 이들 상당수가 선언 내용에 어느 정도 공감하더라도 '과연 이런 선언과 행동이 효과를 볼 수 있겠는가'라는 의문을 품고 있을 것이다.

그냥 사는 것이 의미 없다는 건 알겠다, 하지만 우리가 자살을 한다고 뭐가 바뀌는 게 있겠는가, 실제로 행동에 나설 사람이 몇이나 되겠는가, 결국 개죽음하게 되는 것 아니냐는 등의 의문이다.

우리가 자살을 한다고 사회가 어떻게 바뀔지는 나도 잘 모르겠다. 다만 우리가 아무것도 하지 않을 때 사회가 바뀌지 않으리라는 점은 안다. 부분적으로는 나와 내 대학 친구 두어 명이 실행에 옮긴 연쇄 자살이 이미 이 사회에 일정 효과를 내고 있다. 내가 살아 있을 때 나를 전혀 알지 못했던 당신이 여기서 이 글을 읽고 있다는 게 그 증거다. 우리는 이미 이 사회에 충격과 공포를 안겼다.

실제로 자살 선언을 행동에 옮길 사람이 얼마나 많을 것이냐는 질문에 대해서는, 믿고 기다려보면 알 거라는 말씀을 드리고 싶다. 이런 행동은 전염성이 아주 강하다.

왜 홍콩에서 불특정 다수를 상대로 한 황산 테러가 계속 이어지는가? 왜 중국에서 어린아이를 대상으로 한 무차별 흉기 난동이 유행하고 있는가? 왜 미국에서는 총기 난사 사고가 자주 벌어지는가?

그 사회가 병들었기 때문이라는 답변은 절반짜리다. 병적인 행동의 양상이 지역마다 다른 이유를 설명하지 못하기 때문이다. 게다가 현대사회는 전부 다 병들었다. 진짜 답변은 우리가 일탈행위를 할 때 그다지 상상력을 발휘하지 못하며, 일탈할 때조차 정말 독특해지는 것을 두려워한다는 데 있다.

이런 일탈행위의 전염성이 얼마나 큰지, 그리고 그런 행동이 얼마나 손쉽게 공동체에 위기감을 줄 수 있는지에 대해 내가 실제로 겪은 사례를 하나 들어보겠다.

　　나는 어릴 때 복도식 구조인 15층짜리 주공 아파트 단지에 살았다. 어떤 아이가 이 아파트의 복도에서 수십 미터 아래 지나가는 행인을 향해 지우개나 연필부터 공사용 벽돌까지 크고 작은 물건을 던지기 시작했고 그게 곧 유행이 되었다.

　　'범행'에 가담한 아이들은 초등학교 2학년에서 중학교 1학년으로, 그런 행동이 나쁜 짓이라는 것은 알고 있을 나이였다. 그러나 높은 데서 물건을 떨어뜨리는 작은 행동만으로 지나가는 사람을 혼비백산하게 만드는 쾌감에 대해 아이들이 서로 몰래 수군대며 뻐기기 시작하자, 그리고 그에 대해 어른들이 질겁하며 자식들을 타이르기 시작하자, 동네 모든 아이의 마음에 유혹이 싹텄다. 이 '테러'는 일주일 넘게 지속됐다. 절정기에는 하루에도 그런 투척 사건이 여러 동에서 각각 서너 번씩 벌어질 정도였다.

　　다행히 사고는 일어나지 않았지만 이 사건이 온 동네를 얼마나 공포에 몰아넣었는지는 자세히 쓸 필요도 없으리라 생각한다. 몇몇 주민이 외출을 꺼리는 수준을 넘어 경비원과 동네 노인들로 구성된 일종의 자경단까지 구성될 정도였다. 자경단의 임무는 투척 사건이 발생하면 재빨리 그 아파트의 해당 층으로 가서 탐문수색을 벌이는 것이었다. 그러나 어린아이들이 벌인 범죄치고는 놀랍게도, 단 한 명도 현행범으로 잡히지 않았다.

나는 우리의 자살 선언에 대해서 이 사회도 그렇게 민감하게 반응하리라 확신한다.

우리가 자살을 한 뒤 사회가 궁극적으로 바뀌지 못해도 괜찮다.

우리는 그런 사회에 분명히 거부 의사를 밝혔다. 버나드 맬러머드는 "인간의 가치 하락은 인간이 하등의 항의도 없이 그것을 받아들이기 때문에 생긴다"라고 말했다. 우리는 항의했다.

출처: 와이두유리브닷컴(*www.whydoyoulive.com*)

집중이 잘 안 되던 어느 날 밤, 도서관 주변에서 산책을 하다 서문 앞 편의점에서 캔 맥주를 마신 것이 시작이었다. 차가운 맥주를 한 모금 들이켜자 몸의 긴장이 조금씩 풀리기 시작했다. 맥주 한 캔을 다 마셨더니 쌀가마니를 지고 있다가 내려놓은 것처럼 어깨가 가벼워졌다. 그날 밤 나는 매일 무슨 일이 있어도 도서관에 붙어 있기로 결심한 밤 11시까지 남은 1시간여 동안, 상쾌한 기분으로 행정법에 집중할 수 있었다.

이후로 저녁에 편의점에 가서 캔 맥주를 마시는 일이 잦아졌다. 330밀리리터짜리 버드와이저 캔을 들고 도서관 건물 뒤쪽 음침한 곳을 서성이며 맥주를 홀짝였다.

물론 그렇게 맥주를 마셔서 공부가 잘된 날은 처음 하루뿐이었다. 그런데도 나는 나중에 거의 매일 마시게 됐다. 나는 많은 공무원 시험 준비생들이 이 핑계 저 핑계 대고 대학생처럼 술을 많이 마시는 것을 알고 있었다. 수험생들이 모이는 인터넷 카페에 올라오는 글의 10퍼센트는 늘 술 마시고 신세 한탄하는 이야기였다. 쌓이는 긴장을 하루에 맥주 한 캔으로 풀 수 있으면 그것으로 남는 장사라고 생각했다. 저녁을 먹고 나면 벌써 목구멍이 근질거렸다.

　술이 세지는 않았지만 위는 튼튼한 편이었다. 매일 맥주를 한 캔씩 마신다고 취하거나 몸이 상할 정도는 아니었다. 그러나 맥주를 마시고 자리로 올라와서 짐을 싸기까지 1시간 동안은 대개 멍하니 있게 됐다. 어느 날에는 500밀리리터짜리 캔을 샀다.

　나중에는 맥주 한 캔을 마시지 않을 때의 긴장감을 버틸 수 없는 단계에까지 이르렀다. 공부고 나발이고, 오로지 맥주를 마실 때의 짧은 해방감을 맛보기 위해 피할 수 없는 선택이었다. 술을 마셔도 얼굴이 붉어지지 않았기 때문에 내가 그렇게 매일 맥주를 마신다는 것은 추는 물론 아무도 몰랐다.

　얼마 지나지 않아 맥주를 마시는 일이 습관이 됐고, 그게 공부에 방해가 된다는 사실이 명확해졌다. 나는 오후에도 맥주를 마시기 시작했다. 아르바이트생의 눈길을 의식하며 편의점에서 맥주를 한 캔 계산하고 누가 볼세라 캔 겉면의 상표를 가리며 도서관 앞 벤치에 앉아 홀짝홀짝 마셨다. 그러다 이래서는 안 되겠다고 결심했다. 맥주는 이제 그만 마시자. 내가 내일부터 맥주를 마시면 정말 쓰레기다. 내일부터는 술을 마시는 대신 체조를 하고 팔굽혀 펴기를 하자. 달리기를 하면 땀이 나니까.

　마지막으로 오늘 이거 한 캔만 마시고…….

8.

그해 공무원 시험에 나는 낙방했다.

6월의 서울시 7급은 필기시험에서 가산점 없이 1.5점 차이로 떨어졌다. 영어 과목에서 한 문항의 문제가 잘못됐으며, 정답이 두 개라는 말이 수험생들 사이에서 돌았다. 어차피 찍긴 했지만 내가 찍은 보기도 맞게 처리된다면 나는 0.5점 차이로 떨어지는 셈이었다. 될 것 같다고 안심해서인지 7월의 국가직 7급에서는 말도 안 되는 점수 차이로 떨어졌다.

억울하다는 생각을 안 하려 했지만 가슴 한구석을 도려낸 것처럼 마음이 쓰렸다.

추는 자신이 몇 점을 받았는지 결코 얘기하지 않았다. 나는 그녀가 그해 3월부터 공부를 거의 포기한 상태였다고 확신했다. 나는 추가 7급 공무원 시험 준비를 중도에 포기했다는 이유로 그녀를 패배자라고 낙인찍고 속으로 경멸했다. 추와 나는 자주 싸웠고 어떤 날에는 서로 거의 말도 하지 않았다. 나는 그러면서도 추와 섹스는 계속하고 있었다.

"이제 그만 갈라서자."

국가직 7급 시험 점수가 발표되고 얼마 지나지 않은 어느 날 내가 추에게 말했다.

"왜, 또?"

추는 헤어드라이어로 젖은 머리를 말리면서 대답했다.

"우리, 같이 있어서 도움되는 게 없는 것 같아."

"이번엔 내가 뭘 잘못했어?"

"농담 아니야!"

내가 버럭 소리를 지르자 추는 잠깐 어리둥절한 모습이었다. 추는 맞고 사는 아내처럼 티 나게 내 눈치를 살살 보았고, 그 모습이 또 나를 짜증나게 했다.

세연은 '잡기'에서 자신이 이중인격이라면서 각각의 인격에 재키와 제리라는 이름을 붙여 썼지만, 내가 알기로는 추 역시 이중인격자였다. 바보, 천치인 추가 있고 창녀인 추가 있었다. 나는 바보 추를 혐오했고, 창녀 추는 혐오하면서 거부하지 못했다.

이날 추는 바보였다.

"왜애, 시험 떨어져서 화났어?"

바보 같은 눈으로 천박하게 아양을 떠는 추에게 나는 뭐라고 말을 해야 할지 알 수 없었다.

차분하게 논리적으로, 아니 논리적이건 아니건 간에 그녀가 알아들을 수 있게, 처음부터 나쁜 의도로 시작한 것은 아니었으나 이제 우리 사이는 이미 끝났고, 더 함께했다간 그녀를 정말 증오할 것 같으며, 아직까지 내 마음 한 부분은 너를 좋은 기억으로 생각하고 싶으니 여기서 헤어지고 싶다, 이런 게 비겁하다는 건 알지만 이제 나는 너무 지쳤다, 세연이 우리에게 뭐라고 했든 나는 이제 너와 나와 이 상황을 감당할 수가 없고 다음 시험에는 꼭 합격해야 한다, 네가 변하리라고는 생각하지 않는다, 처음부터 너를 이용하려던 마음은 아니었으나 결과적으로 그렇게 돼버렸고 거기에 대해서는 미안한 마음뿐이다, 너를 사랑하는지 사랑하지 않는지 사랑했는지 사랑하지 않았는지도 잘 모르겠다, 라고 말하고 싶었다.

그러나 내 입 밖으로 나온 말은 고작 두 단어뿐이었다.

"그만 헤어져."

"열심히 할게."

"그 얘기가 벌써 몇 번째야?"

"너도 나랑 헤어지자는 얘기 여러 번 했잖아."

추는 슬슬 불안감을 느끼는 듯했다. 해가 지고 있었지만 아무도 불을 켤 생각을 하지 않았다. 나는 주변이 어두워지는 것이 오히려 잘됐다 싶었다. 어릴 때부터, 주변이 밝을 때보다는 어두울 때 자신감이 더 생겼다. 이젠 정말 추와 끝낼 때였다. 아이러니했다. 식객이 집주인에게 큰소리치고 있는 꼴이.

"나가면 도대체 어딜 간다는 거야? 고시원? 한두 달이면 몰라도 내년까지 1년이나 고시원 생활을 할 수 있을 것 같아? 그냥 여기 있어. 그리고 너, 나 지켜준다고 했잖아. 나 최근에 불안정했던 거 인정할게. 네가 떠나면 나 어떻게 될지도 몰라. 요즘 계속 세연이 생각이 난단 말이야. 이제 정말 마음잡고 열공할게."

"너 이번에 서울시 7급이랑 국가직 7급 몇 점 나왔어?"

추의 표정이 미묘하게 변했다.

"시험을 보기는 했어?"

"그게 그렇게 중요해?"

"중요해. 마음잡고 공부하려면 부끄럽더라도 네가 처한 위치를 밝혀서 각오를 다져야지. 네 위치가 어디인지 알아야 나도 도울 수 있는 거고 말이야."

"네가 날 돕긴 뭘 도와?"

추가 그 말을 내뱉은 뒤 우리 사이에는 잠시 침묵이 흘렀다. 추는 서서히 바보에서 창녀로 변해가고 있었다. 그것도 아주 독한 창녀로.

"네가 날 돕긴 뭘 도와. 날 이용해먹었지. 먹여주고 재워주고 잠까지 자줬는데, 이제 와서 유세 떨어? 뭐가 부족해서 나가려는 거야?"

도대체 시험 성적이 얼마나 나쁘게 나왔기에 이렇게 화를 낸단 말인가?

"솔직히 말해줄게. 너 하는 꼴이 눈에 거슬려. 내 공부에 방해돼."

"너, 후회하게 될 거야."

우리는 서로 눈싸움을 벌이다가 더는 아무 말도 하지 않았다. 나는 우리가 확실히 어떤 선을 넘었음을 느꼈다.

7월 말이었고 추와 말싸움을 벌이는 동안 나는 몸이 온통 끈적끈적해졌다. 추의 말이 맞다는 것을 말하지 못하는 자신에 대한 부끄러움, 드디어 추를 떨쳐버릴 수 있게 됐다는 홀가분함과 그런 홀가분함이 몰고 오는 또 다른 부채의식, 7월 밤의 후텁지근한 열기 속에 나는 복잡한 기분이었다. 추가 웃으며 내게서 눈길을 돌리자 나도 모르게 절로 안도의 한숨이 나왔다.

추는 창밖을 바라볼 수 있도록 창가에 붙여놓은 소파에 앉아 헤드폰을 끼고 음악을 들었고, 나는 만 원짜리 한 장을 들고 밖으로 나갔다.

차마 추와 함께 침대에 누울 수가 없어 새벽까지 도서관에 있다가 추가 잠들었을 시각에 들어와 소파에서 잘 생각이었다. 밖으로 나가면서, 추가 안에서 빗장을 걸어 밤에 문을 열어주지 않으면 어떻게 하나 우려스러운 마음이 들었다. 추라면 그러고도 남았다.

도서관에서 공부를 하지는 않았다. 도서관 앞 벤치에 앉아 새우깡을 하나 놓고 부지런히 편의점을 들락날락하며 맥주를 한 캔씩 사서 모두 세 캔 반을 마셨다.

온몸이 모기에 물려 벌겋게 부어올랐다. 나는 휴대전화를 만지작거리며 마음 놓고 내 처지를 하소연할 만한 마땅한 사람이 없을까 생각했다.

휘영이라면 혹시 학교 도서관에서 아직까지 공부하고 있지 않을까? 술 한잔 사달라면 사주지 않을까? 그러나 나는 결국 아무에게도 전화를 걸지 않았다. 집에 돌아왔을 때 문은 잠겨 있었지만 빗장은 걸려 있지 않았다.

'자살 선언'은
언제 하는 것이 좋은가

여러 가지 실제적인 문제점을 고려해볼 때 실행 24시간 전에 하는 것이 가장 적절하지 않나 생각한다. 그보다 먼저 하면 주변 사람들이 당신을 찾아내서 갖은 수를 써서 자살을 만류할 것이고, 어지간히 심지가 굳은 사람이 아닌 한 마음이 흔들리게 될 거다. 그렇다고 그 사람들이 정말 당신의 인생에 관심을 쏟고 있느냐, 혹은 당신이 자살을 포기했을 때 그 사람들에게서 어떤 존경을 얻을 수 있겠느냐. 그게 아니라는 건 우리 모두 잘 알고 있지 않나? 그들은 딱히 별 이유도 없이, 동정심도 관심도 아닌 '그냥 그래야 할 것 같다'

는 관성에서 주변 사람의 자살을 막으려 드는 것이다.

그렇다고 자살 직전에 자살 선언을 하면 감정에 치우쳐 순간적인 충동을 못 이기고 저지른 일이라는 인상을 주기 쉽다. 실제로는 그런 것이 아니더라도 당신 주변 사람들은 자신들의 마음을 편안하게 하기 위해 그렇게 생각할 것이다.

그러니까 자살 실행 약 24시간 전에 그 결심을 외부에 알리는 것이 가장 낫지 않나 생각한다. 의무 사항은 아니다. 물론 그 뒤 24시간 동안 주변 사람들이 당신의 자살을 방해할 수 없도록 준비는 해놔야 한다. 선언한 뒤 잠적하거나, 예약 메일 등을 이용하거나, 당신 주변 사람들이 사용하지 않는 인터넷 게시판에 글을 올려서 시간이 지난 뒤 그게 지인들에게 전해질 수 있도록 하는 방법 등이 있을 것 같다. 와이두유리브닷컴 게시판은 예약 게시 기능도 지원한다.

가장 중요한 것을 빼먹을 뻔했다. 절대 생활이 곤궁하거나 좌절했을 때 자살하지 마라. 그런 때 자살하면 세상은 당신의 선언을 그저 패배자의 개인적인 도피로 여길 것이다. 여태까지 인터넷 자살사이트나 집단 자살자가 그렇게 많았건만 모두 잊힌 이유도 그 때문이다.

사실 우리가 어떻게 자살하든 세상은 뭔가 말도 안 되는 이유를 붙여 "겉으로는 괜찮아 보였지만 심적 갈등이 심했고 도피처를 찾던 중이었다"라고 우겨댈 것이다. 그러므로 기다리고 참았다가 당신 삶의 중요한 성취를 이뤘을 때 실행하라. 이 선언이 분명한

　　다음 날 오전에는 신촌 주변의 고시원을 알아보고 다녔다. 월 29만 원짜리 '오렌지 고시원'이라는 곳이 가장 적당해 보였다. 깨끗하고, 학교에서 거리도 가깝고 샤워 시설이나 주방도 괜찮아 보였으며, 중앙 에어컨도 있었고, 방마다 미니 냉장고와 접이식 간이 침대가 있었다. 이렇게 시설이 괜찮은데 월 29만 원밖에 하지 않는 이유는 건물의 아래위 층이 모두 술집이기 때문에 밤에 시끄러워서인 것 같았다.

　　방을 돌아보는 동안 젖은 머리를 한 젊은 여자들이 나와 눈길을 피하며 좁은 복도를 지나갔다. 1평 넓이의 빈방 침대에 앉아 있으려니 '내가 여기까지 굴러 왔구나' 싶은 생각에 씁쓸한 웃음이 나왔다.

　　추는 그날 외출을 하지 않은 채 내내 원룸에 있었다. 내가 짐을 싸는 동안에도 내 쪽은 쳐다보지 않고 소파에 앉아 노트북으로 미국 드라마를 보고 있었다. 추의 손을 빌릴 수도 없고, 그렇다고 다른 친구들을 불러오기도 뭣해서 나는 혼자 커다란 아디다스 가방에 소지품을 넣어 추의 원룸부터 오렌지 고시원까지 대여섯 번

161

을 왕복할 생각이었다.

짐을 한참 싸다가 뭔가가 잘못됐음을 알았다.

며칠 전까지만 해도 이 자리에 있었는데…….

설마 추가 이렇게 뻔히 보이는 수를 썼을까?

여름이라 주머니가 불룩해지는 것이 싫어 꼭 필요한 적립카드 두 장과 만 원짜리 한두 장만 들고 다녔던 것이 이런 화근을 불러올 줄이야…….

"여기 있던 내 통장 지갑 네가 치웠어?"

헤드폰을 쓰고 있던 추는 나를 쳐다보지도 않았다. 나는 소파로 가서 그녀의 헤드폰을 벗겨냈다.

"뭐야!"

"서랍 안에 있던 내 통장 지갑 네가 치웠어?"

"통장 지갑이라니?"

"내 전자 통장이랑 은행 보안카드, 도장이랑 여권이랑 운전면허증이랑 주민등록증 들어 있던 녹색 지갑 말이야. 그거 네가 치웠냐고."

"그걸 내가 어떻게 알아? 네가 어디 다른 데 뒀겠지."

"다른 데 안 뒀거든. 그 지갑은 항상 그 자리에 있었어."

"그럼 도둑이라도 들었나 보지."

"야! 너 지금 나랑 장난 쳐?"

나는 그녀가 앉아 있던 소파 아랫부분을 발로 걷어찼다. 추는 화들짝 놀라 "뭐야 씨발!"이라고 소리치며 화를 냈다. 나는 발등이 부러진 것처럼 욱신거리며 아팠지만 화난 기색을 유지하느라 통증을 참았다.

"네가 지갑을 제대로 간수하지 못해놓고 왜 나보고 뭐라 그래? 너 미쳤어?"

"내 지갑 빨리 안 내놔?"

"야, 너 지금 내가 네 지갑에 손댔다고 생각하는 거야? 난 그런 게 거기 있었는지도 몰랐거든?"

나는 계좌 안에 돈이 그대로 있는지 확인하기 위해 인터넷 뱅킹에 접속했다. 그날 오전에 국민은행 신촌점에서 통장 안에 있던 돈 630만 원이 몽땅 인출된 것으로 나왔다. 머리가 텅 비면서 온몸의 힘이 스르르 빠져나가는 느낌이었다.

자살 방법으로 적당한 것은

우선 절대 동반자살은 안 된다. 이것은 자살을 앞두고 겁을 먹고 있었다는 사실을 인정하는 꼴이다.

수면제를 먹거나 손목 동맥을 긋는 방법은 추천하지 않는다.

열에 아홉은 실패한다. 자살 선언을 한 뒤 실행에 실패하는 것보다 더 웃음거리가 될 만한 일은 많지 않다. 실패할 우려가 거의 없고 어렵지도 않은 수단은 높은 곳에서 떨어지거나 목을 매는 것이다.

나는 가능하면 여러분이 선언을 실행에 옮길 때 창의적이면서 세상을 놀라게 할 수 있는 방법을 찾아내길 바란다. 물론 이 역시 의무 사항은 아니다.

사실 그동안 사람들이 별로 생각하지 않은 분야이니만큼 간단한 시도로도 의외의 효과를 거둘 수 있을 것 같다. 예를 들어 높은 곳에서 떨어지거나 목을 매는 뻔한 방법을 쓸 때에도 그걸 인터넷으로 중계한다면 효과는 파괴적일 것이다. 반면 분신자살과 같은 방법은 충격적이긴 하지만 진부한 것도 사실이고, 불필요하게 1980년대의 느낌을 풍길 수 있다. 구태여 그런 고통을 자초할 필요가 있을지 모르겠다.

미국과 한국에서 일어난 자살 방법 통계와 여러 가지 희한한 방법의 자살 시도를 보고 싶다면 와이두유리브닷컴의 이 게시판을 보면 된다.

출처: 와이두유리브닷컴(www.whydoyoulive.com)

그 뒤로 며칠 동안은 무슨 서커스 속에 내가 들어와 있는 것 같았다. 나는 내가 생각해도 지겨울 정도로 추를 추궁했고, 추는 "차라리 경찰을 불러 이 자식아"라며 악을 썼다. 나는 정말로 경찰을 불렀다. 체격이 내 몸집의 배는 될 것 같은 사복경찰 한 명과 정복 차림의 경찰 한 명이 원룸에 와서 서랍 주변에 검은 가루를 뿌리고 나와 추의 지문을 채취해 갔다. 형사는 이 '도난 사건'에 큰 관심이 없는 모습을 숨기려 들지도 않았다.

"그러니까 다른 물건은 아무것도 없어진 게 없고 지갑만 없어졌다 이거죠?"

"예."

"어디 다른 데서 잃어버린 게 아닌 건 확실하죠?"

"예."

나는 심드렁한 표정으로 조사를 마친 뒤 엘리베이터로 가는 사복경찰을 쫓아가 "사실은 동거녀가 가장 의심스럽다"라고 털어놓았다. 내가 자초지종을 설명하는 동안 형사는 수첩을 꺼내 뭔가를 적거나 하지도 않고 그냥 물끄러미 내 얼굴을 바라보기만 했다.

"그런데 그 아가씨는 인출 시각에 자기 친구랑 있었다고 했잖아요. 투썸플레이스인가, 거기서 찍은 사진도 보여줬잖아요."

"제 말씀은, 그게 의심스럽다는 거죠. 일부러 알리바이를 만들려고 그런 사진을 찍은 것일 수도 있잖아요."

경찰은 '네가 아들이거나 동생이었으면 여기서 내가 한마디 해줬을 게다'라는 얼굴로 나를 보았다.

"학생 통장 비밀번호를 저 아가씨가 몰랐다는 건 맞아요?"

"그건 맞습니다."

"그 아가씨가 함께 있었다는 친구 연락처를 받았으니 우리가 한번 얘기해볼게요. 학생 입장에서 없어진 돈이 얼마나 급한 건지는 알겠는데 그래도 일의 절차가 있으니 좀 기다려요."

"범인을 잡으면 제가 돈을 찾을 수 있는 겁니까?"

"그 범인이 그 돈을 다 안 썼으면 남은 돈은 환수할 수 있겠죠. 어쨌든 이게 시간이 걸리는 거니까 기다려요. 당장 생활비가 없거나 그렇진 않죠?"

사실은 당장 생활비가 없었다. 굶지 않으려면 부모님이나 친구나 추에게 돈을 빌려야 했다. 아르바이트를 시작해야 했고, 고시원으로 옮기는 것은 포기해야 했다.

"이달 생활비는 내가 빌려줄게. 네가 나를 도둑년으로 몰고 있긴 하지만."

그렇게 말하며 추는 30만 원을 빌려줬다. 나는 더 따지지 않는 대신 그 돈을 받아두기로 했다. 자존심이고 뭐고 따질 여유 자체가 없었다. 부모님에게 복학하겠다고, 등록금을 달라고 해서 그걸로 생활비를 쓸까 하는 생각도 스쳤다.

저소득층에서 극빈층으로 떨어지는 것은 정말 순식간이었다. 벼룩시장을 보고 PC방 아르바이트 자리를 하나 찾았다. 8시간씩 시급 3500원에 점심을 얻어먹고, 대신 PC방에서 낮에 일어나는 모든 일을 해야 하는 일자리였다. 그것도 학교나 원룸에서 버스로 두 정거장 정도 떨어진 곳에 있는 PC방이었다. 나는 버스비를 아끼기 위해 그곳에 걸어서 출퇴근했다.

시급 3500원이 최저임금보다도 낮은 보수라는 사실을 알고 있었지만 나는 아무 말도 하지 않았다. 나보다 몇 살 많지 않은 것 같은 PC방 주인은 아르바이트를 하면서 공짜로 게임과 초고속 인터넷을 즐길 수 있다는 게 최저임금과 시급 3500원 사이의 격차를 충분히 메우고도 남는다고 생각하는 것 같았다.

그러나 내게 필요한 것은 수험서를 한 글자라도 더 읽을 수 있는 여유 시간이었다.

경찰에서 은행 CCTV 화면을 보여줬다. 누군지 짐작도 할 수 없는 남자가 야구 모자를 쓰고 630만 원을 인출해 갔다. 남자가 한 번도 틀리지 않고 첫 번째 시도에서 바로 돈을 뽑기 시작했다. 그 모습을 보면서 나는 앞으로 내가 통장 비밀번호 하나는 죽을 때까지 철저하게 관리하겠구나 하는 생각이 들었다. 지금까지는 아무 생각 없이 그냥 생일 숫자를 비밀번호로 써왔다.

정말 추는 내 지갑이 사라진 일과 아무 관련이 없었을까? 지금까지도 풀리지 않는 수수께끼다. 추는 가장 강력한 용의자다. 추는 동기도 있었고, 내 통장을 훔치고 비밀번호를 파악할 수 있는 기회도 있었으며, 그 정도 알리바이를 꾸미고 다른 친구를 시켜 돈을 인출하게 시키는 것은 마음만 먹으면 누구나 할 수 있는 일이다. 정말 추는 아무 관련이 없고 이 모든 게 내 의심의 소산일까?

나중에는 그런 의심이라도 풀릴 수 있도록, 추가 아니어도 좋고 돈을 못 찾아도 좋으니 경찰이 범인을 잡아주길 바랐다. 그러나 서울 서대문구 창천동 뤼미에르 빌딩에서 발생한 통장 도난 사건은 서대문경찰서의 영구 미제 사건으로 남았다.

PC방 아르바이트는 생각보다 쉽지 않았다. 담배 연기나 소음, 까다로운 손님들의 요구는 그런대로 참거나 대응할 수 있었는데, 학생들이 요금을 안 내고 도망가는 데에는 방법이 없었다.

초등학생부터 고등학생까지, 돈을 안 내고 도망치는 녀석들이 놀랄 정도로 많았고 PC방 주인은 다른 일에는 관대하다가도 그 문제에 관해서만큼은 아르바이트 월급에서 제하겠다면서 흥분했다. 실제로 주인이 급여를 깎지는 않았지만 어쨌거나 그런 말을 들을 때에는 죄지은 사람처럼 머리를 숙이고 뉘우치는 시늉을 해야 했다. PC방 관리 프로그램이라는 게 있어서 모든 컴퓨터의 사용 시간이 초 단위로 집계되기 때문에 주인 몰래 장부를 대충 고칠 수도 없었다.

어느 날 나도 폭발해버렸다. 웬 초등학생인지 중학생인지 꼬마 두 명이 분명히 학교 수업을 땡땡이치고 와서는 계속 깝죽대면서 이것저것 요구해 신경을 날카롭게 만든 참이었다. 마우스 감이 안 좋다, 최신 영화가 왜 이것밖에 없느냐, 화면이 느리다, 핫바와 '홀릭 2'라는 과자는 없느냐 등등. 그중에 사복을 입은 녀석이 "게임 도중에 갑자기 윈도 화면으로 바뀌었다"라며 게임비를 물어내라고 해서 그 컴퓨터 앞에 가서 뭐가 잘못됐는지 알아보는 시늉을 하고 있었는데, 그사이 태권도복을 입은 녀석이 카운터 책상 아래로 몰래 들어가는 모습이 눈에 띄었다.

나보다 내 앞에 있는 꼬마 녀석이 눈치가 더 빨랐다. 듀오백 의자를 내 쪽으로 밀어 허를 찌르면서 동료 절도범에게 "야, 튀어!"라고 소리를 질렀다.

다행히 금고 문은 잠겨 있었다. 녀석들이 노린 것은 처음부터 돈이 아니라 정품 게임 CD인 듯했다. 그날 들어와 포장도 제대로 뜯지 않은 정품 CD 몇 장이 카운터에 있었다.

나는 100미터쯤 쫓아가 아현동 골목에서 한 놈을 붙잡았다. 태권도복을 입지 않은 녀석은 잡지 못했지만 내가 붙잡은 놈에게서 게임 CD는 다 회수할 수 있었다. 내게 옷을 잡힌 녀석은 저항할 생각도 못 하고 잘못했다고 싹싹 빌었다. 비겁하게도 "쟤가 하자고 했어요"라고 동료를 배신하는 것도 잊지 않았다. 어린 양아치처럼 생긴 녀석이 두 손을 모아 비비는 꼴을 보니 추가 몇 번 그러던 모습이 생각나 혈압이 치솟았다.

"이 새끼야, 내가 제일 싫어하는 새끼가 누군지 알아? 너희 같은 도둑 새끼들이야."

태권도복은 고개를 푹 숙이고 아무 말도 하지 않은 채 꾸중의 홍수를 30분이고 1시간이고 참아낼 기세였다. 단련된 솜씨였다. 나는 오른손을 올려 태권도복의 따귀를 후려쳤다. 태권도복은 무릎이 꺾이며 잠시 비틀거렸다가 얼른 또 얻어맞기 위해 차렷 자세로 섰다. 그것도 단련된 솜씨였다. 나는 또 때렸다. 두 대, 세 대,

네 대……. 다섯 번째로 손을 들어 올렸을 때 어린 녀석이 코피가 터져 코와 입 주변이 온통 피범벅이 됐고, 내 손에도 피가 묻어 있는 것을 깨달았다.

"꺼져."

그 말을 겨우 내뱉고 나는 PC방으로 돌아왔다. 마음이 진정되지 않아 그날 공부는 접고 인터넷 고스톱을 하며 남은 시간을 때웠고, 퇴근하면서 캔 맥주 하나를 마셨다.

술에 취하고 싶었지만 돈도 없고 같이 마실 사람도 없었다. PC방으로 출근해 7급 공무원 시험용 국어 공부를 두어 줄 하다 중학생들에게 과자를 팔고 초등학생을 두들겨 팬 내 꼴을 보일 수 있는 사람은 더더욱 없었다.

"술 마시지 않을래?"

내 전화에 추는 다른 말은 하지 않았다.

"어디서?"

"어디든 상관없어."

"지금 어디 있는데? 그 PC방?"

나는 그때까지 내가 일하는 PC방의 위치를 추에게 알리지 않았다. 우리는 아현동 PC방과 추의 원룸 사이에 있는 삼겹살 집에서 만났다.

"고기 먹고 힘내"라고 추가 말했다. 추가 계산했다. 나는 눈물이 쏟아질 것 같은 기분이었다.

나는 그렇게 추와 화해했다. 추가 내 지갑을 훔쳐 갔는지 아닌지 끝내 알아내지 못한 채, 극빈층에서 저소득층으로 다시 올라오지 못한 채, 우리 관계를 다시 정립하지 못한 채, 추와 세연을 벗어나지 못한 채, 우리가 어디로 가고 있고 앞으로 어떻게 할 것인지를 말하지 못한 채, 그냥 외로움을 못 이겨 추와 화해했다.

그날 나는 지갑 분실 사건 이후 처음으로 추와 섹스를 했다. 추나 나나 엄청나게 취해 있었고 나는 처음에 발기도 제대로 되지 않았다. 섹스를 하던 중 추는 "나 사랑해?"라고 몇 번이나 내게 물었다. 나는 그때마다 그렇다고 대답했다. 나중에 추는 거의 울면서 신음인지 비명인지 모를 소리를 냈다.

"사랑해. 사랑해. 너 절대로 나 버리면 안 돼. 절대로 나 버리지 마."

그 주문은 마치 저주처럼 들렸다.

자살 선언은
범죄인가

　자살 선언이 과연 폭행이나 강간, 절도, 강도, 방화, 납치, 공갈, 협박, 횡령, 뇌물 수수, 살인과 같은 대열의 범죄인가?

　왜?

　자살이 범죄라고 주장하는 이들의 논리 중 '스스로에 대한 범죄'라는 논리를 먼저 폐기처분하도록 하자. 스스로에 대한 범죄라는 것은 없다. 스스로에 대한 범죄라는 것은 신과 같은 절대자가 있을 때에만 성립하는 것이고, 그런 절대 기준이 있다면 아마 자살 외에도 자위 행위나 태만, 공상, 인본주의 서적을 읽거나 불경스러운 생각을 하는 등 다른 많은 일도 스스로에 대한 범죄가 될 것이다. 같은 논리로 잘못된 사회의 사고방식에 순응해 아무런 거부도 하지 못하면서 자신의 존엄성을 한낱 사회의 부품 또는 노동자의 수준으로 떨어뜨리는 일이 스스로에 대한 범죄라는 주장도 성립한다.

　그렇다면 자살로 자기 자신 외에 피해를 당한 사람은 누구인가? 물론 당신을 알고 있는 주변 사람들이 얼마간 정신적 충격을 받게 된다. 그러나 장담하건대 부모를 제외한 나머지 사람들, 친지와 친구, 심지어 형제나 이성 친구까지도 며칠 지나지 않아 그 정도 상처는 극복해낼 수 있다. 냉정히 생각해보라. 당신 삶에 그렇게 대단한 애정과 관심을 가진 사람은 없다. 자신의 죽음이 주변 사람들에게 끼칠 상처가 우려돼 자살 선언을 할 수 없다면, 그런 사람은 영원히 죽지 않고 영생하는 방법도 찾아야 할 것이다. 부모에게 끼칠 상처가 우려돼 자살 선언을 할 수 없다면, 그런 경우는 이해하겠다. 본인의 선택에 달렸다.

마지막으로, 자살이 공동체에 해가 된다는 주장이다. 물론 자살은 공동체에 해가 된다. 자살은 그 공동체가 믿고 있는 신화에 의문을 제기해 결속을 무너뜨린다. 바로 그렇기 때문에 우리가 자살 선언을 하는 것이다. 공동체는 그러므로 자신들을 방어하기 위해 그걸 범죄로 규정한다. 자살 선언에 동참하든 하지 않든, 그런 규정을 받아들일 것인지 말지는 여러분 마음이다.

출처: 와이두유리브닷컴(www.whydoyoulive.com)

그 뒤로는 계속 내리막길이었다. PC방에서 일하면서 공부가 잘될 리가 없다. 모의고사 성적은 첫해보다 오히려 더 떨어졌다. 나는 몇 번이나 공무원 시험을 포기하고 다시 복학할지를 고민했다. 그런데 그렇게 하면 첫째로 아버지로부터 병신 취급을 받는 것은 불보듯 뻔하고, 둘째로 공무원 시험을 포기한다고 취업이 쉬운 것도 아니었다. 전이나 지금이나 공무원 시험 합격이 최선의 답안임에는 틀림없어 보였다.

기이하게도 이 당시의 기억은 많지 않다. 10개월이 넘게 PC방에서 일하면서 공무원 시험을 준비했는데 2, 3개월 정도 한 것 같은 기억밖에 없다. 하루하루가 똑같이 피곤하고 똑같이 희망이 없어서 별로 기억할 만한 일이 많지 않았기 때문이리라. 군대를 다녀온 남자들이라면 내 말을 이해할 것이다. 일병이나 상병 때의 생활을 돌이켜보면 1년의 기억치고는 참 얄팍하지 않은가.

11월인가 12월인가에 휘영에게서 전화가 왔다. "술 마시지 않을래?" 내가 추에게 했던 말과 토씨 하나 다르지 않았다. 우리는 신촌 동래파전에서 만났다. 엄청난 크기의 파전이 나오기 때문에 안주를 더 시키지 않아도 되는 곳이었다. 휘영은 방송사 2곳과 신문사 3곳의 최종 면접까지 갔으나 막판에 떨어졌다고 했다. 방송사 2곳에서는 합숙 평가까지 받았다. 그는 무려 5곳의 언론사에서 최종 시험까지 치르게 되면서 함께 시험을 준비하던 언론 고시생들 사이에서는 상당한 고수로 통하고 있다고 했다.

"그러면 뭐 해. 한 곳이라도 붙어야지. 매번 필기시험에서 떨어져서 나한테 이것저것 묻던 녀석이 있었거든. 그런데 어쩌다 한 곳에서 필기시험을 한 번에 통과하더니 그다음에는 계속 무사통과더라. 최종합격자 발표가 있고 난 다음에 내 어깨를 치면서 '덕분에 붙은 것 같다, 장휘영 씨도 잘 될 거다'라고 말하고 가는데 창피해서 눈물이 핑 돌더라고."

확실히 휘영은 왜소해져 있었다. 시험 하나에 모든 것을 걸고 티끌만 한 유불리에 부들부들 떨면서 그 외의 것은 아무것도 보지 못하는 전형적인 고시생의 모습을 언뜻언뜻 비쳤다. 나 역시 크게 다른 모습은 아닐 거라고 생각했다.

그날 휘영은 빨리 취했고 나도 덩달아 얼큰해졌다.

"제일 화가 나는 건,"

휘영은 술에 취해 흥분한 듯 격양된 목소리로 말했다. 휘영이 그런 모습을 보이는 것은 처음이었다.

"내가 뭘 잘못했는지 알 수가 없다는 거야. 최종 면접이 운이라고는 하지만 5번이나 떨어졌다면 뭔가 나한테 잘못이 있다는 거잖아. 그런데 그게 뭔지 알 수가 없어. 자신감이 부족해 보이는 걸까, 건방져 보이는 걸까? 언론사들은 과연 응시자들의 사상을 심사하는 걸까, 아닌 걸까? 발음이나 외모에 문제가 있는 걸까? 다른 녀석들은 다 이래저래 '빽'을 동원하는 건가? 내가 그런 걸 의식하고 내 태도를 심사위원 기준에 맞추려다 보니 한번은 너무 자만해 보여서 떨어지고 한번은 너무 숫기가 없어서 떨어지는 건 아닐까? 술을 못 마셔서인가, 아니면 잘 마셔서인가? 야, 네가 보기엔 어때. 내가 뭐가 모자란 놈인 것 같냐?"

"야, 난 면접이라도 한번 보고 싶다." 나는 그렇게 대답을 피했다.

"합숙 면접 때 방송기자를 지망하는 여자애들이 심사위원들한테 얼마나 알랑거리는지 아냐. 그런데도 걔들은 붙지. 내가 떨어진 데에는 떨어진 이유가 있을 거고, 나는 내가 붙어야 할 이유를 내세우지 못했어. 그러니 난 패배자지. 한번은 정말 최선을 다했다고 생각했는데 떨어진 다음 이유가 너무 궁금해서 면접관한테 이유를 알려달라고 메일을 보냈어. 그랬더니 방송기자는 여러 사람과 협업을 해야 하는데 내가 그런 방면에서 부족한 것 같다고 답장이 왔더라. 그다음 번 회사의 합숙 평가에서는 다른 사람을 배려하는 모습을 보여주려고 했지. 그랬더니 마지막 평가에서 면접관이 나더러 평소 별명이 뭐냐는 거야."

"그래서?"

"평소 별명을 물어본다면 나의 인간관계가 의심스럽다는 뜻 아닐까?"

"그런가? 그래서 넌 뭐라고 했는데?"

"생각지도 않게 '소크라테스'라고 대답해버렸어."

나는 어이가 없어서 웃고 말았다.

"그랬더니 면접관이 소크라테스가 무슨 뜻이냐고 물어보기에 나도 모르겠다고 대답했어. 면접관도 바로 흥미를 잃어버리더군. 야, 그런데 내 별명이 뭐야?"

"너한테 무슨 별명이 있었던가? 애들이 네 이름 줄여서 그냥 '휘'라고 많이 불렀지. 그게 별명 아닌가."

마지막에 휘영은 제대로 걷지도 못할 정도로 많이 취해 있었다. 휘영은 길거리에 두 번이나 토했고, 나는 그때마다 물티슈를 사서 그의 입을 닦아주었다.

다행히 둘이서 술을 빨리 마신 덕분에 지하철이 끊기기 전에 헤어질 수 있었다. 우리는 택시를 한 번 타면 두 끼를 굶어야 할 정도로 가난했다(휘영은 이 기간 용돈을 받지 못하고 있었다). 헤어질 때쯤에 휘영은 내게 복학할 생각이 없느냐고 몇 번씩이나 물어봤다. 나는 복학하지 않겠다고 몇 번이나 소리를 질러야 했다. 내가 휘영보다 술이 세서 다행이었다. 그렇지 않았다면 반대로 내가 휘영에게 몇 번이나 "너 혼자 복학하지 않을 거지?"라고 물어봤을지도 모른다. 그때 우리에게 복학은 처절한 패배이자 항복이고 달콤한 유혹이었다.

원룸으로 돌아가니 모처럼 추가 식탁 앞에 앉아 공부를 하고 있었다.

"술 냄새."

내가 대꾸를 하지 않자 추는 잔소리를 시작했다.

"술 좀 작작 마셔. 너 낮에도 술 마시지? 내가 모를 줄 알아?"

대답을 하기에 나는 너무 지쳐 있었다. 나는 오로지 맥주를 한 캔 더 마실 힘만 남아 있었다.

더웠다. 나는 가방을 내려놓고 비틀거리며 옷을 벗다가 쓰러질 뻔했다. 냉장고에서 찬 맥주를 꺼내고 웃통을 벗은 채 창가의 소파에 앉아 술을 마셨다.

그즈음 기억나는 일 중 하나는 신촌 거리에서 2 대 1로 싸움을 벌인 것이었다. 그날 남색 면바지에 수수한 남방을 입고 구두까지 갖춰 신고 집을 나선 것이 화근이었다. 그날따라 공부가 잘돼 새벽 1시까지 공부를 하고선 가방을 도서관에 두고 나온 것도 화근이었다. 화요일이어서 거리에 취객도 없던 터라 눈썰미 없는 술집 삐끼들이 나를 술 마시고 집에 들어가는 회사원으로 착각하고 호객 행위를 벌였다.

"형님, 단란 안 가세요? 예쁜 애들 많아요."

"형님, 잠깐 오셔서 애들 얼굴만 보고 가세요."

갓 고등학교나 졸업했을 것 같은 새파란 녀석들이 "형님 주무실 곳까지 마련해놨어요"라며 파리 떼처럼 들러붙었다. 보통 그렇게 달려들어도 몸을 잡아끄는 일은 없었는데 그중에 어떤 녀석이 "형님, 형님" 하면서 팔짱을 꼈고, 나는 화가 치밀어 "야, 이거 안 치워?"라며 고압적으로 겁을 주었다.

그 녀석은 움찔해서 물러났지만, 자존심이 상해 나에게 보복할 생각이 드는 데까지는 몇 초 걸리지 않았던 모양이다. 몇 걸음 못 가 뒤에서 "야, 저 새끼 덮쳐"라는 목소리가 들렸고 우당탕하고 두 사람이 뛰어오는 소리가 들렸다. 이번에는 내가 겁을 먹고 움찔할 차례였다.

뒤를 돌아보니 내게 팔짱을 꼈던 녀석과 또 다른 삐끼 놈이 제자리에서 발소리만 내고 있었다. 겁먹은 내 표정을 보고 녀석들은 웃음을 터뜨렸다.

그쯤에서 돌아서서 가던 길을 갔어야 했다. 그러나 나는 그러지 않고 그 녀석들을 향해 걸어갔다. 녀석들도 분위기가 심상치 않음을 알고 얼른 웃음을 거뒀다.

"뭐."

내가 턱 끝을 올리고 먼저 말했다.

"뭐가 뭐."

"뭐냐고, 너희들."

"아저씨, 그냥 가던 길 가. 우린 계속 영업할 테니까."

"그래, 계속 삐끼 짓이나 해라. 평생."

"이 새끼가 정말."

누가 먼저랄 것도 없이 서로 주먹을 날렸다. 수적으로는 내가 절대 열세였고, 그래서 많이 얻어맞은 쪽도 나였지만, 그렇다고 아주 일방적으로 당하진 않았다. 삐끼 녀석들 중 한 명이 좀 비리비리했고, 싸울 의지도 크지 않아 보였다.

나는 그 녀석들과 5분가량 난투극을 벌였고, 다른 삐끼들이 주변에 몰려들어 우리를 뜯어말린 후에야 싸움은 겨우 끝이 났다. 그 삐끼들 전체와 싸움을 벌였다간 뼈도 못 추릴 것이 분명했기에 삐끼 그룹에서도 대빵인 듯한 녀석이 나를 보낼 때 못 이기는 척 도망쳐 나왔다. 나와 싸운 녀석 중 한 명이 "너 이 새끼, 다음에 이 골목에서 보이면 죽여버린다"라며 침을 바닥에 뱉었다. 그 뒤로 나는 밤에 신촌 현대백화점 후문 쪽 골목으로 가는 걸 피하게 됐다.

추의 오피스텔 엘리베이터 안에 있는 거울을 보기 전까지, 나는 내가 상대방과 거의 호각으로 싸웠다고 생각하고 있었다. 거울 속의 나는 눈이 붓고 입술이 터졌으며, 옷의 단추가 다 떨어져나간 처참한 모습이었다. 그래도 잔뜩 분출된 아드레날린과 엔도르핀이 아직 가시지 않았는지 아프지는 않았다.

추는 그 시간까지 인터넷 게임을 하고 있다가 내 얼굴을 보고 놀라더니 주섬주섬 서랍에서 반창고와 후시딘 연고를 꺼냈다.

"왜 이기지도 못할 거면서 매일 싸움을 하고 다녀?"

잠자리에 눕기 전에 추가 어이가 없다는 듯 물었다.

'그 녀석들이 먼저 내 자존심을 깔아뭉갰어. 내 자존심을 깔아뭉갰다고.' 나는 속으로 중얼거렸다.

공감은 하지만 방법이
너무 과격하다고 생각한다면

그렇게 생각한다면 그건 당신이 충분히 정신적으로 건강하다는 뜻이다. 우리가 과격한 것은 사실이다.

그러나 그렇다고 해서 당신이 우리와 반대편이라는 얘기는 아니다. 어떤 주장에 대한 찬성과 반대에는 항상 여러 차원과 수준이 있다.

종교에 대해 생각해보자. 어떤 사람들은 문자 그대로 전 세계가 6일 만에 창조됐고 또 아담과 이브가 과거에 살다 죽었다고 믿는다. 어떤 사람들은 예수가 물로 포도주를 만들었다는 이야기는 믿지만 창세기는 창조에 대한 비유라고 타협한다. 어떤 사람들은 매주 교회에 나가 예배에 참석하면서도 10계명과 예수의 가르침 중 일부는 현대에 맞게 재해석해야 한다고 여긴다. 어떤 사람들은 예수그리스도라는 고대 유대인을 통한 구원은 믿지 않지만 우주에 하나의 절대 원리가 있고 그를 통한 영적구원이 가능하다는 점까지 부정하지는 않는다. 어떤 사람들은 그런 것을 전부 부정하지만 종교에 사회적 순기능이 많다는 점은 인정한다. 어떤 사람들은 우주는 신이나 악마가 없이 혼돈 그 자체이며 종교를 인류 이성에 대한 거대한 범죄라고 인식한다.

이들 중 어디까지를 종교인으로, 어디서부터를 무신론자로 볼 것인가?

어떤 교회는 자신들의 교리 중 사소한 부분 하나를 받아들이지 않는 사람들을 모두 사탄의 자식으로 간주하고 그 교리를 받아들이지 않는 사람은 모두 지옥불로 떨어질 것이라고 주장한다. 우리는 그러고 싶지 않다. '자살 선언'을 따라 자살을 감행하지 않더라도, 우리의 주장에 일리가 있다고 보는 젊은이들이라면 모두 선언자라고 생각한다.

모든 혁명의 목소리가 처음에 그랬듯이, 우리의 주장은 다듬어져 있지 않다. 아마 당신은 우리보다 더 빈틈없는 논리와, 손실을 줄이면서도 더 효과적인 수행 방법을 찾아낼 수도 있을 것이다.

마르크스는 공산혁명을 주장했지만, 공산혁명에 찬성하지 않는다고 마르크스주의자가 아닌 것은 아니다. 우리 세대가 처한 상황과 이 세대의 운명에 대한 우리의 분석에 동의한다면, 당신은 넓은 의미의 선언자다. 누군가가 와이두유리브닷컴을 '부모 덕택에 고생 모르고 자란 배부른 녀석들의 복에 겨운 헛소리'라고 매도하려 들 때 "그 방식은 과격하지만 그들의 주장에는 일리가 있다"라고 맞서며 우리의 논리를 그 자리에 소개한다면 당신은 선언자다. 우리 세대가 하루하루 좌절에 빠지는 이유가 우리 개개인의 잘못이 아님을 알고, 그 좌절을 극복하기 위해 어떤 일을 해야 할지 고민하고 있다면 당신은 우리와 같은 편이다.

다만 나는 당신들이 '자살 선언'의 대안으로 길거리에서 플래시몹을 하거나 서명운동을 벌이거나 인터넷 카페를 만들고 거기에 글을 올리는 일 따위는 고려하지 않기를 바란다. 청년 연대니 청년 노조니 하는 단체도 만들지 않기를 바란다. 별 효과가 없으리라는 것이 뻔히 보이는 데 더해, 무엇보다 우스꽝스럽기 때문이다. 공격은 언제나 번개같이 빠르고, 위협적이어야 한다.

출처: 와이두유리브닷컴(www.whydoyoulive.com)

9.

나는 아현동 골목길을 미친 듯이 달리고 있었다. 온몸에서 땀이 주룩주룩 흘렀다. 추가 그렇게 잘 달릴 줄 몰랐다. 나는 단거리 달리기는 남자가 유리하지만 장거리 달리기는 남녀 차이가 별로 없다는 글을 어딘가에서 읽은 기억을 떠올렸다.

게다가 나는 수험서가 여러 권 든 가방을 메고 있었고 추는 맨몸이었다. 나는 달리다 간혹 뒤를 돌아보았는데, 추와 나 사이의 거리는 더 좁아지지도 벌어지지도 않았다.

나는 추가 일부러 10미터 정도의 간격을 유지하며 나를 쫓고 있는 게 아닌지 점점 의심스러웠다. 추가 당장 나를 붙잡을 수 있는데도, 추격전을 오래 끌어 내가 완전히 진이 빠지고 조금의 반항도 할 수 없을 정도로 녹초가 됐을 때 나를 붙잡으려는 것은 아닐까?

처음으로 본 공무원 시험에서 낙방하고 다음 해 4월, 나는 추 몰래 원룸에서 도망쳤다. 도저히 그 상태로 시험을 준비할 수는 없었다. 단 두어 달만이라도 추 없이 공부에 전념해야 했다. 내가 공부에 집중하지 못하는 이유는 모두 추 때문이다. 빌어먹을 기집애. 추와 동거를 시작한 지 벌써 햇수로 3년째였다. 만 19개월 하고 20여일. 더부살이하는 주제에 불평을 할 수는 없는 노릇이지만 우리의 동거에 대해 추가 아무런 불만을 늘어놓지 않을 줄은 몰랐다. 추는 정말 나를 놓아주지 않을 기세였다.

나는 추가 집을 비운 어느 화요일에 신촌의 한 고시원으로 짐을 모두 옮겼다. 책들은 대부분 도서관 사물함에 이미 넣어둔 참이어서 이사는 생각보다 어렵지 않았다. 추에게는 두 쪽짜리 편지를 남겼다. 거기에 '미안하지만 내 결정을 이해해달라, 당분간 전화연락도 하고 싶지 않고 면접시험이 끝나면 전화하겠다, 그동안 고마웠다'라고 썼다. 나도 개운하지는 않았지만 정말이지 다급했다. 또 시험에 떨어진다면 끝장이었다. PC방 아르바이트도 그만두기로 했다.

그 아르바이트 마지막 날에 추가 온 것이었다. PC방 아르바이트를 하는 마지막 날이자 내가 추의 원룸에서 나온 지 4일째 되는 날이었다. 내가 일하는 PC방을 추가 어떻게 찾아냈는지는 알 수없었다. 나는 추에게 PC방에서 아르바이트를 한다고만 했을 뿐, 그게 어디에 있는지는 구체적으로 말한 적이 없다.

추는 아마 아현동 일대의 PC방을 모두 뒤졌을 것이다. 신촌 로터리에서 아현역 사이에 있는 PC방이라고 해봤자 수십 개 정도일테니 돌아보기로 마음먹는다면 하루 이틀이면 다 둘러볼 수 있다.

추는 오후 3시쯤 PC방에 왔다. 나는 추를 보고 흠칫 놀랐으나 아무 말도 하지 않았다. 추는 눈을 가느다랗게 뜨고 내 반응을 살폈으나 내가 아무 말도 하지 않자 실망하는 것 같았다. 나는 추를 자리로 안내한 다음 계산대로 돌아왔다. 추는 웹서핑과 인터넷 고스톱 등을 하다가 때때로 나와 눈이 마주쳤으나 그녀 역시 아무 말도 하지 않았다.

나는 도대체 어떻게 해야 할지 모르는 채로 시간을 보냈다. 내가 PC방 주인과 정산을 하는 동안 추는 카운터 옆에서 나를 기다렸다.

"나 사랑한다며."

지하의 PC방에서 나와 계단을 올라갈 때 추가 나를 따라오며 말했다.

"나 절대로 버리지 않겠다며."

나는 대답하지 않고 계속 계단을 올라갔다.

"세연이한테서 나를 지켜주겠다며!"

그 순간 나는 마음을 굳혔다. 나는 그대로 가방을 들고 줄행랑을 쳤다.

나는 아현동 골목길을 미친 듯이 달렸다.

표백 세대와
자살 선언

출처: 와이두유리브닷컴(*www.whydoyoulive.com*)

1978년 이후 한국에서 태어난 사람들은 유지·보수자의 운명을 띠고 세상에 났다. 이 사회에서 새로 뭔가를 설계하거나 건설할 일 없이 이미 만들어진 사회를 잘 굴러가게 만드는 게 이들의 임무라는 뜻이다. 이들은 부품으로 태어나 노예로 죽을 팔자다.

나는 여기서 나를 포함해 이런 사명을 부여받은 우리 세대의 젊은이들이 어떻게 해서 만성적인 좌절감에 빠지는지 밝히고, 그런 좌절감이 누구의 탓이라기보다는 우리 사회의 구조적 원인에서 기인한 근본적인 문제임을 증명해보겠다. 또 타고난 능력과 근면, 성실함으로 개인적인 성취를 이루는 것은 우리가 겪고 있는 굴욕에 대한 답이 아니며, 그런 성공은 본질적으로 시시한 것임을 논해보겠다.

나는 입에서 단내를 풍기며 아현동 골목길을 미친 듯이 달리고 있었다. 치킨집과 구멍가게, 세탁소, 오래된 빌라 사이의 구질구질한 골목길을 구질구질한 사내가 구질구질한 이유로 달린다.

아, 달리는 게 아니라 도망치는 거지.

달린 지 15분도 안 됐는데 숨이 차고 허벅지가 당겼다. 나는 중학생 때인가 고등학생 때 배운 오래달리기 요령을 기억해냈다. 보폭을 너무 크게 하지 말고 숨은 짧게 두 번 들이쉬었다가 두 번 내뱉는다. 다리에 쥐라도 나서 넘어져 추에게 잡히면 그런 망신이 없다. 절대로 잡혀선 안 된다. 고시원으로 돌아가서도 안 된다. 고시원으로 가면 안 된다. 고시원으로 가는 길을 추가 알아선 안 된다. 여기서 확실히 추를 떨쳐버려야 한다. 참으로 구질구질하면서 처절한 도망이었다.

먼저 사회의 완성이라는 것이 어떤 것인지를 생각해볼 필요가 있다.

완성된 사회라는 것은 구성원 또는 계층 간의 갈등이 완전히 사라진 사회를 의미하지 않는다. 완성된 사회는 그런 갈등과 모순이 어느 범위 이내에서 더 커지지 않는 상태로 계속 지속될 수 있는 사회를 의미한다.

서구 국가들과 아시아의 일본, 한국은 이런 단계에 도달했다.

한국은 경제성장과 민주화에 성공하면서 '완성된 사회'의 초입에 접어들었다.

완성된 사회에도 근본적인 불의와 부조리는 있으나, 완성된 사회는 한 가지 답을 고집하지 않음으로써 그 부조리를 피해간다.

이 시스템에서는 어떤 모순도 근본적으로 해결되지는 않지만, 또 어떤 모순도 혁명이 일어날 정도로는 쌓이지 못한다. 고작해야 '선거 혁명'이다. 즉 오늘날 진보와 보수, 좌파와 우파 사이의 논쟁은 적당한 온도의 온수를 놓고 뜨거운 물이 나오는 수도관과 차가운 물이 나오는 관 사이에 레버를 어느 위치에 놓느냐를 두고 벌이는 싸움에 불과하다.

나는 충정로역 화장실에서 몸을 떨고 있었다. 땀이 식으면서 몸에서 열을 앗아갔다. 아현동 블록을 한 바퀴 돌고 나서 지하철 아현역 역사로 들어갔다가 열차가 들어온다는 안내 방송을 듣고 플랫폼으로 내려가 전철을 탔다. 그리고 다음 역인 충정로역에서 나와 남자 화장실로 들어갔다.

화장실 거울 속에는 붉어진 얼굴로 넋이 나간 듯 초점 없는 눈을 한 장수 고시생이 있었다. 내가 추를 따돌린 것인지, 그렇다면 추가 나를 어디서부터 놓친 것인지, 아니 내가 추를 어디서부터 놓친 것인지 알 수 없었다. 내가 아현역에 들어서기 전에 이미 추는 나를 포기했는지도 모른다. 아니면 지금 바로 화장실 밖에서 나를 기다리고 있을지도 모른다.

화장실을 나서자마자 추에게 붙들릴까 봐 두려운 마음에 나는 1시간 이상 그곳에 머물러 있었다. 오랫동안 화장실에서 나가지 않자 사람들이 이상하게 여기는 것 같았고, 나는 화장실 한 칸을 차지하고 양변기에 앉은 채 멍하니 시간을 때우다 밖으로 나와 얼굴 씻기를 몇 차례 반복했다.

체제를 위협할 만한 심각한 모순이 없는 가운데, 완성된 사회의 근간을 이루는 이데올로기인 자유민주주의와 수정자본주의를 대체할 만한 사상은 아직 보이지 않고 있다.

일부 진보세력이 대안이라고 내놓는 이데올로기는 기실 자유민주주의와 수정자본주의 틀 안에서의 미세 수정에 불과하다. 또 자유민주주의와 수정자본주의 자체를 부정하는 과격한 이데올로기 대부분은 그 현실성을 따지기도 전에 논리의 정합성과 일관성에서 절망적으로 유치한 수준에 있다.

이것이 의미하는 바는, 우리를 포함한 우리 이후의 세대들은 혁신적인 사상을 내거나 시도할 수 없고, 그런 까닭에 진정으로 세상을 바꿀 힘이 없다는 것이다.

그런 변화가 완만하게 이뤄졌던 다른 서구 국가들과 달리 한국에서는 현 세대와 이전 세대가 처한 환경의 격차가 매우 뚜렷하다. 자신들의 힘으로 산업화와 민주화를 이룰 수 있었던, 그것도 전 세계에서 가장 빠른 속도로 드라마틱하게 그 시대적 사명을 이뤄낸 세대가 우리 세대를 우습게 보고 '열심히 노력하지 않는다'거나 '분노할 줄 모른다'고 비아냥거리는 이유는 그 때문이다. 그러나 그것은 우리 잘못이 아니다.

충정로역 화장실 밖에 추는 없었다. 그래도 나는 조심하며 지하철을 타고 신촌역으로 갔다. 그 순간까지 추가 신촌 거리를 헤매며 나를 찾고 있을지 모른다고 생각하니 온몸의 솜털이 서는 것 같았다. 주변을 살피며, 사람들이 없는 가장 한산한 길로 고시원에 들어갔다.

고시원에 들어간 뒤에는 마음을 진정시키지 못하고 침대에 누워 천장을 바라보고 있다가 창피함을 무릅쓰고 고시원 총무실에 찾아갔다.

"어떤 젊은 여자가 나를 찾아올지도 모르는데, 누가 나를 찾아와도 내가 여기 있다고 말하지 말아주세요"라고 총무에게 사정했다.

30대 중반의 총무는 무슨 범죄를 저지른 건 아니냐고 물었다. "아이, 그런 건 아니고요. 그냥 사정이 좀 있어서 그래요." 나는 울컥 화가 치밀어 올랐지만 비굴한 표정을 지으며 말했다. 총무는 "여자애 임신이라도 시킨 거야?"라고 물었다. 그는 내게 정말 무슨 범죄를 저지른 게 아니냐고 다시 한번 묻고 다른 사람이 오면 숨겨주겠지만 경찰이 찾아오면 자기도 어쩔 도리가 없다고 말했다.

새로운 담론을 제기할 수조차 없는 환경은 우리 세대의 가치관에도 예상치 못한 영향을 미친다. 이른바 '표백 세대'의 등장이다.

이 세대에게는 실질적으로 어떤 사상도 완전히 새롭지 않으며, 사회가 부모나 교사를 통해 전달하는 지배 사상에 의문을 갖거나 다른 생각에 빠지는 것은 낭비일 뿐이다. 그런 시도는 기껏 잘돼봤자 기존 지배 사상이 얼마나 심오하고 빈틈없는지를 더 잘 이해할 수 있게 되는 효과만 낳는다.

이들에게 지배 사상은 큰 틀에서 항상 옳으며, 그 사상을 받아들이는 데 개인마다 과정과 깊이가 다를 수는 있으나 결론은 언제나 같다. 이들은 지배 사상을 받아들이는 것 외에 다른 선택지가 없다.

따라서 실제 삶에서 온갖 종류의 불편함과 부당함을 겪어야 하는데도, 이에 대한 문제 제기는 개인이나 작은 이익집단 단위를 넘어서지 못하게 되며, 세계는 사상적으로 완전무결한 상태가 된다.

이것이 바로 표백 과정이다. 아무도 더 나은 시스템을 떠올리지 못한다. 거대한 흰색 세계는 모든 빛을 흡수하며 무결점 상태를 유지한다.

나는 도서관에도 가지 못했다. 추가 학교 도서관 정문에서 아침저녁으로 나를 기다리고 있을지도 모르기 때문이다. 1시간이면 중앙도서관의 모든 자리를 다 살펴볼 수 있다.

나는 되도록 외출을 자제하며 고시원에 틀어박혔고, 꼭 필요한 물건을 사러 밖을 나갈 때에도 최대한 거리에 오래 있지 않으려 했다. 나는 점점 비쩍 마르고 피부가 허옇게 됐다. 고시원의 탁한 공기 때문에 코에는 언제나 코딱지가 가득했고 수시로 손가락을 콧구멍에 집어넣어 코를 파는 버릇이 생겼다. 낮과 달리 밤에는 냉방을 하지 않기 때문에 때 이른 열대야에 잠을 설치기도 했으며, 사타구니와 팔꿈치 안쪽, 무릎 안쪽에 습진이 생겼다. 옷이 많지도 않았지만 보는 사람도 없고, 세탁을 하는 것도 불편해서 팬티에 반바지, 낡아빠진 티셔츠 한 벌만 입고 하루를 보냈다.

아이러니하게도 그런 환경 덕분에 공부에 더 집중할 수 있었다. 그때까지 살면서 그렇게 열심히 공부한 적이 없다. 7급 공무원을 비웃고 세상을 우습게 보던 기백은 다 사라졌다. 추에게 들킬까봐 외출을 조심하면서 쫓기는 기분으로 공부하는 마음은, 아현동에서 추를 피해 도망 다닐 때와 비슷했다.

돈이 없었기 때문에 마음이 더 절박했다. 면접을 치를 때까지 넉 달 동안 고시원비를 제외하면 하루에 만 원도 쓰면 안 되는, 그야말로 기초생활보호 대상자였다. 1년간 아르바이트를 하면서 모은 돈에 중고 노트북을 팔고, 집에서 부정기적으로 받은 용돈으로 넉 달 치 생활비를 마련했다. 나는 똥구멍이 찢어지도록 가난했고, 그해 공무원 시험을 보고 나면 붙든 떨어지든, 좋든 싫든 익산의 부모님 댁으로 돌아가는 수밖에 없었다. 그런데 필기시험에서조차 떨어진 채로 아버지 얼굴을 볼 순 없었다.

간혹 어머니의 전화를 받을 때면, 마지막 남은 자존심에 "생활비는 충분하고 공부도 열심히 하고 있으니 걱정하지 마세요"라고 대답하곤 했다. 그러나 매일 반찬이 김과 김치, 마가린밖에 없을 정도로 가난했다. 2, 3일에 한 번씩 참치 캔이나 계란을 먹는 정도였다.

고시원에는 작은 부엌이 있었고, 사람들은 저마다 반찬을 들고 나와 거기서 각자 조용히 식사를 했다. 전기밥솥에 있는 밥은 공짜였고, 조리 기구나 밥그릇도 사용하고 나서 설거지만 하면 마음대로 이용할 수 있었다. 나는 마가린에 비빈 밥을 김에 싸먹는 게 전부였기 때문에 초라한 반찬을 남들에게 들키기 싫어 일부러 오후 2, 3시쯤 부엌으로 갔다. 그러다 나와는 반대의 이유로 일부러 그 시간에 부엌을 찾은 사람들과 마주치기도 했다. 구운 스팸 같은 맛있는 반찬이 있어서 다른 사람 몰래 먹으려는 사람들이었다.

구운 스팸 따위 때문에 그렇게 구차해지는 꼴이라니…….
그런데 정말 먹고 싶었다. 고시원 방까지 스팸 냄새가 따라오는
듯했다.

위대한 일을 할 기회를 박탈당한 세대는 어떻게 되는가? 그
들은 출세나 개인적인 성공과 같은 보다 작은 성취에 매달리게 된
다. 그런데 완성된 사회는 개인적인 성공에 대해 사실상 단 하나의
평가 기준만 지니고 있다.

이는 자유민주주의와 수정자본주의의 결합에서 필연적으로
나올 수밖에 없는 결과다. 자유민주주의는 교리에 따라 어떤 사람
이 다른 사람보다 근본적으로 우월할 수 없고 모든 사람이 가치
면에서 평등하다고 주장한다. 수정자본주의는 시장가치를 바탕으
로 하는 평가 척도 한 가지만을 지니고 있다.

그러므로 두 이데올로기가 결합한 가치체계에서 한 인간의
가치를 재는 방법은 '그 사람이 자유민주주의가 허용하는 범위 안
에 있는가(독재자나 범죄자가 아닌가)'와 '그 사람이 얼마나 높은
시장가치를 갖고 있는가'가 된다.

따라서 완성된 사회에서 표백 세대의 젊은이는 부에 대한 욕
심이 크지 않더라도 자신의 능력과 야망을 증명하려면 돈을 버는

경쟁에 뛰어들어야 한다. 그 외에는 다른 사람들에게 그의 존재가 치를 주장할 다른 방법이 없다.

군대를 일으켜 무공을 세우는 일은 자유민주주의의 이념에 어긋나며, 단식과 묵상으로 깨달음을 얻는 행위는 시장에서 높은 평가를 받지 못한다.

그러나 돈을 얼마나 많이 버느냐를 놓고 벌이는 시합에서도 표백 세대는 좌절할 수밖에 없다. 완성된 사회는 가능성이 그만큼 고갈된 사회이기 때문에, 부를 창출하는 능력에서도 성숙한 단계에 있다. 닷컴 열풍, 부동산 시장 활황과 같은 국지적인 성장은 때때로 가능하지만 산업화 초중반에 볼 수 있었던 '경제 전반에 걸친 활기'는 찾아보기 어렵다. 완성된 사회의 경제성장률은 이론적으로 0퍼센트에 가까워야 한다.

즉 표백 세대들은 아주 적은 양의 부를 차지하기 위해 이전 세대들과는 비교도 안 되는 경쟁을 치러야 하며, 그들에게 열린 가능성은 사회가 완성되기 전 패기 있는 구성원들이 기대할 수 있었던 것에 비하면 아주 하찮은 것에 불과하다. 가장 똑똑하다는 젊은 이들조차 엘리트 조직의 끄트머리가 되기 위해 몇 년을 골방에 처박혀야 하고, 그런 노력이 결실을 얻은 뒤에도 조직의 말단에서 다시 경쟁을 시작해야 한다.

표백 세대는 같은 세대뿐 아니라 이미 사회에서 한자리를 차지하고 있는 기성세대들과도 경쟁해야 하는데, 사회 각 분야가 고도로 발전해 있고 표백 세대들이 가진 자원이 거의 없다는 점을 고려하면 매우 불리한 게임이다. 분배 방식이라는 게임의 규칙조차 기성세대가 정한 것을 따라야 한다.

나는 서울시 행정직 일반행정 7급 필기시험에 합격했다. 드디어. 필기시험 합격자 발표가 있던 날에는 너무 기쁜 나머지 캔 맥주 두 개를 마시고 고시원에서 잠들었다. 합격 사실을 집에 알릴까 말까 고민하다가 알리지 않았다.

이런 한계 속에서 표백 세대의 내면은 추하게 일그러진다. 그들은 자신의 역사적인 위치나 사명에 대해 깊이 고민할 것이 없으므로 역사의식이 희박해지며, 민족주의처럼 그들의 자존감을 손쉽게 높여줄 수 있는 불합리하고 값싼 이데올로기에 의존하는 경향이 생긴다.

박탈감과 좌절감은 뿌리 깊이 박혀 있지만 이런 좌절감은 집단적인 분노로 발전하지 못한다. 투쟁은 손해 보는 일이라는 것을 모두 다 너무나 잘 알고 있기 때문이다. 인터넷 게시판에서는 선배와 상사, 기성세대를 찢어죽일 것처럼 성토하다가도 면접 시험장에서는 한없이 고분고분해지고 공손해진다.

패배를 자연스러운 운명으로 받아들이는 이들 중 몇몇은 정면 승부를 벌이고 작은 이득을 위해 아득바득 싸우는 태도를 촌스럽다고 여기게 된다. 기왕에 지는 것, 한발 물러난 자세로 "나는 크게 개의치 않는다"와 같은 태도를 보이거나 아예 싸움을 피하는 것이 그나마 자존심을 지키는 길이다. 그것이 '쿨한 모습'으로 받아들여진다.

진정으로 새로운 주장이나 사상이 없는 상태에서 조롱과 비아냥거림, 의미 없는 장난이 이 세대의 트레이드마크가 된다.

사유와 생산에서 주도적인 역할을 하지 못하는 표백 세대는 소비를 삶의 표현 양식으로 삼는데, 이는 여가와 사교 생활에서 문화예술 및 창작 활동에 이르기까지 거의 모든 면에 걸쳐 이들의 사고와 행태에 깊숙이 영향을 미친다.

물론 이들이라고 해서 바보는 아니며, '뭔가가 잘못됐다'는 느낌 정도는 갖고 있다. 그러나 논리적으로 모순이 없는 사회에 대해 그런 의심을 품는 행위는 자칫 그 자신을 바보라고 인정하는 셈이 될 수도 있기에, 이들은 그런 생각을 겉으로 잘 드러내지 않는다. 고로, 음흉함은 그들의 제2의 천성이 된다.

필기시험 합격자 면접을 앞두고 나는 크게 앓았다. 영양상태가 좋지 않았던 데다 운동을 하지 않아 면역력이 떨어진 상태에서 냉방병과 감기를 함께 앓았던 것 같다. 무슨 생각에서였는지 나는 끝까지 병원을 가지 않고 약국에서 종합감기약만 사다 먹었다. 그 감기 증세가 한 달 이상 갔고, 시험 당일까지 머리가 어지러웠다. 아침에 설사를 여러 번 했고 눈에서 진물이 자꾸 나와 안약을 넣었다. 면접장에 들어갈 때 나는 한쪽 눈의 실핏줄이 터져 실험용 알비노 쥐처럼 붉은 눈을 하고 있었다.

마르크스는 노예는 자신의 노예적 존재를 지속할 수 있는 일정한 조건을 보장받는 데 비해 노동자는 그 계급적 지위가 점점 가라앉는 처지에 있기 때문에 어떤 면에서 노동자는 노예보다 더 비참하다고 주장했다.

표백 세대는 정신적인 면에서 산업화 시대의 노동자들보다도 더 한심한 처지에 있다.

산업화 시대의 노동자들은 사회주의사회라는 '다음 단계'를 꿈꾸며, 프롤레타리아운동의 주체로서 뚜렷한 이념과 이상을 갖고 정치권력을 장악하려는 시도를 할 수 있었다. 그러나 표백 세대는 지배 이념에 맞서 그들을 묶어주거나 그들의 이익을 대변할 이념이 없으며, 그렇기에 원자화될 수밖에 없는 운명이다. '낙원'에서 태어난 이들에게 이상향은 있을 수 없기에, 표백 세대는 혁명과 변혁에 관한 한 아무런 희망을 품을 수 없다.

이들은 사회를 비난할 권리조차 박탈당한다. 완성된 사회에서 표백 세대의 실패는 그들 개개인의 무능력 탓으로 귀결된다.

나는 서울시 일반행정 7급 공무원이 되지 못했다.

곧바로 고시원에서 짐을 싸서 익산으로 내려갔다. "괜찮다, 고생 많았다"라며 나를 안아주는 어머니의 품이 더할 수 없이 따뜻해 나는 그만 울음을 터뜨리고 말았다. 어머니가 먼저 울음을 터뜨렸던가? 해골처럼 비쩍 마른 내 모습을 보고?

나는 "죄송해요"라는 말만 되풀이했다. 부모님의 얼굴을 보기가 괴로워 밥을 먹고 싶지 않았으면서도, 한상 가득 차려진 저녁 식사 자리에서 젓가락을 잡은 손은 염치없이 자꾸 고기 반찬으로 향했다.

그날의 저녁 식사 자리는 돌아온 탕아의 반성과 가족 간의 화해가 말없이 이뤄지는 감동의 도가니였으나, 밤에 잠자리에 누운 나는 대상을 알 수 없는 강렬한 증오와 분노에 휩싸여 어두운 천장을 바라보며 한동안 잠을 이루지 못했다. 내가 왜 이렇게 죄인 취급을 받아야 하는지, 내가 도대체 무슨 죄를 지었는지를 오랫동안 생각했다.

그러면서도 한편으로는 동생의 가판 장사가 망해버려 그나마 내 면목이 상대적으로 아주 떨어지지는 않았다는 데 마음의 위안을 얻기도 했다.

표백 세대가 완성된 사회를 살아가는 방법은 순응, 타협, 소극적 저항, 적극적 저항의 네 가지로 분류해서 생각해볼 수 있다.

순응은 완성된 사회의 시스템과 경쟁 체제를 받아들이고 그에 맞는 삶을 사는 것이다. 열심히 공부해 판검사나 의사가 되거나 좋은 기업에 취직해 '치열하게' 살다가 그에 상응하는 대가로 부와 명예를 얻는 것이 목표다. 존경받는 기업인이나 법조인, 정치인들은 거의 다 이 분류에 해당한다. 그런가 하면 '고시 폐인', 범죄자와 사기꾼, 실패한 사업가나 장사꾼, '악바리' 혹은 '또순이'라는 칭찬을 듣는 저소득층도 이 유형에 속한다.

타협은 완성된 사회의 가치관에 대해 약간의 의심을 품으면서도 대체로 그에 따라가는 삶의 형태다. 이런 삶의 유형을 선택하는 사람들은 이타적인 행위를 통해 자기만족을 얻으며 그런 의심을 억누른다. 여가 시간에 봉사활동을 하거나, 권력에 대한 의지없이 선의로 정당 활동에 참여하거나 기부금을 내는 행동 등이 여기에 포함된다. 그러나 그런 활동이 근본적으로 삶의 우선순위에서 가장 앞에 오는 것이 아니며, 그런 활동들에 대한 욕구도 따지고 보면 이기심에서 비롯된 것이다. 이런 삶의 형태는 완성된 사회에 대단한 위협이 되지 못하며, 오히려 권장되기까지 한다.

소극적 저항은 완성된 사회의 가치관을 전복시키고자 하는 의도는 없으나 적어도 그 가치관에 따라 사는 것이 아닌 삶의 형태다. 예술가, 종교인, 전업 NGO 등이 여기에 해당하며, '돈 되는 일은 아니지만 좋아하는 일을 하는' 직업인, "패배자라고 불려도 좋으니 아등바등 살지 않고 속 편하게 생활하고 싶다"라며 교직원이나 하급 공무원, 카페 사장 따위를 꿈꾸는 부류도 이에 속한다. 이들은 완성된 사회의 가치관을 따르는 일을 경멸하지만, 자신들이 완성된 사회로부터 제대로 된 존경을 받을 수 없다는 사실에

괴로워하기도 한다.

실제로 이들 중 일부는 경쟁 시스템에서 도피하기 위해 이런 삶의 방식을 선택한 것으로, 세속적인 성공을 거머쥐게 되면 언제든지 '순응형'이나 '타협형'으로 태도를 바꿀 준비가 돼 있다.

소극적 저항자들은 대체로 연대를 하지 않으며 사회시스템을 전복하려는 의도가 없기 때문에, 수가 너무 많아지지 않는 한 완성된 사회의 관점에서 대체로 무해하다.

적극적 저항은 사회에 대한 폭력적인 타도를 시도하는 것이다. 정의에 따라, 완성된 사회에서 적극적 저항은 이념적 근거를 가질 수 없다. 적극적 저항자들은 처참할 정도로 논리가 없거나 아니면 일반인들이 도저히 받아들일 수 없는 극단적인 원리주의를 자신들의 이념으로 채택한다. 프랑스나 그리스 등에서 간혹 보는 방향성 없는 학생 폭동이 전자의 예이며, 이슬람 근본주의자나 대단히 공격적이고 반체제적인 환경주의, 공산주의, 민족주의 그룹 등이 후자의 예다.

완성된 사회는 이들을 사회의 적으로 규정하는 데 망설임이 없으며 이념적으로든 물리적으로든 적극적 저항자들의 성공 가능성을 따져보는 것은 무의미하다. 그들은 기껏해야 기억에 남는 테러를 몇 건 저지를 수 있을 따름이다.

그해 겨울 어느 날, 부모님 집에 들어가다가 추와 마주쳤다.

용돈벌이로 하던 과외를 마치고 집에 들어가던 참이었다. 어머니 소개로 어머니 친구 동생의 중학생 아들과 같은 반 친구에게 영어와 수학을 가르쳤다. 아주 작은 도시라서 내가 나온 대학 간판으로도 과외 교사 자리를 얻을 수 있었다.

나는 아무 의욕 없이 중학생 두 명을 가르치고 한 달에 40만 원을 받았다. 어느 날에는 스물일곱 살짜리 아르바이트 과외 교사를 그 중학생들이 우습게 보지 않을까 창피했고, 이미 세상 모든 사람이 나를 우습게 보는데 거기에 중학생 두 명이 더 동참한들 무슨 상관이 있으랴 싶기도 했다.

두 녀석은 머리도 별로 좋지 않았고 공부에 의욕이 없는데 그렇다고 성깔이나 악다구니가 있는 것도 아니고 재치도 없어서 앞으로 어떻게 살아갈지 심히 염려스러웠다. 어차피 그놈들의 미래에 별 관심은 없었지만 수업 시간 중에 지나가는 얘기로 "너희는 커서 뭐가 되고 싶냐"라고 물었더니 "공무원"이라는 답이 돌아와 머쓱해지기도 했다.

공무원이 되고 싶다는 여드름쟁이 외에 다른 한 녀석은 배시시 웃으며 "모르겠는데요"라는 말만 반복했다. 원대한 꿈이 있는데 얘기하기가 부끄러운 것일까, 아니면 정말 아무 생각이 없는 걸까.

겨울이어서 저녁 7시인데도 해가 저물어 있었다.

추는 바보 천치 추와 창녀 추 중 바보 천치 쪽이었다. 나는 추를 보고 몇 초 동안 말 그대로 그 자리에 얼어붙었다가 눈을 크게

뜨고 착하게 보이려는 추의 모습을 보고 자신감을 조금 얻었다. 그
때까지 뒤를 돌아서 익산시 골목길을, 몇 달 전 아현동에서 그랬던
것처럼, 추로부터 도망치며 무작정 달릴까 하는 충동이 전혀 없었
던 것은 아니었다.

"여기가 너희 집이 아닐까 봐 걱정했는데, 맞구나."

추가 먼저 입을 열었다. 물론 추는 마음만 먹으면 우리 집이
어디에 있는지 알아낼 수 있었다. 과 사무실에 적당한 핑계를 대고
물어보기만 하면 된다.

"오래 기다렸어?"

"1시간 정도."

"춥겠다. 어디 들어가서 얘기하자."

나는 커피값을 걱정하며 근처 다방으로 추를 데려갔다. 추는
의자에 앉으며 몸이 채 녹기도 전에 서둘러 물었다.

"신촌에서는 어느 고시원에 살았어?"

"그게 그렇게 궁금했어? 레몬 원룸텔이라고 와바 4층에 있는
데였어."

"거기도 가본 것 같은데. 신촌에 있는 고시원은 거의 다 가봤
거든."

"무섭다. 왜 신촌 고시원들을 네가 돌아다녀? 나 찾으러?"

"네가 나 지켜준다고 했잖아. 세연이 따라서 자살하지 않게
나를 붙잡아준다고 했잖아."

"그건 내가 한 말이 아냐. 네가 그 얘기를 계속 반복하면서 나

한테 부탁했지, 나는 그런 말을 하지 않았어. 그리고 솔직히 내가 어떻게 생각하는지 알아? 넌 안 죽어. 넌 자살할 성격이 아냐."

추는 담배에 불을 붙이며 물었다.

"이제 다 끝났다 이거지?"

"다 끝났어. 이제 더는 날 찾아오지 않았으면 좋겠어. 난 지쳤어. 내 몸 하나 건사하기도 힘들어."

추는 나만큼이나 몸이 비쩍 마르고 얼굴이 하얬다. 두 비겁자는 서로 눈길을 피한 채 담배를 피웠다.

"나 다음 달에 미국 가."

추의 말에 나는 웃음을 터뜨렸다가 기침으로 얼버무렸다. 그럼 그렇지, 네가 무슨 자살을……. 너나 나나 계속 이렇게 빌빌대며 궁상맞게 살아갈 운명이다.

"나 안 붙잡을 거지? 그거 물어보려고 내려왔어."

"너한테 잘못한 게 많은 거 알아. 미안하게 생각해. 우리는 차라리 만나지 않는 게 나았던 것 같아. 붙잡을 생각은 없어. 미안해. 잘 살아, 자살하지 말고."

"그래, 알았어. 담배 한 대만 더 피우고 갈게."

추는 담배를 피우며 조용히 눈물을 흘렸다. 나는 그 눈물의 의미를 알 수 없어 그 시간이 불편하기만 했다. 내가 이해하지 못하는 방식으로 그녀가 나를 깊이 사랑하고 있었던 걸까 싶어 불안했다. 그녀의 눈물에는 어떤 진심이 얼마나 담긴 것인지, 누군가의 진심을 이렇게 거절해도 괜찮은 것인지, 그게 괜찮지 않다면, 그렇다면 진심이라는 이유만으로 다른 사람의 요구를 들어줘야 하는 것인지에 대해 나는 생각했다. 그러나 그녀가 세연이나 세연과의 약속을 떠올리며 눈물을 흘린다는 생각은 들지 않았다.

기차역으로 가는 어두운 골목길은 끝나지 않을 것 같았다. 추는 아무 말이 없었고, 나는 그녀의 미국행에 대해 물었다. 그녀는 부모님 돈으로 어학연수를 떠난다고만 대답했다. 추가 나에게 공무원 시험 준비는 잘돼가는지, 지난번에는 몇 점 차이로 떨어졌는지, 앞으로 어떻게 할 참인지 등을 묻지 않는 것이 고마웠다.

자살 선언은 무엇이며, 자살 선언자는 누구인가.

자살 선언은 자의식적이고 자주적인 운동이며, 다수의 이익을 위한 것이기는 하나 다수의 운동은 아니다.

자살 선언은 위에 언급한 네 가지 삶의 방식 어느 것에도 해당하지 않는다. 왜냐하면 자살 선언은 완성된 사회를 '살아가는' 방법이 아니라 그것을 거부하는 방법이기 때문이다.

자살 선언은 완성된 사회에서 표백 세대가 할 수 있는 가장 극단적인 저항운동이다. 그것은 극단적이면서 저항이 불가능한 사회에서 유일하게 논리적으로 기능하는 저항운동이기도 하다. 물을 인정할 수 없는 물고기가 할 수 있는 일은 한 가지뿐이다.

자살 선언자들은 완성된 사회에서 그들이 얻을 수 있는 미약

한 대가를 사양하며, 완성된 사회를 긍정해 그 구조 안에서 성공을 거두는 것을 거부한다. 그들은 죽음의 고통과 사후에 당할 모욕을 두려워하지 않으며, 사후 세계에 대한 어떤 기대나 선망도 갖고 있지 않다.

나는 자살 선언자에 대해 완성된 사회가 쏟아낼 비난이 어떤 것인지 이미 알고 있다. 그들은 자살 선언자의 자살이 비겁한 도피와 현실 부정이며, "그럴(자살할) 용기와 의지가 있다면 그 힘으로 살아라"라고 말할 것이다. 그러나 그들은 패전을 각오한 군인과 순교자들처럼 명백하게 죽음을 선택한 이들에 대해서는 같은 주장을 하지 않는다.

기실 완성된 사회는 어떤 사상이나 자존심을 위해 개인이 모든 것을 포기하는 행위에 대해 아무것도 이해하지 못한다. 완성된 사회는 인간을 하찮은 욕망에 의해 움직이는 존재로 규정하기 때문이다.

이것으로 완성된 사회가 왜 그토록 자살 선언자를 두려워하는지도 설명이 된다. 자살 선언자는 그 존재만으로 완성된 사회의 기본 가정을 부수며, 완성된 사회가 완전하지 않음을 고발한다. 자살 선언자는 희고 완벽한 완성된 사회에서 지워지지 않는 한 점 얼룩이다. 완성된 사회는 자살 선언자가 필요로 하는 것을 줄 능력이 없으며, 자살 선언자의 행위를 이해조차 할 수 없다.

자살 선언자들은 봉건사회를 무너뜨린 부르주아지나 공산혁명을 시도한 프롤레타리아와는 근본적으로 다르다.

자살 선언자들의 목표는 완성된 사회를 무너뜨리는 것이 아니라 완성된 사회의 천박함과 불완전성을 고발하고 자신들이 품고 있는 위대한 가능성을 증명하는 데 있으며, 그 방법은 오로지 죽음이라는 완전한 거부뿐이다. 왜냐하면 봉건시대의 부르주아지와 산업 시대의 프롤레타리아에게는 대안과 미래가 있었으나 표백 세대와 자살 선언자들에게는 그런 것이 없기 때문이다.

완성된 사회는 사람들이 그 안에서 살아가는 것 자체가 '살아 있기를 선택한 것'이라고 주장한다. 완성된 사회는 구성원들의 최대 복리를 위해 시스템을 움직이지만 구성원들의 자존심을 허락하지 않는다. 이런 생각이 잘못됐음을 증명하기 위해 모든 표백 세대가 자살해야 할 필요는 없을 것이다. 그러나 최소한 수천 명은 스스로 목숨을 끊어야 할 것이다. 이 글을 쓰는 나 자신도 이미 5년 전에 자살했다.

우리는 영웅으로 태어났으나 우리가 태어난 이 세상은 영웅의 삶을 허락하지 않는다. 우리에게 허락된 것은 영웅다운 죽음뿐이다.

부모 세대가 만들어놓은 무대 위에서 하찮은 욕망을 채우는 데 시간과 열정을 허비하며 의미 없는 삶을 보내고 우리 세대가 별 볼일 없음을 시인할 것인가, 아니면 담대한 결단으로 그대 안에 있는 위대한 가능성을 증명하고 우리를 비웃어오던 세상에 충격과 공포를 줄 것인가.

선택은 그대에게 달렸다.

나는 추가 미국으로 간 다음 해에 국가직 7급 공무원 시험에
합격했다.

추는 미국으로 간 지 3년째 되던 해에 자살했다.

나는 기묘한 방식으로 추의 죽음을 알게 됐다.

2부

코마 화이트

10.

'○○○ 의원님 요구 자료.'

나는 '의원님 요구 자료'라는 문구 다음의 깜빡거리는 커서를 몇 분째 멍하니 바라보고 있었다. 과의 다른 직원들은 밥을 먹으러 나갔다. 8월 중순 저녁 7시에 정부과천청사 2동 건물의 열기는 상상을 초월했다. 그런데 여름철 냉방 기간 72일, 냉방 온도는 외부 기온이 섭씨 28도 이상일 때만이라는 에너지 절약 시행 지침 때문에 에어컨디셔너를 틀지 않았다.

바보 같은 지침이다. 바깥의 온도가 28도면 사람과 컴퓨터가 있는 건물 실내 온도는 29, 30도를 훌쩍 넘고, 창가는 온도가 그보다 더 높이 올라간다. 지침을 만든 사람도 그 온도에서 사람이 짜증을 내지 않고 일할 수 없다는 것을 모를 리 없다. 시원하게 냉방을 해서 일하는 사람들의 업무 효율과 사기를 높이는 게 오히려 더 경제적이라는 것을 모두가 다 안다. 그러나 그렇게 하지 못한다. 공무원들이니까.

하급 공무원은 사무관의 눈치를 살펴야 하고, 사무관은 국·과장의 눈치를 살펴야 하고, 국·과장은 실장과 차관, 장관 눈치를 살펴야 하고, 장관은 청와대와 여론의 눈치를 살펴야 하는데, 여론은 공무원들이 에어컨 바람 쐬는 행위를 용납하지 않는다. 그러니 냉방 관련 지침을 바꾸는 일은 애초부터 불가능하다.

개인 돈으로 사다가 자리 앞에 놓은 손바닥만 한 선풍기에서는 미적지근한 바람이, 그나마도 비실비실 나왔다. 선풍기 모터 돌아가는 소리만 요란했다.

휴가철이 지나면 바로 국정감사 시즌이었다. 앞으로 한 달 이상 야근해야 할 터였다. 국회의원들의 요구 자료는 서로 똑같고, 매년 똑같고, 언제나 있는 대로 다 내놓으란 식이었다. 그 요구 자료들을 보면 완전히 벌거벗고 일하라는 얘기나 마찬가지였고, 요구 자료들을 챙기고 상임위에서 답변하느라(답변하러 과천과 여의도를 오가고 답변을 기다리며 국회 복도에서 시간을 보내느라) 1년에 3개월은 일하지 못하는 것 같았다. 요구 자료가 너무 많아서 CD로 제출하겠다고 제안했지만 상임위 간사실에서 일언지하에 거절당했다. 국회를 우습게 보느냐, 보좌관들이 우스워 보이느냐는 것이었다. 농담조긴 했지만, 그해 국감이 만만치 않을 것이라는 협박도 들었다.

공무원들은 '안 된다'는 말을 하지 못하는 사람들이었다. 하급 공무원들도 그랬고, 국·과장들도 똑같았다. 황당한 지시가 떨어지지 않도록 장차관의 마음을 교묘히 움직이는 재주가 있는 국·과장들이 능력 있는 상사로 칭송을 받았다. 그러니 느는 것은 눈치밖에 없었다. 뭐, 어차피 나는 평생 나보다 젊은 행정고시 합격자들을 영감으로 모시고 살 운명이니 그런 기술을 연마할 필요도 없다. 좀 합리적인 성격의 팀장과 과장들을 모시게 되길 기도하는 수밖에 없었다. '까라면 까'라는 식의 팀장이 온다고 해도 내가 행사할 수 있는 거부권은 전혀 없었다.

그런 내 처지를 가만히 생각할 때면 식당에서 키우는 개가 생각났다. 손님들마다 한 번씩 쓰다듬고 목을 만지고 지나가는데, 정작 그 자신은 사람들에게 신경도 쓰지 않는, 피곤한 개 말이다. 사람 손을 탈 대로 타서 이제는 자신에게 관심을 보이는 손님이 귀찮기만 하지만 손님에게 짖거나 손님을 물었다간 주인에게 맞는다. 손님이 자기 꼬리를 만지든 불알을 만지든 가만히 있는 수밖에 없다. 그런 예속된 삶. 식민지 백성의 삶. 간혹 나는 기업에 다니는 하급 직원들의 삶도 그런지 궁금했다. 대기업에 다니는 대학 동기들은 "다를 바 없다"라고 했지만, 내 생각에는 여러 가지가 달랐다. 무엇보다 그들이 일하는 무슨 무슨 센터는 수십 년 된 낡은 건물이 아니었고, 조명이 형광등이 아닌 할로겐등이었으며, 엘리베이터도 덜컹거리지 않았고, 화장실에는 비데가 있었고, 팀 이름도 뜻 모를 영어로 돼 있었다. 그네들이 일하는 기업은 브랜드와 로고가 TV에도 자주 나왔다.

무엇보다 그들에게는 대졸 직원들에게 기회가 똑같이 열려 있었다. 쉬운 시험을 보고 들어왔다고 과장에서 경력이 끝나는 것이 아니었고, 임원 자리는 더 어려운 시험을 보고 들어온 사람에게만 열려 있는 것도 아니었다. 고졸 사원이나 비정규직에게 한계는 있었고, 변호사나 MBA 출신을 우대해주긴 했으나 그래도 공직사회와는 완전히 달랐다.

그런 이야기를 동기들에게 하지는 않았지만, 내가 그런 애기를 한다면 그들이 뭐라고 대꾸할지는 뻔했다. "너는 연금도 있고 잘릴 걱정 안 해도 되잖아." 공무원 연금과 고용안정성의 대가로 미래가 없다는 사실 정도는 받아들여야 하는 걸까? 아, 내가 그러기로 했지. 공무원 시험을 준비할 때부터.

그런데 나는 7급 주무관이 이렇게 바쁘고 일이 많을 줄은 몰랐다. 오후 5시 55분에 짐 싸고 퇴근해 여가 시간에 기타 연습이나 밴드 활동을 하는 것은 꿈도 꿀 수 없었다. 매일 야근을 했고, 토요일에도 거의 매주 출근해 자리를 지켜야 했다.

과천청사에서 보기에 무슨 전자니 무슨 통신, 무슨 물산에 다니는 동기들은 대리 정도만 돼도 일개 주무관은 꿈도 못 꿀 정도로 재량권이 컸고, 보람도 느끼는 것 같았다. 한편 힘없는 농식품부와 달리 정말 어떤 일을 기획하고 결정하는 권한을 가진 기획재정부에는 아예 5급 미만 직원이 거의 없었다.

나는 지식경제부와 같은 어중간한 부처나 청 단위 조직들, 또는 광역자치단체에서 7급 공무원이 차지하는 위치가 궁금했다. 이제는 그런 조직의 7급 공무원들도 한가하지 않을 거라는 사실은 알았다. 그래도 농식품부에서 주무관들이 하는 한심한 일보다는 나은 일들을 하지 않을까 생각했다. 기초자치단체는 어떨까? 경기도의 어느 군청에서 일하는 7급 직원도 업무가 많고 바쁠까?

선풍기 모터에서 피식거리는 소리가 나더니 잘 돌아가던 선풍기가 갑자기 멈추었다. 모터가 있는 부분에 손을 댔다가 뜨거워서 재빨리 뗐다. 모터가 타버린 모양이었다. 땀 때문에 러닝셔츠와 와이셔츠 상의가 축축하게 젖어 말할 수 없이 불쾌했다.

나는 기자가 된 휘영을 기다리는 중이었다.

4001

이 노트는 사실과
진실의 기록이다

이를테면 예언자가 한 잔의 물을 달라고 한다. 그러면 스스로 물을 가지러 갈 사이도 없다. 열 명이나 되는 신자가 앞다투어 이 물을 찾으러

달려가기 때문이다. 다른 자에게 뒤처진 사람들은 예언자에게 봉사할
수 없어 슬픔에 잠겨버린다. … 그의 명령이라면 맹목적으로 실행하겠
다고 그들은 맹세했다.

—《마호메트 평전》, 비르질 게오르규

자살을 약속한 사람은 모두 4명이었다.

재키는 과연 이들이 5년 뒤에 약속을 지킬 수 있을지에 대해
자신이 없었다. 그 4명이 모두 자살할 수 있을 거라고는 재키 스스
로도 믿지 않았다. 어쨌거나 5년이면 각자 자기영역에서 작은 성
취를 이루기에 충분한 시간일 거라고 생각했다.

"꼭 4년 뒤에 누군가가 연락을 할 거야. 그때 선택해줘. 약속
을 지키겠다거나 지키지 못하겠다거나 대답해주면 돼. 약속을 지
킬 사람들은 따로 모여서 일정을 조율하게 될 거야."

처음에 재키는 오로지 자살 선언만으로 제자들을 죽음의 길
로 인도하려 했다. 그러다가 점차 수단과 방법을 가리지 않고 자신
의 영향력을 최대한 발휘하더라도 그게 잘못된 일은 아닐 거라는
생각이 들었다.

이것은 그녀와 세상이 벌이는 전투다. 세상은 값싼 쾌감부터
무게 있는 철학에 이르기까지 온갖 방법을 동원해 그 4명이 삶을
이어가도록 유혹할 것이다. 재키를 제외한 모든 사람이 그들에게
"살아라"라고 말할 것이다.

그에 맞서 재키가 할 수 있는 일이라고는 전혀 없다. 4년 동안 재키는 추억과 약속으로만 활동할 수 있다. 그러니 그 전에 여러 가지 방법으로 제자를 압박하고 경쟁시키고 다짐을 받아놓은들 그걸 페어플레이가 아니라고 비난할 수 있을까?

대신 재키는 자신이 그 4명을 어떻게 유혹하고 그들에게 어떻게 압력을 넣었는지 사실대로 노트에 적기로 다짐했다. 어떤 야비한 방법을 쓰더라도. 왜냐하면 잡기가 사실과 진실의 기록일 때에만 거기에서 힘이 나올 것이기 때문이다.

4명 중 몇 명이나 약속을 지킬 수 있을까? 4명 중 몇 명이나 세상에 대한 적대감을 유지할 수 있을까?

아무도 자살하지 않는다면 재키가 처절하게 패하는 거다. 그것은 재키가 생각한 것보다 세계가 풍요롭고, 표백 세대에게 줄 수 있는 대체재를 많이 갖고 있다는 의미가 된다. 근처에 있던 네 사람조차 설득하지 못하는 선언은 그냥 우스갯거리일 뿐이다.

4명 중 한 명만 재키를 뒤따르는 것도 성과라고 보기는 어렵다. 자살 선언을 지키는 사람이 적어도 2명은 돼야 한다. 2명은 불안한 승리, 3명이면 확고한 승리가 된다.

예비 선언자들은 모두 자신들이 약속을 어기는 일은 없을 거고 단언했다. 그럼에도 재키는 그들에게 출구를 열어두었다. 4년 뒤에 그들은 한 번 더 선택할 수 있다.

그건 출구가 있다고 말해놓음으로써 예비 선언자들을 더 교묘히 얽어매기 위함이기도 했다. 약속은 그냥 파기해도 되지만, 이

출구를 통해 나가려면 '왜 나는 이 세상을 살기로 결심했는가'를 설명해야 한다.

예비 선언자 중 한 명이 "4년 뒤에도 아무런 연락이 없으면 어떡하지? 그냥 각자 알아서 자살 선언을 이행해야 하나?"라고 물었다.

"반드시 연락이 가. 난 결코 잊지 않아."

재키는 웃으며 덧붙였다.

"죽은 뒤에라도 말이야."

내가 보기엔 휘영도 잘 풀리지 않았다. 그는 신문사와 방송사 공채 시험에 번번이 떨어졌고, 결국 내가 전에 들어보지도 못한 어느 시사주간지의 기자가 됐다. 유명 신문사가 운영하는 주간지긴 했지만, 그 회사의 신문기자와 주간지 기자들 사이에는 교류가 거의 없다고 했다. 급여도 많지 않았고, 취재원들에게 대접받는 정도도 신문기자와는 천양지차로 달랐다. 나와 휘영은 2년 이상을 투자한 시험에 어중간하게 합격하기는 했으나, 그래서 시작한 일에 그만한 가치가 있는지 의문이었다.

휘영과 내가 다른 점은, 나는 내가 7급 공무원이라는 데 불만이 가득했지만 휘영은 비록 잡지기자긴 했어도 자신이 기자라는 사실에 별 불만이 없어 보였다는 것이다.

그게 꼭 좋은 것만은 아니었다. 휘영은 성격이 변해서 예전의 그가 아니었다. 무례해지고 뻔뻔해졌으며, 살이 찌고, 옷을 대충 걸치고 다니고, 그 밖의 모든 안 좋은 면에서 사회부 기자 같아졌다.

나는 그가 자신이 기자라는 생각에 의식적으로 그런 변화를 추구한 것인지, 아니면 하다 보니 그렇게 된 것인지 궁금했다. 어느 쪽이든 우스워 보이긴 마찬가지였다. 취재의 어려움과 기자 생활의 고달픔에 대해 늘어놓으면서 은근히 자랑스러워하는 마음을 드러낼 때, 그는 어설픈 모방품 같아 보였다. 내 말은, 결국 그는 유명 신문사나 방송사의 잘나가는 기자가 아니라 판매 부수가 몇만 부도 되지 않는 순위 밖 주간지 기자에 불과했고, 거기서 이름난 신문사나 방송사로 옮길 가능성은 별로 높지 않다는 것이다.

그리고 그는 제도권 신문사나 방송사 기자에 대한 선망을 잘 숨기지도 못했다. 그렇지 않으면 왜 방송 뉴스에 나오는 기자들을 보며 "재 취재는 영 엉망이더라고" 혹은 "같이 스터디할 때 논술을 정말 못 했는데"라는 식으로 말하겠는가. 왜 신문 기사를 보면서 "이건 이 기자랑 이 회사랑 거래가 있었던 거야"라며 아는 척을 하겠는가. 그가 학부 시절 일류대에 대한 콤플렉스를 그토록 숨기려 했던 모습을 떠올리면 정말 사람이 달라져도 크게 달라졌다는 말밖에 더 할 얘기가 없었다.

아, 그러는 나도 많이 달라졌다. 나는 욱하는 성미가 줄었고, 말수가 적어지고, 표정이 잘 변하지 않았으며, 눈을 빠르게 여러 번 깜박이는 버릇이 생겼고, 고개를 숙인 채 걸었고, 뱃살은 나왔지만 뺨은 공무원 시험 준비를 하던 그때 그대로 홀쭉했으며, 눈치가 늘고, 비굴해졌다. 내 경우에는 이런 변화를 의도했던 것은 아니었다.

사람의 성격이란 쉽사리 변하지 않는다는 말을 누가 했던가? 나는 대학 동기 모임에서 다른 녀석들에게도 그런 변화가 없었는지 살펴봤다. 잘나가는 대기업 전자회사나 이동통신회사 직원들은 걸음걸이가 당차 보였고, 생명보험회사 직원이 된 녀석들은 세련돼 보였고, 건설회사에 입사한 여자 동기는 터프해진 것 같았고, 공인회계사가 된 동기는 쫀쫀해진 듯했고, 세무사가 된 동기는 거만해 보였다. 직장과 직업이 한 사람의 사회적 신분을 결정짓고, 사회적 신분이 그 사람의 내면과 성격을 좌우하는 것 같았으며, 나는 하급 공무원이라는 신분과 하급 공무원의 성격을 벗어날 수 없을 것 같았다.

그날 나는 다른 팀원들과 저녁을 먹지 않고 주간지 기자인 휘영을 기다리고 있었다. 휘영이 약속 시간에 늦었지만, 전화를 걸어 어디까지 왔느냐고 재촉하는 일 없이 하급 공무원답게 기다리고 있었다. 휘영도 약속 시간에 늦어서 미안하다, 지금 어디까지 왔는데 얼마 뒤면 도착할 것 같다는 전화는 걸지 않았다. 기자답다. 그는 정부과천청사역에 30분 늦게 도착해서야 내게 전화를 걸었다.

우리는 지하철역 근처의 지하 호프집에서 만나 치킨과 맥주를 주문했다.

"주간지라는 게 제목 장사거든. 단독 입수, 비밀 문건, 특종, 이런 말만 넣을 수 있으면 되는데 말이야. 내용은 아무리 시시한 거라도 괜찮아."

휘영이 나를 만나면 늘 하는 말이었다.

"그런 거 없다고 했잖아. 농식품부 7급 공무원 손에 그런 게 들어올 것 같냐."

"국정감사 자료 같은 거 준비하고 있지 않아? 국감 시즌이잖아. 그거 하나만 보내줘. 너희 과 거랑 다른 과 것도 같이."

"너 국감 자료라는 게 어떤 건지 아냐? 우리 팀 직제랑 직원 현황 같은 것도 의원님 요구 자료에 있어. 그런 게 너 기사 쓰는 데 필요해?"

"그냥 있는 대로 보내줘. 내가 판단할 테니."

"치킨 사는 거냐?"

"이 자식이 기자한테 얻어먹을 생각을 다 하네. 공무원들 평소에 접대 많이 받지 않나?"

"그건 어디 돈 있고 힘 있는 부처 얘기지. 우리 부에는 상전밖에 없다, 인마."

말은 그렇게 하면서도 휘영은 계산서를 슬쩍 자기 앞으로 가져갔다. 나는 공짜로 맥주를 마실 수 있다는 생각에 마음이 조금 풀어졌다.

나는 그즈음 다시 맥주를 마시고 있었다. 매일 집에 들어가서 병맥주를 한 병이나 두 병씩 마시고, 어떤 날에는 안주도 없이 1리터짜리 페트 맥주를 다 마시기도 했다. 녹초가 된 채로 자정께 원룸에 들어가도 침대에 누우면 잠이 안 왔고, 술을 좀 마셔서 알딸딸한 기분이 돼야 비로소 스트레스도 사라지고 나 자신의 모습도 용납할 수 있을 것 같았다. 낮에도 캔 맥주를 마신 적이 몇 번 있다.

"그런데 왜 보자고 한 거야? 정말 국감 자료 달라는 얘기 하러 여기까지 온 거야?"

내 말에 휘영은 대답 대신 가방에서 노트북을 꺼내 전원을 켜고 무선 모뎀을 연결했다. 컴퓨터가 구닥다리여서 부팅하는 데 몇 분이 걸렸고, 그사이에 나는 식당 TV에서 나오는 연속극을 멍하니 보며 맥주를 한 잔 더 비웠다. 휘영은 노트북을 호프집 테이블에 올리더니 화면을 내 쪽으로 돌리고 말했다.

"주소창에 와이두유리브닷컴이라고 쳐봐. www.whydoyoulive. com."

이 이름이 제일 낫지 않나?

이렇게 저열한 불편과 냉대를 당하고, 늘 기다려야 하고, 모든 걸 상대방 편한 대로 해야 하는 것은 노동계급의 생활에선 당연한 일이다. … 그는 행동하는 게 아니라 무엇에 따라 처신하는 것이다. 그는 자신이 신비로운 권위의 노예임을 자각하며, 자신이 이것이나 저것이나 다른 그 무엇을 원해도 '그들'이 결코 허용하지 않으리라는 확신을 갖고 있다.

—《위건 부두로 가는 길》, 조지 오웰

'와이두유리브닷컴'이라는 사이트 주소가 주인이 없는 채로 비어 있다는 사실에 재키는 약간 놀랐다. 제리는 다른 이름도 몇 개 생각해뒀으나 이 이름이 제일 낫다고 생각했다. 자살 사이트 같은 느낌을 주지 않는 게 중요했다. 그녀는 와이두유리브닷컴을 포함해 사이트 주소 4개에 대해 1년 치 사용료를 치렀다.

기본적인 사이트 설계는 직접 했다. 그러기 위해 재키는 기본적인 웹프로그래밍 언어를 배웠다.

와이두유리브닷컴에는 우선 자살 선언문과 실행 방법에 대한 FAQ가 있어야 했고, 그 자신에 대한 소개나 그가 쓴 글을 올릴 공간, 그리고 회원들이 글을 남길 수 있는 게시판이 최소한 2개 이상 있어야 했다.

재키는 게시판 운영에 대해서는 자신이 없었고, 거기에서 의미 있는 이야기들이 오갈 것이라고는 별로 기대하지 않았지만 자살을 하려는 이들이 자신의 자살 선언을 올릴 공간은 필요했다. 재키는 일반게시판에 올라온 선언 중 실제 실행이 확인된 것은 별도의 게시판에 다시 올리는 방식을 구상했다.

인생 비관자들에 대해서는 별 관심이 없었으나, 부당한 비난을 차단하기 위해 한국자살예방협회나 한국상담치료연구소, 각 지방 자치단체의 자살예방센터와 사이버 상담실의 인터넷 주소도 링크했다.

자살 사건에 관한 기사들이 자동으로 업데이트되도록 만드는 것이 약간 어려웠다. 처음에는 그런 기능을 하는 프로그램을 만들려고 했으나 나중에 보니 포털사이트의 서비스를 이용하면 됐다. 포털사이트 서비스가 몇 년 뒤에도 같은 방식으로 작동할지는 의문이었으나, 후임 운영자가 알아서 잘 대처해주리라 생각했다. 가능하면 자살과 관련한 모든 뉴스가 아닌, 실제 사건 기사만 클리핑하고 싶었으나 잘 되지 않았다. 어쨌든 결과물은 이런 식이었다.

● 국내 자살 사고 기사

〔20XX-04-12 00:06〕 "취직 안 된다" 20대 남성 목매 숨져

11일 밤 10시 반경 서울 마포구 한 다가구주택 2층에서 이 모 씨(26)가 목을 매 숨져 있는 것을 이 씨의 어머니가 발견해 구조대에 신고했다. 경찰은 이 씨가 최근 취직이 안 돼…

〔20XX-04-12 09:43〕 일가족 3명 숨진 채 발견, 동반자살 추정

11일 오후 8시 반경 인천 옹진군 옹암해수욕장 인근 민박집에서 장 모 씨(35)와 장 씨의 부인(36), 한 살 된 딸 등 일가족 3명이 숨져…

〔20XX-04-12 14:20〕 40대 주부, 아파트에서 떨어져 숨진 채 발견

12일 오전 8시경 서울 은평구의 한 아파트 출입구 위에 이 아파트에 살던 변 모 씨(46·여)가 숨져 있는 것을 경비원이 발견해 경찰에 신고했다. 변 씨는…

〔20XX-04-12 17:06〕 관악산에서 50대 남성 목매 숨진 채 발견

〔20XX-04-12 20:22〕 대기업 간부 자택에서 자살 "가족에 죄송"

〔20XX-04-12 20:47〕 승용차에서 남녀 4명 숨진 채 발견

● 해외 자살 사고 기사

〔20XX-04-12 04:00〕 프랑스, "경찰 죽이겠다" 협박범 자살

〔20XX-04-12 04:00〕 호주 한인 자매 살해 용의자 자살

〔20XX-04-12 04:01〕 필리핀에서 한인 가족 숨진 채 발견

〔20XX-04-12 04:01〕 중국 연예계, 미모의 여배우 자살로 '발칵'

〔20XX-04-12 04:01〕 독일 유명 패션모델 자살, '거식증 시달려'

물론 이런 자살 사고의 주인공은 자살 선언이 지향하는 바와는 동떨어진 인물들이었다. 그러나 재키는 몇 가지 이유로 국내외 자살 사고 기사 코너를 사이트에 넣었다.

그중 한 가지 이유는 자살이 이토록 흔한 일이라는 점을 알리기 위해서였다. 재키는 한국을 비롯한 선진국 사회가 자살 사고를 숨기고 있다고 생각했다.

경제협력개발기구(OECD) 국가 중 자살률이 최고 수준인 한국에서는 매년 1만 2000명가량이 자살해 사망 원인 4, 5위를 차지한다. 하루에 30명 이상이 스스로 목숨을 끊는다는 얘기다. 고인의 사망 원인이 자살이라는 것을 유족들이 남들에게 잘 알리지 않는다는 점을 고려하면 실제 자살자는 그보다 훨씬 많을 것이다. 기사화되는 자살 사고는 경찰서에 접수된 것 중 특이한 구석이 있는 사례고, 그나마 단건으로 비중 있게 다뤄지는 경우는 거의 없다. 자살 시도는 최소한 그 10배 이상이리라.

이토록 많은 자살 시도가 은폐되는 것은 분명 완성된 사회의 속성과 관련이 있다고 재키는 생각했다. 완성된 사회에서 자살은 낙오이며, 낙오자에게 완성된 사회가 해줄 수 있는 일에는 한계가 있다. 낙오자 수가 이렇게 많다는 사실은 구조적인 실패를 암시하는 것일 수도 있기에 완성된 사회는 그 사실을 알리는 데 인색하다.

그러니까 언론에 알려지는 자살 사건만이라도 한데 모아서 "이렇게 자살자가 많다"라는 사실을 알리는 일은 어느 정도 의미

가 있다. 와이두유리브닷컴에 올 잠재적 자살 선언자들을 위해서
도 그런 기사를 모아놓는 것이 좋을 것 같았다.

"이렇게 자살하는 사람이 많다, 너희도 자살을 두려워하지 마
라"라고 북돋기 위함이 아니었다. "이렇게 자살하는 사람이 많지만
하나같이 별 이목을 끌지 못한다, 너희도 그럴 가능성이 높으니 충
격적인 아이디어를 열심히 짜내보라"라고 다그치기 위함이었다.

취기가 확 가셨다.

"이 사이트, 언제 생긴 거야?"

"사흘도 안 됐어. 너 대학 때 쓰던 이메일 계정 지금은 안 쓰
지?"

놀란 내 표정에 휘영은 만족스러운 얼굴이었다.

"안 써. 그게 이거랑 무슨 상관이야?"

"그저께 세연이 쓰던 아이디로 메일이 하나 왔다. 거기에 이
웹사이트 주소가 있었어. 다른 설명은 없이."

"누가 운영하는 거지?"

"몰라. 시경 사이버수사대에 있는 아는 형님한테 이 사이트의
운영자를 알 수 있겠느냐고 어제 물어봤어. 서버가 외국에 있어서
영장도 발부받을 수 없고, 운영자가 누군지도 알 수 없겠다고 하더

군. 나중에 이 사이트가 문제가 돼도 운영을 막을 수는 없대. 그냥 포털사이트나 인터넷 서비스업체에 '청소년 유해 사이트니까 링크나 접속이 안 되게 해달라'고 부탁하는 수밖에 없다는 거야."

나는 휘영의 설명을 들으면서 와이두유리브닷컴 사이트에 올라온 글들을 읽었다. 사이트는 전반적으로 미완성이었다. 홈페이지 소개글 등은 아직 메뉴만 있는 상태였고, 회원 게시판에 올라온 글이 거의 없는 걸로 봐서 아직 일반인들에게는 잘 알려지지 않은 사이트임이 분명했다. 내가 그 점을 지적하자 휘영은 고개를 끄덕였다.

"맞아. 아직 완성되지 않은 단계야. 세연이 쓴 글 같은 것은 그제부터 오늘까지 매일 몇 건씩 올리고 있어. 왜 그 재키니 소크라테스니 재프루더니 했던 글들 말이야. 한꺼번에 올리는 게 어렵지도 않을 텐데 일부러 속도 조절을 하는 것 같은 느낌이야."

"뭐지? 세연이 죽은 지 5년도 넘었는데 왜 이제 와서 갑자기 이런 사이트가 나오는 거지? 그동안에는 뭘 하고 있었기에?"

"그래, 나도 그게 궁금했어. 시간이 좀 지나니까 그 질문이 다른 식으로 바뀌더라. 5년을 기다렸는데 왜 지금 시점에서, 사이트를 다 만들지도 않은 상태에서 주소를 알려준 걸까? 왜 다른 사람도 아닌 우리에게 이 사이트 주소를 알려줬을까?"

내가 아무 말도 못 하고 잠자코 있으니 휘영이 말을 이었다.

"우선 우리에게 이 사이트 주소를 알려준 건 이 와이두유리브닷컴을 알려달라는 목적에서일 거야. 우리 같은 '증인'이 나서서 와이두유리브닷컴의 진정성이랄지, 독특함이랄지 뭐 그런 걸 이야기하면 다른 사람들에게 더 강한 인상을 남길 수 있지 않을까. 그런데 왜 조금 더 기다리지 못하고 미완성 상태인 지금 연락한 걸까? 사이트 운영자가 뭔가 급박해하는 것 같지 않아?"

휘영이 지나치게 앞서가는 것 같아서 나는 핀잔하는 투로 말했다.

"아니면 그냥 우리 마음을 흔들어놓기 위해서일지도 모르지."

"무슨 말이야?"

"세연은 전부터 우리가 자기를 따라 자살하길 원했어. 이제 5년여 만에 자기가 올린 글을 보고 우리가 양심의 가책을 받는다거나 삶에 회의를 느낀다거나 해서 자기 주장에 동참하길 기대하는 건지도 모르지."

내가 한쪽 입 끝을 올리며 말했다. 말의 내용보다는 말투에서 독기가 느껴진 탓인지 이번에는 휘영이 잠자코 있었다.

나는 왜 그렇게 세연의 주장에 적대감을 갖고 있었던 걸까? 내가 속한 세대의 한계를 지적하는 것이 나를 모욕하는 것처럼 느껴져서? 2년 넘게 7급 공무원 시험을 준비한 선택이 이제 와 생각해보니 돌이킬 수 없는 잘못이었음을 인정하기가 싫어서? 아니면 사라진 630만 원을 훔쳐간 범인이 추고, 추의 모든 행동은 세연의 사주에서 비롯됐다고 생각하기 때문에?

"잡기라고 돼 있는 메뉴를 봐. 우리가 읽어보지 않은 글도 몇 개 있어."

나는 휘영이 시키는 대로 해당 메뉴를 찾아갔고, 그 말이 사실임을 확인했다.

"그렇네. 이 아래에서 두 번째 글과 맨 위의 글은 4000번대의 글이네. 우리가 받은 압축파일 중에 암호가 걸려 있지 않은 파일에는 없던 글이야."

"이 사이트 운영자는 4000번대 이후 파일의 암호를 푼 걸까? 아니면 이 글들은 그 파일이랑 상관없이 세연에게서 따로 받은 걸까? 도대체 무슨 꿍꿍이가 있는 거지? 오늘 여기까지 직접 온 건 네 표정을 보고 싶어서기도 했어. 와이두유리브닷컴 사이트를 접속하게 하면 어떤 반응을 보일까 싶어서. 그런데 아까 네 얼굴을 보니 정말 이 사이트를 처음 보는 것 같긴 하더군."

"뭐야 이 새끼. 사람 못 믿어?"

"미안하다. 너무 궁금했어. 난 처음에 네가 이 사이트를 운영하는 건 아닐까 하는 생각도 했거든."

"나? 내가 왜?"

"그냥 그런 생각이 스쳤다는 거지. 잠기 비밀번호 힌트가 너를 가리키고 있었잖아. '재키, 소크라테스, 재프루더, 루비, 하비, 제리, 메리, 여기 빠진 사람은 누구?'라고 돼 있었고, 너는 적그리스도잖아. 너 정말 아는 거 없어?"

"또 그 얘기냐. 난 정말 몰라. 그리고 거기 나오는 적그리스도가 과연 내가 맞는지도 모르겠어. 내 말은, 물론 나와 한 얘기를 바탕으로 세연이 쓰긴 했지만, 세연이 묘사한 인물은 엄밀히 말하면 내가 아냐. 그건 나를 많이 미화하고 과장해서 만든 소설 캐릭터야. 일례로, 세연이 쓴 글을 보면 적그리스도가 '마혁과시'라는 사자성어를 쓰잖아. 그런데 나는 그 글을 읽기 전까지 그런 고사성어가 있는지도 몰랐어."

휘영은 상반신을 다시 뒤로 빼고 담배를 입에 물었다. 학생 때도 그가 담배를 피웠는지는 기억나지 않았다.

"너 혹시 병권이 요즘 뭐 하는지 알아?"

"왜? 병권이가 이 사이트를 운영하는 것 같아?"

나는 휘영에게 몸을 바싹 붙였다.

"그냥. 갑자기 생각나서 그래."

"공인회계사 시험 준비하고 있다고 들은 것 같은데……. 그것도 벌써 몇 년 전 얘기고. 고시생들도 계급이 있어. 후배들한테 한번 물어봐야겠다."

"결혼하기 전에 병권이 한번 찾아왔더랬어."

"그래?"

"술을 마시다가 한바탕 설전을 벌였지. 나더러 배신자라는 둥, 변절자라는 둥 횡설수설하더니 내가 결혼을 하면 안 된다는 거야. 난 그냥 그 녀석이 고시 공부를 너무 오래하다 보니 사람이 좀 퇴행했나 보다 했지."

휘영은 피식 웃었다. 나는 어두웠던 고시생 시절이 생각나 입을 다물었다.

우리는 안주를 한 접시 더 시키고 한동안 말없이 맥주를 서너 잔 더 마셨다. 골뱅이무침을 거의 다 먹어갈 때쯤 휘영이 물었다.

"그 선언문, 나름 일리 있지 않나?"

"모르겠다, 난. 그리고 이제 들어가봐야겠다. 팀장이랑 선배들도 다 들어와 있을 거고, 오늘 할 일 많아서 밤새워야 할 거 같아."

"넌 자살하고 싶다는 생각 한 번도 해본 적 없어?"

나는 고개를 들어 휘영의 얼굴을 살폈다. 녀석은 억지웃음을 짓고 있었다.

"너 설마 이상한 생각 하는 건 아니지?"

"난 아냐. 그런데 우리 마누라가 자꾸 죽고 싶다는 얘기를 해서 이제 내가 죽을 지경이다."

"제수씨가 그래? 이름이 뭐였더라? 현정 씨였던가?"

나는 말이 없고 허약해 보이던 휘영의 아내를 떠올렸다. 휘영의 처는 눈매가 얼핏 세연을 연상케 했다.

"우리 와이프가 숫기가 없잖아. 회사 생활이 힘든가 보더라고. 내가 보기엔 사회생활이 별로 맞지 않는 사람인 것 같아. 천생 현모양처 스타일이야."

"그럼 좀 쉬게 해주지. 마누라 수입이 그렇게 아쉬워?"

"야, 맞벌이 안 하면 먹고살 수가 없어. 너도 결혼해보면 알 거다. 지도 그걸 아니까 회사 그만두겠다는 말은 못 하지. 출근하기 싫다고 전날 밤부터 징징대는 거 달래다가 회사 그만둬도 내가 책임지겠다고 하면, 그래도 자기가 돈은 벌어야겠대. 그러면서 회사 상사들 원망도 안 해. 그냥 다 자기가 모자란 탓이래. 몇 달 전에는 정말 심각했어. 병원 가서 항우울증제까지 처방받았어. 너, 사람이 우울증 약 먹으면 어떻게 되는지 알아?"

"몰라."

"좀비처럼 돼. 그게 기분을 좋아지게 만드는 약이 아니라 머리를 멍하게 해서 기쁜 일이고 슬픈 일이고 못 느끼게 만드는 약이야. 묻는 말에 대꾸도 안 하고 넋 나간 얼굴로 밥 먹고 회사 다니고 하는데, 그 상태가 우울증에 시달리는 것보다 바람직한 건지 모르겠더라."

나는 호프집에서 일어나면서 휘영에게 혹시 와이두유리브닷컴에 관한 기사를 쓸 거냐고 물어봤다. 휘영은 웃었다.

"오늘 이 사이트에 올라온 정도로? 이 정도로는 기사 안 돼. 인터넷에 자살 사이트가 얼마나 많은데."

4055

너는 얼굴이
너무 예뻐

그는 자신의 병이 치명적인 것이라고 생각해왔다. 그러나 이날부터 그는 당과 혁명에서 자신의 영향력을 유지할 것인지를 궁리하기 시작했다. … 그는 자신이 어느 날 갑자기 사라질 수도 있음을 깨달았고, 유산을 남기고자 한다면 몇 가지 정치적 유언을 써야 한다고 생각했다. 이러한 목적으로 그는 누가 자신의 계승자가 되어야 하는지를 심각하게 고민했다. 혁명의 미래가 그의 생각을 지배했다.

—《레닌》, 로버트 서비스

재키는 누군가 자신을 지켜보고 있다는 느낌에 잠에서 깼다. 루비가 침대가에 앉아 근심스러운 표정으로 그녀를 바라보고 있었다.

"내가 얼마나 오래 잤어?"

"얼마 안 잤어. 한 5분 정도? 갑자기 깊이 잠이 든 것 같던데. 막 몸을 움찔거리더라."

잠이 든 것이 아니라 약한 간질 발작이 있었다. 루비의 원룸에서 불을 끄고 와인을 마시며 신촌의 야경을 보다가 갑자기 발작 상태에 빠져들었다. 술기운과 멀리 보이는 작은 불빛들 때문이었을까. 처음 겪는 일이었기 때문에 재키는 속으로 적잖이 당황했다.

두 젊은 여성은 모두 속옷 차림이었고, 전등을 켜지 않은 대신 방에는 초가 몇 개 켜져 있었다. 재키는 몸을 일으키다가 촛불에 비친 루비의 얼굴에 눈물 자국이 있는 것을 보았다.

"울었어?"

"응⋯⋯."

"왜?"

"네 얼굴이 너무 예뻐서."

루비는 재키의 손을 자신의 가슴에 갖다 댔다. 재키 앞에서 루비가 자신감을 가질 만한 게 하나 있다면, 그건 바로 가슴이었다. 재키는 루비의 가슴에서 손을 떼고 냉장고로 가서 물을 꺼내 마셨다.

"난⋯⋯."

루비는 뭔가 말하려다 기어이 울음을 터뜨렸다. 그러자 재키는 쌀쌀맞게 말했다.

"울지 마."

"나도 같이 죽고 싶어. 네가 죽을 때 네 옆에서. 왜 나더러 5년을 더 기다리라고 하는 거야. 너도 이 세상에는 돼지 새끼들만 가득하다고 했잖아."

루비가 울면서 말했다.

"그 녀석하고는 잘돼가?"

재키는 루비의 말에 대답하지 않고 다른 걸 물었다.

"저번에 파전집에서 네가 나 부른 날 이 집으로 데려왔어."

루비가 껵껵대며 말했다.

"더 만나. 둘이 잘 어울릴 테니까."

"잘 어울린다고? 그런 녀석이랑? 전혀 그렇지 않아. 나한테는 너뿐이야. 왜 나한테 이런 일을 시키는 거야?"

"그 녀석을 한계상황으로 몰아붙여 자살에 이르게 하는 건 내 힘으로는 부족하니까. 네가 필요해……. 그리고 관계중독증 환자인 너를 한계상황으로 몰아붙이는 데에도 그게 큰 역할을 할 테니까."

마지막 말을 재키는 입 밖에 내지 않았다. 사실 적그리스도에게는 아직 계획을 설명하지도 않았다.

루비가 울음을 그치지 않자 재키는 상대를 달래주고 싶은 마음이 들었다.

"5년이면 네 생각이 바뀔지도 몰라. 난 네가 그사이에 여러 가지 생각을 많이 해봤으면 해. 내가 한 얘기에만 너무 파묻혀 있지 말고. 책도 많이 읽어."

"난 약속 지켜."

"적그리스도는 딱 2년만 붙잡아줘. 그다음에는 헤어져도 괜찮아. 그리고 그다음 2년 동안에는 애인 없이 지내주지 않을래? 아무리 괜찮은 상대가 나타난다고 해도 내 생각 하면서 사귀는 걸 미뤄줘."

"그럴게."

촛불을 바라보고 있으려니 이 모든 것의 시작이 되었던 밤이 생각났다. 적그리스도의 집에 모여서 하느님이 등장하면 모든 게 망가진다고 선언했던 밤.

재키는 굵은 양초 하나를 물끄러미 바라보다가 그 위에 손바닥을 올렸다.

"사랑해."

뜬금없는 재키의 말에 루비는 잠시 멍한 표정이 됐다.

"항상 네 사랑이 나한테 무슨 의미가 있을까 생각했어. 난 한때 정말 너를 버릴 결심을 했거든. 서울로 올라왔을 때. 너는 나한테 성가신 존재였어. 지우고 싶지만 잘 지워지지 않고, 떨어지지도 않는 그런 사람이었지. 내가 아무리 모욕해도 날 포기하지 않았고, 나를 위해 여러 남자와 잠도 자주었어. 내가 아무리 너를 욕보이고 부당한 취급을 해도 너는 그저 빌고 또 빌기만 했지.

10대 때 나는 그런 너를 참을 수가 없었어. 거대한 마귀가 아니라 아주 작은 악마가 이반 카라마조프를 괴롭혔듯이, 나를 그저 우러러보기만 하고 아무 자존감이 없어 보이는 네가 나한텐 골칫덩이였지. 그런데 너를 괴롭히면 괴롭힐수록 자기혐오에 빠지고 상처받는 사람은 나였거든. 너를 경멸할수록 너에게서 벗어날 수가 없었지. 너한테는 이상한 매력이 있어.

그러다가 나는 깨달았어. 내가 너를 사랑하고 있고, 그 사랑을 어찌할 수 없다는 걸."

루비는 입을 헤벌린 채 재키의 말을 듣고 있었다.

재키는 불꽃을 향해 왼손을 서서히 내렸다. "안 돼!" 하고 루비가 소리쳤지만 재키는 오른손을 들어 루비를 제지했다.

"고흐가 언젠가 이런 짓을 했다던데. 자기 사랑을 증명하기 위해서."

불꽃이 재키의 손바닥에 가려 주변이 약간 어두워졌다. 그러나 재키의 태연한 표정은 어둠 속에서도 알아볼 수 있었다. 살이 타들어가는 냄새가 확 풍겼다. 재키는 자기 살을 태우면서 이야기를 계속했다.

"너에 대한 나의 사랑이 이런 것 같아. 고통이야. 그러나 그 사랑의 정체가 고통이라고 해서 그게 사랑이 아닌 건 아냐. 세상에는 그런 사랑도 있어."

촛불이 꺼졌고 간질 발작이 다시 시작될 것 같은 느낌이 들자 재키는 소파에 주저앉았다. 피곤했고, 루비에게서 떨어지고 싶었다. 루비는 찬물과 얼음을 꺼내 화상 입은 손바닥에 마사지를 한다며 부산을 떨었다. 루비는 울고 있었다. 그러나 그것은 슬픔이 아닌 기쁨의 눈물이었다.

자살을 꿈꿔본 적이 없냐고? 왜 없겠어. 그런 건 누구나 밤마다 생각하는 것 아닌가? 나는 밤마다 술에 취해 흐느적거리며 창문을 깨고 원룸에서 뛰어내리는 공상을 한다고. 때로는 분노에 차서, 때로는 사는 게 허무해서.

세연이 쓴 선언문에 동의하지도 않았고, 사람을 외길로 몰아간다는 생각에 거부감이 일었지만, 어떤 면에서는 그 선언문 덕에 위안을 받는 듯한 기묘한 기분이 들기도 했다(왜지?).

그러나 내가 그 선언문으로 구원받을 수는 없었다. 설사 선언문의 내용에 내가 찬성한다 해도, 그 선언문과 실행 지침은 생활이 곤궁하거나 좌절했을 때 자살하면 안 된다고 하지 않았던가. 실행 지침에선 자살을 하려거든 삶의 중요한 성취를 이뤘을 때 하라고 했는데, 나는 적어도 업무에서 다른 사람이 인정할 만한 성취는 앞으로 영영 이루지 못할 가능성이 컸다.

휘영에게는 그런 얘기를 하지 않았다. 지하철역 앞에서 헤어진 뒤 걸음을 재촉해 청사로 들어왔더니 머리가 벗겨진 팀장이 "요즘 젊은이들은 정말 밝아" 어쩌고 하면서 또 내 근무 태도를 비꼬려 했다. 나는 가끔 그를 때려죽이고 싶었다.

상사의 마음을 교묘히 움직이는 재주가 있는 공무원이 능력 있는 공무원이라는 얘기를 앞에서 썼던가? 그런 면에서 우리 과 총괄팀장의 능력은 0점이었다. 상사가 원하는 게 뭔지 제대로 파악도 못 하면서 부하들을 닦달해서 상사의 마음에 들려고 하는 인간이었다.

나는 또 식당에서 키우는 개에 대해 생각하고, 그게 나라고 여기면서, 가능한 한 공손하고 비굴하게 보이며 자리에 앉았다. 퇴근하지 않고 밤을 새워 답변 자료를 만들겠다고 했고, 실제로도 그럴 생각이었다. 어차피 속옷과 양말, 반팔 셔츠는 항상 모자랐으니 아침에 청사 지하의 연금 매장에서 사면 되고, 과 운영비로 구입한 라꾸라꾸 침대에서 눈을 붙이다 새벽에 사우나를 가는 게 차라리 덜 피곤했다.

다른 팀원들이 퇴근한 다음 본격적으로 와이두유리브닷컴의 글들을 읽었다. 휘영의 말이 옳았다. 사이트 운영자는 일부러 세연의 글을 천천히 올리고 있었다. 그날 밤 내가 사이트에 접속해 있는 동안에도 세연이 쓴 글이 3편 더 올라왔다. 그중 1편은 전에 읽어보지 못한 글이었다. 한꺼번에 수백 편의 글을 올리는 것보다 매일 꾸준히 서너 편씩 게시물을 올리는 게 홈페이지 방문자 수를 늘리는 데에는 더 도움이 될 터였다.

이런 속도로 글을 올리면 언제쯤 업로드를 마치게 될까? 세연이 메일로 보낸 압축파일 중 암호가 걸려 있지 않던 것에 들어 있는 글의 분량은 장편소설 2권 분량이었다. 암호가 있는 파일은 크기가 더 컸다. 이 여자아이는 살아 있을 때 도대체 글을 얼마나 많이 쓴 거야?

와이두유리브닷컴에는 글뿐 아니라 세연의 사진들도 올라오고 있었다. 개인 사진들은 대부분 처음 보지만, 학교 홍보 모델을 하며 찍은 사진 몇 개는 나도 알아볼 수 있었다. 유행이 지나간 옷을 입고 있는데도 세연은 여전히 아름다웠고, 죽은 사람이라는 사실 때문인지 아니면 원래 그 사진들이 그런 분위기였는지 서늘한 느낌이 났다.

글과 사진을 다 봤을 때쯤에는 동이 터 오고 있었다. 다소 독특한 인증 절차를 거쳐 회원가입을 마치고 사이트를 떠나기 전 마지막으로 회원 게시판을 둘러보다가 나는 놀라서 자리에서 벌떡 일어났다. 추의 유서가 거기 있었기 때문이다. 올라온 지 채 10분도 안 된 글이었다.

추는 24시간 뒤에 자살하겠다고 했다. 세연에게 보내는 편지 형식으로 쓴 유서에는 이메일 주소도 연락처도, 그녀가 지금 살고 있는 동네에 대한 정보도 없었다. 추는 자기 사진을 유서와 함께 올렸으며, 유서 마지막 세 줄은 글자가 아니라 검은 사각형으로 돼 있었고, 글쓴이의 요구에 따라 24시간 뒤에 공개한다는 설명이 붙어 있었다. 아마 거기에 추의 미국 주소가 있으리라고 나는 추측했다.

나는 추의 유서를 싣기 위해 사이트 운영자가 서둘러 와이두유리브닷컴을 연 것이라고 생각했다. 그러나 그것은 내 착각이었다. 사이트 운영자가 관심을 가졌던 대상은 추가 아닌 다른 사람이었다.

세연에게, 윤영이.
또는 재키에게, 루비가.

내 남은 삶을 24시간으로 확정한 이제야, 나는 사물을 보다 뚜렷이 볼 수 있게 됐다.

그토록 손에 쥐고 싶었지만 그럴 수 없었던 너의 모습이 보이고, 너의 생각들이 분명하게 이해되기 시작한다.

너무 맑아서 시리고 차가웠던 너의 눈, 세상의 추한 것들로부터 너의 눈을 가리던 긴 속눈썹, 도도하게 솟은 코, 내가 알아들을 수 없는 수수께끼를 말하던 너의 입술, 희고 긴 목…….

(그리고 너의 생각들은 이제 내 머릿속에서 확고하게 형상을 이루고 있다.)

너에게 감사한다, 이렇게 소중한 24시간을 주어서.

너를 증오한다, 몇 년이나 내 자살을 허락하지 않아서.

(중략)

나는 내일 이 시간이 되면 이 도시 외곽의 어느 호수에 몸을 맡길 예정이다.

그냥 사라지는 것은 네가 원하는 바가 아닐 터기에, 사람들이 나를 쉽게 찾을 수 있도록 캠리를 호숫가에 세우고, 내 몸을 차량 견인줄에 묶어둘 작정이다. 품에는 여권과 한국 연락처를 넣어 간다.

나는 너 때문에 죽는 게 아니면서, 너 때문에 죽는다.

너는 내가 끊임없이 좌절하고 절망해야 했던 이유가 내 잘못 때문이 아님을 일깨워줬다.

네가 그런 사실을 가르쳐주지 않았다면 나는 그냥 자책만 하면서 계속 살아갔겠지.

나는 너를 쫓아 죽는 게 아니면서, 너를 쫓아 죽는다.

나는 자살 선언의 의미를 이해하고, 나 자신의 주장과 의지로 자살을 결행한다.

그러나 내게 자살 선언은 언제나 눈부시게 빛났던 너의 다른 이름이었다.

어머니 아버지, 그리고 저를 아껴주셨던 많은 분께.

죄송합니다.

누구도 원망하지 말아주셨으면 합니다.

■■■■■■■■■■ ■ ■ ■ ■ ■■■■■■
■■■ ■■■ ■. ■■■■■■■ ■■ ■■■ ■ ■■., ■ ■■
■ ■■■■■■■■■■,■■ ■■■■■

A대학 총동창회에는 추나 추의 가족 연락처가 없었다. 졸업 앨범에 실린 집 전화번호로는 연결이 되지 않았다. 검은 사각형으로 돼 있는 부분은 미국식 주소 표기법인 듯했지만 나는 추가 미국 동부에 있는지 서부에 있는지도 알지 못했다.

나는 눈이 벌게져서 그날 오전 내내 아무 일도 하지 못했다. 추는 이제 20시간 후면 죽는다. 미국 시각으로는 오후 2시 사이 정도일 것이다. 나는 추가 미국의 어느 소도시에서 건조하고 따뜻한 햇살을 받으며 자신의 도요타 자동차를 도로변에 대고 몸에 견인 로프를 묶고는 천천히 호수로 들어가는 모습을 그렸다. 구닥다리 과천청사의 풍경과 대비되는 탁 트인 곳이다.

추의 사연을 인터넷에 올려서 도움을 구하자는 아이디어를 낸 사람은 휘영이었다. 포털사이트 게시판, 아고라, 싸이월드와 디시인사이드, 뽐뿌, 베스티즈, 미투데이, 유학생 커뮤니티, 각 언론사 게시판에 자초지종을 설명하는 글을 올리고 추윤영 본인이나 그 가족의 연락처를 아는 사람이라면 학교나 가족에 연락해 추의 자살을 막아달라고 해보자는 것이었다. 그러면서 휘영은 내게 추와 나의 관계, 추와 세연의 관계에 대해 이것저것 물어보았다.

나쁘지 않은 생각인 것 같았고, 다른 방법도 없었으므로 나는 그렇게 했다. 가능성 없는 얘기는 아니었다. 미국에서도 추는 다른 한인 유학생을 만났을 테고, 추를 아는 유학생 중에 한국 웹사이트를 다니는 사람도 틀림없이 있을 테니까. 그중에 단 한 명이라도 학생처나 현지 경찰에 연락해주면 되는 일이었다.

디시인사이드나 아고라에서는 다른 사람들의 관심을 끌기 위한 사기극 아니냐며 '인증'을 요구했다. 나는 내 이름과 신분을 공개하고, 추와 찍은 사진도 올렸다. 농식품부 사무실 전화로 내가 글을 올린 사람이 맞는지 확인하는 전화가 몇 통 걸려 오기도 했다. 믿지 않는 누리꾼에게 설명을 달다가 와이두유리브닷컴에 대해서도 얘기하게 됐다.

결국 내가 와이두유리브닷컴의 존재를 하루 동안 열심히 누리꾼에게 홍보한 셈이 됐다.

"자살하겠다" 미국 유학생, 결국 숨진 채 발견

기사 입력 20XX-08-19 22:07

(로스앤젤레스=EDN투데이) 심유경 통신원=국내 한 자살 사이트에 "24시간 뒤 자살하겠다"는 글을 올렸던 한인 유학생이 끝내 숨진 채 발견됐다.
현지 언론에 따르면 미국 캘리포니아주 산타클라리타시의 캐년칼리지에 재학 중이던 추 모 씨(26·여)가 현지 시간으로 17일 이 도시의 한 호숫가에서 물에 빠져 숨진 채 발견됐다. 추 씨는 자신이 예고한 대로 차량 견인줄을 몸에 묶은 상태였으며, 타살의 징후나 특별한 외상의 흔적은 없었다고 현지 경찰은 설명했다.

이에 앞서 추 씨는 "몇 년 전에 죽은 자신의 친구를 따라 목숨을 끊겠다"는 내용의 글을 한국 시간으로 17일 한 국내 사이트에 올렸으며, 이를 본 누리꾼은 추 씨의 자살을 막기 위해 대대적인 '탐색 작업'을 펼쳤다. 그러나 추 씨가 유서에서 자신의 학교나 동네 위치를 정확히 밝히지 않은 데다 평소에도 다른 한인 유학생과는 교류가 없어 연락이 닿지 않은 것으로 전해졌다.

학교 관계자는 "추 씨가 최근 UCLA 대학원 입학 허가를 받은 데다 전 과목 A 평점을 받을 정도로 학업 성적이 뛰어나고 교우 관계도 원만해 자살할 것이라고는 전혀 예상하지 못했다"며 안타까워했다.

　　"그래도 사람이 죽겠다는데 그대로 내버려둘 수는 없잖습니까?"

　　아무 말 없이 고개만 숙이고 있으려고 했는데 불쑥 이런 말이 입 밖으로 튀어나왔다. 나는 면담 겸 경위 조사라는 명목으로 과장에게 불려가 한참을 당하고 있었다.

　　"그래. 사실 자네가 잘못한 건 없지. 그래도 공무원이라는 직업이 하도 쳐다보는 눈이 많으니, 그런 건 알고 있어야지. 실장님이나 차관님이 궁금해하실 수도 있는 건이어서 그냥 물어본 거야. 오해는 하지 말게."

"예."

"죽은 아가씨랑은 무슨 관계라고?"

"그냥 예전에 몇 년 사귄 사이입니다."

"자네는 괜찮나?"

"괜찮습니다. 헤어진 지 몇 년 됐습니다. 제가 뭐 흔들리거나 할 정도는 아닙니다."

"국감 앞두고 이런 일이 터져서 좀 미안하긴 한데……, 그래도 하루쯤은 휴가 써도 돼."

"괜찮습니다."

"그러면 이제는 이 건으로 우리 과가 시끄러워지거나 할 일은 없는 거지?"

"예."

"그래, 가봐."

"예."

다시 생각해보면 내가 왜 추를 살리려고 그토록 애를 썼는지 모를 일이었다. 왜 그래야 하는지 생각도 하지 않고 추를 살리기 위해 인터넷 게시판 수백 곳에 글을 올렸다. 내가 할 수 있는 최선이었으나 추가 죽었다는 사실에는 변함이 없다. 그런 노력을 하지 않았더라면 내가 큰 죄책감이나 상실감에 빠졌을까? 그랬을 것 같지는 않다. 추는 나 때문에 죽은 것이 아니다.

정작 추가 죽었다는 소식을 들은 날에는 맥주 한 병밖에 마시지 않았다. 하지만 그 뒤로 일주일가량, 나는 매일같이 혼자 집에서 필름이 끊길 정도로 술을 마셨다. 야근을 하다 자정쯤 집에 들어와 30분 동안 안주 없이 페트 맥주 한 병을 빠른 속도로 다 비우고 씻지도 않고 잤다. 무엇을 잊고 싶은 건지, 무엇을 위로받고 싶은 건지조차 몰랐다.

와이두유리브닷컴은 나와 휘영의 홍보 덕에, 그리고 세연의 미모 덕분에 금방 유명해졌다. 인터넷에 '얼짱 자살녀'라는 이름으로 세연의 사진이 돌아다니는 걸 보면 기가 막혔다.

게다가 그것으로 시끄러운 일들이 일단 마무리됐다고 생각한 것은 큰 착각이었다.

4102

고속도로형 최면

사람들은 자신의 이익을 추구하는 데만이 아니라 자신의 정체성을 확인하는 데도 정치를 이용한다. 우리는 자신이 무엇이 아닌지를 알 때만, 아니 자신의 적수가 누구인지를 알 때만 내가 누구인지를 알게 된다.

—《문명의 충돌》, 새뮤얼 헌팅턴

    재키는 모텔 화장실에서 물을 받아놓은 세면대에 머리를 박고 자신이 어디까지 숨을 참을 수 있는지를 시험해보고 있었다. 코로 물이 들어온 순간 그녀는 고개를 들고 기침을 꾹 참았다. 하비가 침대에 누운 채 물었다.

    "아버지에게 복수하고 싶다거나, 내가 가야 하는 길을 피하고 싶다는 의도로 계획에 참여해도 괜찮은 건가?"

    "괜찮지. 나도 너희를 도구로 대하고 있는데, 너희라고 이 계획을 이용해서는 안 될 게 뭐야?"

    코를 막은 재키가 맹한 목소리로 대답했다.

    하비의 길은 정해져 있었고, 그 길을 가면서 해야 할 역할도 짜여 있었다. 그는 외고를 거쳐 명문대를 졸업한 뒤 미국으로 유학을 떠나 경영학 석사를 취득하고 한국에 돌아와서 아버지 회사에 과장으로 입사할 것이다. 기획 부서에서 몇 년간 일한 뒤 부장 승진, 마케팅 부서에서 몇 년 더 일한 뒤 그룹 최연소 임원.

    그는 곧 회사였다. 그러나 회사의 실체라기보다는 어떤 마스코트 같은 존재였다. 그가 무엇을 하든 누구도 그 앞에서 반대하지 않으리라. 대신 그가 잘못된 판단을 내리게 만들지도 않으리라.

    아버지의 사람들을 휘어잡을 수 있는 사람은 아버지뿐이었고, 하비는 그 가신들을 혼자 상대할 자신이 없었다. 고함을 치고 탁자를 두드리면서 아버지의 사람들을 일거에 쓸어버리는 일은 가능할지 모른다. 그러나 그다음 그가 이 거대한 회사를 혼자 책임지게 되면? 분명히 회사는 위기에 빠질 것이고, 그에 대한 모든 비난은 그가 뒤집어써야 하리라.

그의 인생은 아무 진출 입구가 없는 외길 고속도로를 목적지도 없이 계속 달려가야 하는 것과 비슷했다. 하비는 자신이 과연 살아 있는 것인지 알 수 없다는 생각이 종종 들었고, 불을 지르거나 사람을 죽이는 꿈을 자주 꾸었다.

그럴 때 재키를 만났고, 재키는 그가 어떤 문제를 겪고 있는지 명쾌하게 설명해주었다. 그가 겪고 있는 문제를 안다는 것은 곧 그 자신을 아는 일이었다.

재키의 세계관 속에서는 하비가 느끼는 절망감이 다른 젊은 이들이 겪고 있는 좌절감과 본질적으로 다르지 않았다. 자신에게 동료가 있다는 사실이 몹시 기이하게 생각됐다.

"한번 만나보고 싶은데, 그 아이들을."

"아니, 그러지 않는 게 좋겠어. 네 정체를 모르는 게 더 나아."

"왜?"

"너한테 열등감을 느낄 사람이 한 명 있거든. 그 아이가 너를 모르고 있는 게 이 계획을 추진하는 데 더 유리해."

'동료' 중 한 명이 그에게 열등감을 느낀다는 얘기에 하비는 웃음을 터뜨렸다.

회장 아들을 죽인 자살 사이트

진호그룹 장남 선우 씨, 타살 아닌 자살… 유언 동영상 본보 단독 입수

지난 24일 미국 유학 중 변사체로 발견된 진호그룹 박주영 회장의 장남 선우 (29·사진) 씨가 당초 추정과 달리 자살했음을 보여주는 강력한 증거가 발견 됐다. 특히 그가 자살 결심을 하는 데에는 한 국내 인터넷 자살 사이트가 결 정적인 영향을 미친 것으로 확인돼 충격을 주고 있다. 문제의 인터넷 사이트 는 현재도 운영 중이고, 회원 수가 3000명이 넘으며, 최근 또 다른 한인 유학 생이 이 사이트에 유서를 올리고 자살한 바 있다. 관련 기사 A8, A33면

30일 본보가 입수한 유언 동영상에서 선우 씨는 자신이 자살을 결심하게 된 계기와 자살을 어떤 방법으로 할 것인지 등을 자세히 설명했다. 3분 남짓한 길이의 동영상에서 선우 씨는 자신이 이 동영상을 미국 현지 시간으로 21일 만들었으며, 다음 날인 22일 새벽에 자살할 것이라고 소개했다. 그는 "이미 오래전부터 (자살을) 준비해왔지만 계기가 없었다"며 "이번에 MBA에서 수석 졸업이 확정된 만큼 (자살을) 저질러도 누가 도망자라고는 못 할 것이라고 생 각했다"고 말했다.

선우 씨는 이 동영상에서 "내 등에 칼을 꽂겠다. 모든 고통을 참고 잔인한 방 법으로 나를 살해해 사회에 충격을 안겨주고 싶다"고 말했다. 현지 경찰이 수 사 초기에 선우 씨가 피살됐다고 판단한 이유는 선우 씨가 이런 끔찍한 방법 을 택했기 때문인 것으로 보인다.

한편 진호그룹 측은 선우 씨의 동영상에 대해 "박 회장을 비롯한 선우 씨의 가족들이 아직 미국에서 돌아오지 않았다"며 "그룹 차원에서 뭐라고 언급할

내용은 아닌 것 같다"고 밝혔다. 장휘영 기자 hwi0@

〔관련 기사〕 "자살 사이트는 위안·자위 목적이 대부분… 이 사이트는 전혀
　　　　　　　 달라"
〔관련 기사〕 개설 5일 만에 회원 3000명, 사이트 운영자는 누구? "내국인이면
　　　　　　　 처벌 가능"
〔관련 기사〕 '자살 선언' 초안자는 옛 여자 친구, 5년 전 자살해
〔관련 기사〕〔사설〕 좌절한 청년세대의 빗나간 '자살 선언'

11.

"네가 어떻게 그럴 수 있어?"

과천청사 복도에서 나는 휘영에게 전화로 격렬히 항의했다.

휘영도 당당하게 나왔다.

"그 기사를 쓰면 왜 안 되는데? 그게 뭐 국익을 해치니? 아니면 네 명예를 실추시켜? 왜 네가 신문 기사를 검열하려 들어?"

휘영의 얘기에 반박할 수가 없어 나는 "그래도 그렇지"라며 소리만 몇 번 더 지르고 전화를 끊어버렸다.

추가 죽은 것을 안 뒤로 하루에 한두 번 정도는 와이두유리브 닷컴 사이트를 방문했다. 그러나 진호그룹 장남이 와이두유리브 닷컴에 3분짜리 동영상을 올린 사실은 신문 기사를 보고서야 알았다. 국감 준비에 쫓기다가 집에 가서 술을 마시고 곧바로 잠자리에 든 날 오후에 동영상이 올라온 것 같았다. 인터넷에 다들 보라고 올린 동영상이 무슨 '단독 입수'람.

진호그룹 장남은 우리와 같은 시기에 같은 대학을 다닌 것으로 돼 있었다. 나는 그가 세연의 잡기에 등장하는 '하비'일 것이라고 추측했다. 이제 우리가 정체를 모르는 사람은 메리뿐이었다. 메리가 사이트 운영자일 것이라는 생각이 들었다.

진호그룹 장남은 준수한 용모에 총명해 보이는 청년이었다. 이자카야 앞에서 세연과 추가 키스할 때 옆에 있었던 잘생긴 젊은이.

미리 원고를 써놓았다가 암기해서 읽는지 3분 동안 그는 메모를 쳐다보는 일 없이 말을 더듬지도 않고, 미소를 띤 채 카메라를 응시하며 차분하게 말했다. 약간 귀찮아하는 듯 보이기까지 했다. 자살 이유에 대해서는 "내가 더 살지 않아야겠다고 결심한 이유는 이 웹사이트의 자살 선언문에 다 써 있다. 더 보탤 게 없다"라고 말했을 뿐이다.

동영상 마지막 1분에서 그는 뜻밖의 행동을 했는데, 어쿠스틱 기타를 꺼내 와서 〈스테어웨이 투 헤븐〉을 연주한 것이었다. 밴드 활동을 한 내가 보기에도 상당한 연주 실력이었다.

연주를 마친 뒤 그가 말했다.

"안녕히 계세요. 저는 내일 이 시간 즈음에 제 등에 칼을 꽂을 겁니다, 문자 그대로. 가능한 한 끔찍한 방법으로 사람들에게 충격을 주고 싶어요."

외신을 보니 그는 아마도 문틀과 문 사이에 칼을 끼우고 여러 차례 뒤로 달려가 등에 칼이 찔리게 했던 것 같다. 그리고 의식을 잃기 전에 다시 칼로 배와 가슴을 찌르고 칼의 지문을 지운 다음

창밖으로 내다 버렸다. 그동안 진통제나 마취약 같은 것은 쓰지 않았다.

와이두유리브닷컴은 이제 엄청나게 유명해졌고, 회원 수는 2만 명이 넘었다.

휘영에게서 전화가 왔지만 나는 받지 않았다.

4119

스스로 구원하라

나는 실제로 여왕 같은 입장에서 내가 마음먹은 대로 할 수 있었어요. 악한 마음을 먹고 하려고만 하면 국가고 내각이고 마구 전복시킬 수 있었어요. 유럽에서 명성깨나 있다는 사나이들은 그들의 우아한 품위와 광기 때문에 나의 발밑으로 굴러떨어지곤 했죠. 난 그들을 꼭 어린 애처럼 취급했으니까요.

―《오렌지 나무 사이로》, 블라스코 이바네스

아우디 TT 쿠페는 6000만 원 중반대의 가격으로, 수입차 중 아주 비싼 차라고는 할 수 없었다. 그럼에도 하비는 도로에 그 차를 끌고 나오기가 싫었고, 특히 신촌 거리에 TT를 갖고 나오고 싶지는 않았다. 그러나 재키는 '주다스 오어 사바스' 앞까지 자신을 태워다 달라고 우겼다. 재프루더를 우울하게 하는 데 그 정도 차면 충분했다. 하비와 재키는 주다스 오어 사바스 앞에서 헤어졌다.

어두컴컴하고 시끄러운 바에서 재키는 이미 도착해 있던 재프루더와 술을 마셨다.

"차 주인이 궁금하지? 너랑 비슷한 연배야. 차는 아버지가 꼭 끌고 다니라며 무조건 한 대 사라고 해서 샀다던가?"

"설마 그 녀석도 예비 선언자 중 한 명은 아니겠지."

재프루더는 중얼거리며 병맥주를 비웠다.

"예비 선언자 중 한 명 맞아."

"말도 안 돼."

재프루더가 고개를 저었다.

"왜 안 돼?"

"그 녀석은 부잣집 아들이잖아! 어느 정도나 부잣집이어야 그런 차를 자식에게 사 줄 수 있는 건지 모르겠다. 그런 집 아들 녀석이 우리의 좌절을 뭘 이해하겠어?"

"너는 전혀 이해를 못 하고 있구나. 표백 세대의 좌절은 돈이 많거나 적은 것과는 상관이 없어. 나한테는 너나 쟤나 아무 차이가 없어."

"아무 차이가 없다고?"

재프루더가 고개를 들었다. 숭배자들은 어느 시점이 됐을 때 모두 재키에게 "너한테 나는 무슨 의미냐"라고 따졌다. 재키는 그런 질문을 허락하지 않았다.

"그만하면 너한테 엄청나게 유리한 것 아니니? 가난하고 가진 게 없으니 더 잘 봐줘야 한다는 거야? 돈 없는 게 뭐 자랑이야?"

재프루더는 가슴이 답답해져 고개를 숙이고 양 주먹을 불끈 쥐어 머리 높이로 들었다.

"나는……."

그런 재프루더의 주먹을 재키가 휙 낚아챘다. 재키는 그 상태로 재프루더의 팔을 테이블 바닥으로 내리눌렀다. 날씬한 20대 여성이라고는 믿어지지 않을 만큼 힘이 세서 재프루더는 깜짝 놀랐다. 재키는 한쪽 팔로 재프루더의 손을 누른 채 다른 손으로 병맥주의 뚜껑을 집어 올리더니 두 손가락으로 금속 병뚜껑을 반으로 접었다. 트위스트 캡이라 재질이 무르기는 했어도 엄청난 악력이었다.

트위스트 캡을 반으로 접어 애벌레 모양으로 만든 뒤에도 재키는 재프루더를 잡은 손을 풀지 않았다. 반으로 접힌 병뚜껑 모서리가 날카로웠다. 재키는 다른 손으로 의자에 놓아둔 샤넬 백을 테이블 위로 올리고는 접힌 병뚜껑 모서리로 백 양쪽에 커다랗게 X자를 그려 천을 찢었다.

"그냥 가방일 뿐이야. 그나마 선물받은 거고."

재키는 모서리가 날카로운 병뚜껑을 재프루더의 주먹에 끼우고 자신의 양손으로 재프루더의 팔을 들어 올렸다. 그때서야 재키의 이마에 혈관이 도드라지며 그녀가 온 힘을 다하고 있음이 얼굴에 드러났다.

"그러는 너는, 내 얼굴 때문에, 나를 좋아하는 것, 아니니?"

재키는 병뚜껑이 끼워진 재프루더의 주먹을 들어 올려 제 얼굴에 갖다 댔다. 재프루더는 재키가 병뚜껑으로 자기 뺨을 그으려는 것을 필사적으로 막았지만 재키의 뺨에는 짧고 굵은 생채기가 났다. 재프루더는 냅킨으로 재키의 피를 닦았고, 몸에서 힘을 뺀 재키는 웃기만 했다. 재프루더는 넋이 나간 듯한 표정으로 재키를 쳐다보았다. 주변이 잠시 조용해졌다가 다시 소란스러워진 것 같았다.

"난 네가 부자라거나 가난하기 때문에 선택한 게 아니야. 난 너의 진심을 보고 있어. 아까 그 부자 아이도 순수해."

재키는 말을 이었다.

"넌 내가 너에게 출구를 열어준 걸 얼마나 후회하는지 아니? 내가 얼마나 너와 함께 죽고 싶은지 아니? 네가 나를 의심하는 것만큼 나도 너를 의심하고 있어. 넌 지금은 나를 찬미하지만 곧 내게 눈을 돌리고 나를 죽은 과거로 치부할 위선자야. 내 얼굴이 썩어 문드러질 때쯤 나를 외면하겠지."

"아니야, 그렇지 않아."

재프루더가 이를 빠드득 갈며 대답했다.

"그런 면에서 오히려 부잣집 자식들에게 선언자의 자격이 더 충분하다고 봐. 가난한 젊은이가 부잣집 자식들보다 유혹에 더 굴복하기 쉽거든."

"그렇지 않아."

언젠가 그들이 적그리스도의 집에서 같이 들었던 마릴린 맨슨의 음악이 크게 흘러나왔다.

"누가 더 순수하고 믿을 만한 인간인지는 어차피 5년 안에 결판이 나겠지. 너의 진심과 그 아이의 진심이 서로 대결할 거야. 하지만 난 그 결과에는 신경 안 써. 왠지 알아?"

재프루더는 말없이 재키를 노려보았다.

"왜냐하면 마음속에 의심을 가진 채로 구원받을 수는 없기 때문이야. 그러니 너도 나를 의심하지 마. 나를 믿고 스스로를 구원하도록 해."

일주일 정도 뒤에 휘영에게서 메일이 왔다. 그는 말로 했다간 내가 더 화를 낼 것 같아서 글로 쓴다며, 자신이 기사를 쓴 경위와 이유를 다소 변명조로 설명했다. 원래는 와이두유리브닷컴과 자살 선언, 세연이 살아 있을 때의 이야기 등을 주간지 기사 아이템으로 써놨다고 했다. 그런데 그날 오후 박선우 씨의 유언 동영상이 와이두유리브닷컴 사이트에 올라왔고, 이게 특종임을 알게 된 출판국에서 편집국으로 연락해 신문에 기사를 쓰게 됐다고 했다.

편집국에서는 "시간이 지나면 다른 기자들도 알게 될 테니 주간지 발행일까지 기다릴 수는 없고, 신문에 당장 써버리자, 기왕 쓰는 것 크게 벌이자"라고 결론이 났단다.

휘영은 '너는 잘 모르겠지만 주간지 기자와 신문기자 사이의 차별은 상당하다. 나도 떠야 했다. 이번 기회에 능력을 인정받아서 편집국으로 자리를 옮길 수 있을지 모른다는 기대도 한몫했고'라고 썼다. 휘영은 '이제 벌써 3년 차인데 계속 주간지에만 있기도 그렇고'라고 덧붙였다.

그리고 그는 주간지 기자로서 그동안 느껴온 회의나 고민에 대해서 썼는데, 신문기자라면 하지 않았을 광고 영업이나 판매 영업에 몰리는 것이 가장 싫다고 했다. 몇 번이나 사표를 쓰고 싶다는 생각을 했고 이럴 바에야 처음부터 일반 기업에 가는 게 나았을 거라는 생각을 수십 번도 더 했지만, 드물게 잡지기자로 들어와 신문 편집국으로 자리를 옮긴 선배들을 보며 희망을 버리지 않았다는 것이다.

'난 가끔 그런 생각을 해. 세연이 이걸 다 예견하고 우리에게 최악의 직업을 선택해준 게 아닐까 하고. 너한테도 공무원이라는 직업이 별로 어울리는 것 같지는 않아 보이더라.'

그의 글을 읽으며 나는 나 자신이 부끄러워졌다. 휘영이 장문의 메일을 쓰고, 거기에서 자신의 치부를 드러내는 동안 나는 그에게 화해의 말을 먼저 건넬 생각이 전혀 떠오르지 않았기 때문이다. 사실 그가 나에게 사과할 이유도 없었다.

진호그룹 장남의 유언 동영상은 가만히 놔둬도 어떻게든 언론사 기자들의 눈에 띄었을 테고, 길어도 일주일 안에 누군가가 기사를 쓰고 사회문제가 됐을 것이다. 그걸 차라리 휘영이 쓴 것은 세연이나 나의 처지에서 감사해야 할 일인지도 몰랐다. 아니면 ─.

아니면 특종거리를 휘영이 먼저 볼 수 있도록 처음부터 누군가 계획을 세운 것일까?

생각하면 할수록 의문의 사이트 운영자가 맡은 역할이 클 거라는 결론이었다. 어떻게 사이트 개설일과 추가 자살하기로 결심한 날, 진호그룹 장남이 자살을 결심한 날을 며칠 간격으로 이어지게 맞출 수 있었을까.

사이트 운영자와 추, 진호그룹 장남이 서로 연락을 하면서 미리 계획을 조율하지 않았을까.

아니면 그냥 졸업 시즌인 8월 말이라 우연이 겹친 것뿐일까?

휘영의 메일을 받은 것은 오전이었다. 밥을 먹고 돌아오면서 나는 수면 부족과 만성적인 숙취, 그리고 9월 초의 땡볕 아래 벤치에서 백일몽에 빠졌다. 깨어서 햇볕을 받으며 길을 걷고 있다가 나는 마치 꿈을 꾸듯 공상에 빠졌다. 대학 동창 녀석들이 나타나 "내가 메리다. 너도 이제 슬슬 자살할 준비를 해야지"라고 말했고, 세연이 "사실 그때 연못에서 죽은 건 내가 아니야. 나는 당연히 살아 있었지. 이 모든 일을 뒤에서 조종할 수 있는 사람이 나 말고 달리 누가 있겠어?"라고 말하기도 했다. 휘영이 "내가 사이트를 운영하면서 기사도 썼어. 뭐가 잘못됐나?"라고 말했고, 추와 병권이 번갈아 나타나 "감쪽같이 속았지? 내가 운영자였어"라며 웃었다.

저녁에 집에서 맥주를 좀 마신 뒤 휘영에게 전화를 해봐야겠다고 마음먹은 참에 거짓말처럼 그에게서 전화가 걸려 왔다.

"네가 보낸 메일 읽었어. 나도 막 전화하려던 참이었는데……."

"야, 큰일 났다."

휘영이 그답지 않게 내 말을 끊었다.

"왜? 뭔데?"

"병권이 내일 자살하겠다는 글을 올렸어. 마포대교에서 자살하겠대."

와이두유리브닷컴 사이트 개설을 축하합니다. 세연과 함께 대학을 다녔고, 올해 공인회계사 시험에 최종 합격한 오병권이라고 합니다. 시험 합격자 발표가 그제 있었습니다. 그제와 어제는 술 마시며 놀았고, 오늘쯤이 자살 선언을 하기에 좋은 날인 것 같습니다.

어머니께 합격 인사를 드리지 않은 채 시간을 더 끌 수는 없겠지요. 이날을 얼마나 기다렸는지 모릅니다. 게다가 자살 선언이 끊이지 않고 이어질 수 있게 제때 합격해 다행입니다.

어머니께는 죄송하다는 말밖에 드릴 말씀이 없습니다. 아마 어머님이 자살 선언을 이해할 날은 오지 않으리라 생각합니다. 그러니 죄송하다는 말씀밖에……. 그래도 저는 제가 하는 일이 잘하는 일이라 믿습니다. 모든 순교자가 다 같은 고민을 했겠죠. 어머니 외에는 죄송하다는 말씀을 드려야 할 사람이 없어서 다행이네요.

(중략)

저 역시 세연의 자살 선언문을 처음에는 완전히 받아들이지 못했습니다. 제 경우에는 대학을 졸업하고, 공인회계사 시험을 준비하면서 내가 왜 이런 시험을 준비하고 있나, 이 시험에 합격하면 어떻게 되나, 이 시험에 합격하면 또는 불합격하면 무엇을 할 것인가 등등을 궁리하다 세연이 말하려던 바를 비로소 이해하게 된 것 같습니다.

제가 20대 중반이 넘어서, 사회에서 외톨이가 되어 시험 하나에 온 미래를 걸고 2년 넘게 이런저런 고민을 하다 겨우 이해하게 된 것을 이 아이는 대학을 다니면서, 그것도 책을 출판하고 만화 원고를 쓰는 등 여러 가지 과외 활동을 하면서, 그러면서도 모든 시험에서 최고 점수를 받으면서 이미 다 구체화했구나, 생각하니 새삼 그녀의 천재성이랄까, 뛰어남을 알겠더라고요. 게다가 그 아이는 그런 걸 고민할 필요도 없었는데 말이죠. 제 생각에는 '완성된 사회'에서도 그 자신의 능력만으로 좁은 사다리를 올라 성공할 수 있었던 사람이 바로 세연 자신이었습니다.

어제와 오늘 자살 선언에 대한 신문 기사와 와이두유리브닷컴에 올라온 게시물들을 읽어보았습니다. 단순한 인상 비평이나 넋두리, 남의 관심을 끌기 위한 글이 대부분이었고, 자살 선언문이 말하는 바를 진지하게 받아들이는 사람은 거의 없는 것 같았지만, 그 또한 예상하지 못했던 바는 아닙니다.

조금 신경 써서 읽어봐야 할 글들은 자살 선언에 대해 여러 가지 비판을 담고 있었는데, 자살 선언을 하는 사람으로서 여기에 몇 가지 대답해야 할 의무감 같은 것을 느낍니다. 제가 보기에 그런 비판의 대부분은 자살 선언의 취지를 이해하지 못하고 엉뚱한 논지를 펼치거나 일부 형식을 꼬투리 잡는 것이었지만, 상당히 날카롭게 저희가 주장하는 바를 이해하고 반박하는 글도 있었습니다.

우선 노력해서 성공하는 것이 가장 큰 복수라거나, 우리 세대가 사회의 주도권을 쥐었을 때 변화를 일으키면 된다, 또는 시간이 지나면 어차피 우리 세대가 사회의 주도권을 쥐게 된다는 식의 주장은 자살 선언이 지적하는 바를 잘 이해하지 못한 데서 나온 것 같습니다.

개인적인 '성공 신화'는 완성된 사회에서도 계속 나타날 것입니다만, 그것이 사회의 변화를 일으킬 수는 없습니다. 그리고 한 세대가 주도권을 갖게 됐다는 것은 완성된 사회에서 그냥 그 세대가 중장년층이 되어 각 조직에 중요한 역할을 하고 있다는 것을 의미할 뿐, 그 세대가 사회구조에 어떤 영향력을 행사한다는 뜻이 아닙니다.

과학과 공학 분야에서 끊임없이 혁명이 일어나고 있으므로 그런 방향으로 눈을 돌리라는 조언이나 "남들이 알아주지 않는 위대한 일도 많다"는 지적도 하십니다.

현재 사회는 결코 정체된 것이 아니며 불안정한 상태가 지속되고 있다는 식의 주장은 단순히 '완성'이라는 개념을 서로 달리 쓰고 있는 데서 비롯된 것 같습니다. 맨눈으로 보면 다 굳어서 더 움직이지 않지만 현미경으로 보면 불안정하게 흐르고 있는 물질도 있습니다. 대표적인 게 유리죠. 그렇다고 유리를 액체라고 해야 하나요?

소(小)영웅주의라거나 감상 과잉이라는 비판은 부분적으로 옳습니다. 그러나 그것은 본질에 대한 비판이 아닙니다. 그래서 뭐가 문제라는 겁니까? 이토 히로부미를 암살하기 직전 안중근 의사에게도 영웅심리가 없진 않았을 것이고, 안 의사는 아마 평소 감성도 남달랐을 것입니다. "세대간 갈등을 심화한다"라는 지적도 같은 범주에 있다고 봅니다. 그 지적이 맞습니다. 그래서 뭐요? "인명경시 풍조를 부추긴다" 따위의 비판에 대해서는 더 반박하지 않아도 되겠지요?

지속 가능한 사회변혁 운동이 아니라는 지적에 대하여 말씀드리면, 지속 가능한지 아닌지는 잘 모르겠습니다만 자살 선언은 사회변혁 운동이 아닙니다. 이 사회에 더 이상 변혁이 없으리라는 것을 전제로 하고 있기 때문입니다.

제 생각에 자살 선언은 이를테면 헵번 스타일이라든가, 로큰롤과 같은 것입니다. 한 젊은이가 자기주장을 펼치는 표현 방법이고 주변에 있는 사람들의 의식이 변화하기를 의도하고 있습니다만, 구체적으로 세상을 어떻게 바꾸겠다는 목표나 책임감은 없습니다.

청바지나 로큰롤이 수십 년간 젊은이들 사이에서 꾸준히 인기를 모아왔고 앞으로도 쉽게 사라지지 않을 현상으로 보이듯, 자살 선언도 젊은이들 사이에 명맥을 이어가며 사라지지 않는 주장이 될 거라고 확신합니다.

아, 저는 내일 정오에 서울 마포대교에서 자살합니다. 많이들 보러 오십시오. 기다리고 있겠습니다. 연구 많이 했습니다.

■ , ■ ■ ■ ■ ■
■ ■ ■ ■ ■ ■ ■ ■ ■ ■ ■ ■ ■ ■ . ■ ■ ■ ■ ■ ■ ■ ■ ■ ■ ■ .

〈검은 사각형 부분은 글쓴이의 요구에 따라 3일 낮 12시 이후에 공개〉

언론사 취재 차량 수십 대가 마포대교 바깥 차선을 채우고 서 있었다. 구경꾼도 100명은 족히 넘어 보였고, 이들 중 일부는 카메라 기자 못지않은 망원렌즈가 달린 DSLR 카메라를 들고 있었다. 직접 와보니 마포대교는 길이가 1킬로미터가 넘었다.

경찰차는 백차가 3대, 전경버스가 1대 와 있었다. 경찰은 휘영에게 병권의 휴대전화 번호를 귀띔해줬고, 다른 기자들에게도 병권의 전화번호를 알려줬다. 나도 여러 차례 전화를 걸었지만 병권의 휴대전화는 꺼져 있었다.

어느 방송사 기자가 병권의 집 전화번호를 찾아냈고, 병권의 어머니를 인터뷰해서 방송에 내보냈다. 전형적으로 울고불고 난리 치는 한국 뉴스 속 어머니의 모습이었다.

병권은 세 아들 중 막내라고 했다. 마포대교에 나온 병권의 어머니는 넋이 나가 있었다. 그날 한강 다리로 병권의 노모를 데려온 것이 경찰인지 언론인지는 알 수 없었다.

오전 11시 40분.

나는 하루짜리 휴가를 내고 마포대교로 왔다. 팀장은 휴가원을 내는 것을 막지는 않았으나 결재를 하면서 "다음 주에 국감인 건 알고 있지?"라고 어김없이 한마디를 보탰다.

11시 45분.

휘영과 나는 '와이두유리브닷컴' 게시판에 글을 각각 2건씩 올렸다. 하나는 병권에게 생각을 고쳐먹으라고 부탁하는 내용이었고, 또 하나는 사이트 운영자에게 병권의 다른 연락처를 알면 가르쳐달라고 요청하는 글이었다. 사이트 운영자가 병권과 연락을 하고 있을까? 그럴 거라는 게 내 생각이었고, 휘영은 이 모든 움직임이 사전 모의 없이 자발적으로 이뤄지고 있다고 생각했다.

9월 초치고도 몹시 무더운 날이었다. 땀으로 범벅이 된 채 무게가 꽤 나가 보이는 촬영 장비를 들고 있던 카메라 기자가 분통을 터뜨렸다.

"근데 이거 뭐, 그 사람이 죽는 장면 찍으면 그거 그대로 쓸 거야? 고생은 고생대로 하고 화면은 내보내지도 못하고 그러는 거 아니야?"

"에이, 설마 진짜로 죽겠어요? 경찰하고 실랑이 벌이고 그런 거 찍는 거죠."

"씨발놈, 죽을 거면 자기네 집에서 죽지, 왜 이렇게 더운 날 땡볕에서 죽겠다고 지랄이야."

누군가 짜증 섞인 목소리로 말하자 젊은 여기자들이 "그러게" 라며 웃음을 터뜨렸다.

정오가 다가오면서 지켜보던 사람들의 말수가 점점 줄어들었다.

11시 47분.

"너 설마 병권이랑 인터뷰할 생각은 아니지?"

내가 휘영에게 물었다. 휘영은 대답하지 않았다.

11시 50분. 취재진 중 한 명이 말했다.

"안 와. 내가 만 원 건다. 경찰이랑 기자들이 이렇게 널려 있는 걸 보면서 이리로 오는 멍청이가 어디 있냐. 오다가도 마음 바꿔먹겠다."

11시 52분.

63빌딩이 햇빛을 받아 반짝반짝 빛났다. 한강에 새가 이렇게 많았던가? 밤섬이 참 아름다웠다.

"설사 와서 일을 저지른다 해도 경찰이 이렇게 많은데 다 막을 수 있는 거 아니야? 여기 밑에 119 구조대 보트도 와 있어. 강물에 뛰어들어도 금방 건져내면 돼."

"꼭 강에 떨어져 죽겠다고 하지는 않았잖아요? 차를 몰고 오다가 가로등 같은 걸 들이받으면 어떻게 해요?"

기자들의 이야기를 엿듣던 휘영이 내게 속삭였다.

"그 녀석 차 없을 거야."

휘영은 처음에 몇몇 취재진에게 "〈포커스인〉 장휘영 기자입니다"라고 명함을 내밀었다가 노골적으로 무시하는 낯빛을 본 다음에는 기자들과 거리를 두고 있었다.

11시 53분.

몸에 휘발유를 뿌린 채로 와서 갑자기 불을 붙인다면 그건 막을 수 있을까? 여기 소화기도 있나?

11시 55분.

내가 병권이니 추니 하는 애들의 죽음을 막아야 할 이유는 뭐지? 애매한 책임감 따위 무시해도 되지 않나? 와이두유리브닷컴은 정신 나간 아이들의 미친 장난이다. 그게 그 아이들의 문제라면 당사자들에게 맡기면 되고, 사회문제면 경찰과 언론에 맡기면 된다. 내가 여기 끼어야 할 이유는 없다. 내가 있다고 해서 달라지는 것도 없다.

도망치고 싶었다.

11시 57분.

마포대교라는 장소는 방송국이 옆에 있으니 취재기자들이 오기에 먼 거리가 아니라는 점까지 고려해서 선택한 것일까?

11시 58분.

병권이 정말 올까? 이제 걸어올 수는 없겠지. 하지만 택시를 타고 오다가 마포대교에서 내릴 수도 있어. 11시 59분에 갑자기 우리 앞에 나타날 수도 있어. 나는 양쪽에서 택시가 지나갈 때마다 바짝 긴장해서 안에 누가 탔는지 살폈다.

11시 59분.

문자메시지가 왔다. 휘영에게도 동시에 문자메시지가 왔다.

'형, 저 서강대교에 있어요. 거기서 저 보여요? - 오병권'

"서강대교다!"

내가 문자메시지의 의미를 제대로 파악하기도 전에 휘영이 손가락으로 서쪽을 가리키며 소리쳤다. 서강대교 중간 전망대에서 누군가가 이쪽을 향해 붉은 깃발을 흔들고 있었다. 카메라 기자들이 다리 서편으로 우르르 몰려들었다. 구경꾼들은 일제히 서쪽을 바라보며 웅성거렸다.

"어디? 어디?"

"저거 막아! 무전 쳐! 보트! 보트를 서강대교 쪽으로 보내!"

사복경찰 한 명이 고함을 쳤다.

"괜찮아. 저건 막을 수 있어. 보트만 저리로 보내면 돼. 구급차를 둔치로 내려보내."

거대한 무전기를 들고 있던 또 다른 사복경찰이 침착하게 말했다.

12시.

4384

야뇨증과 독가스

연쇄살인범의 자살 이유는 크게 두 가지다. 죄책감에 시달리거나 불안과 초조를 견디지 못해 자살하는 '심약한 인간형'이 첫 번째다. 그러나 이보다는 두 번째 이유에 프로파일러들은 주목한다. FBI 프로파일러 그레그 매크레이가 운터위거의 자살을 예고했던 것이 대표적인데, 연쇄살인범 중 일부는 자신을 신으로 착각해 자신과 타인의 목숨을 '관장'해야 한다고 여긴다는 것이다. 그들은 남이 자신의 목숨에 손대는 행위를 용인하지 않는다.

―《이웃집 사이코패스》, 폴 롤랜드

273

"아마 너라면 그런 술수를 잘 쓸 수 있을 거야. 내 동생은 잘 모르겠어. 나는 아냐."

하비는 재키에게 자신은 술수를 못 부린다고, 아버지와 같은 큰 회사를 운영할 자신이 없다고 말했다. 그러나 술수를 부리지 못하는 게 문제가 아니었다. 그는 자신이 완전히 통제력을 잃고 망가지지 않을까 두려웠다.

연쇄살인범이 어릴 때 보이는 세 가지 징후가 있다고 한다. 야뇨증, 방화, 동물 학대가 그것이다. 애완견이 있는 집에서 자란 어린아이들은 모두 얼마간 개를 못살게 괴롭힌 경험이 있을 터. 그러나 그중에 2층 베란다에서 개를 밀어 다리를 부러뜨린 아이가 몇이나 될까? 그것도 두 번씩이나. 하비는 금붕어와 청거북을 베란다에서 밖으로 던진 적도 있다. 이 정도면 동물 학대일까? 그러나 다른 개구쟁이들이 하듯이 곤충을 분해하거나 못살게 굴지는 않았다.

하비가 어릴 때만 해도 성냥을 구하기가 쉬워서 종이나 지푸라기를 모아서 태우는 장난을 많이 했다. 그런데 하비가 정말로 태우기 좋아했던 것은 비닐, 플라스틱류였다. 비닐에 붙은 불은 활활 잘 타올랐고, 플라스틱병이 불에 타서 쪼그라들거나 일그러지면서 구멍이 뚫리는 모습을 보면 마치 신음하는 사람을 보는 듯했다. 징그러워서 소름이 끼치면서도 한번 보면 눈길을 다른 곳으로 돌릴 수 없고, 되풀이해서 보고 싶은 장면이었다.

대부분 어린아이들이 이 정도 불장난은 하지 않을까?

그러나 하비도 야뇨증에 관해서만큼은 자신이 보통 수준이라고 주장할 수 없었다. 그는 여덟 살 때까지 자면서 오줌을 지렸다.

오줌싸개 하비. 새벽 4시에 화장실에서 물소리를 내지 않으려 필사적으로 애쓰며 속옷을 빠는 여덟 살 하비.

하비의 문제를 알고 있던 가정부는 나중에 옷장 한구석에 항상 새 침대보와 속옷, 이불을 쌓아놓았다. 화장실에서 필사적으로 세탁할 필요는 없어졌지만 다음 날 아무 말 없는 가족들의 눈길 속에는 언제나 경멸이 담겨 있었다.

하비는 종종 상수도에 독극물을 풀어놓거나 기구를 타고 독가스를 서울 상공에서 뿌리며 사람들이 타들어가는 플라스틱병처럼 몸을 뒤틀며 괴롭게 죽어가는 모습을 지켜보는 상상에 빠졌다. 총이나 칼로 사람을 죽이는 행위는 너무 직접적이고 폭력적이어서 두려웠다(총이나 칼로 사람을 위협할 때 나는 실수를 할 거야, 그리고 아마 오줌을 지리겠지).

"그러니까 너는 칼에 찔려 죽어야 해. 가장 두려워하는 방법으로 죽어야만 이게 고통의 회피가 아니라는 걸 증명할 수 있어." 재키는 그렇게 말했다.

그래서 그는 칼에 찔려 죽기로 했다.

"다른 사람들은 어떻게 죽어?"

"한 명은 한강 다리에서 목을 매 죽기로 했어."

"목이 졸리는 게 두려운가 보지?"

"다른 사람이 보는 앞에서 벌벌 떨다 결국 자살을 못 하는 것,

아니면 자살이 실패하는 게 두렵다더라."

　재키가 대답했다.

　그다음부터는 기억이 다소 모호하다. 내가 원래 시력이 좋은 편인데다, 그 순간 초인적인 집중력을 발휘했던 것도 사실이다. 하지만 다리 사이의 거리가 1.1킬로미터나 된다는데, 맨눈으로 사건을 모두 본 건지, 나중에 인터넷에 올라온 동영상을 본 것을 그때의 기억으로 착각하는 건지는 지금도 헷갈린다.

　병권은 다리 난간에 뭔가를 감는 것 같았다. 미리 몇 번이나 연습한 듯 준비를 마치는 데 10초 정도밖에 안 걸렸다. 그는 다시 우리 쪽을 향해 팔을 흔들고는 단숨에 다리 난간을 뛰어 강으로 떨어졌다. 발목 대신 목에 밧줄을 감은 번지점프였다.

　밧줄이 풀리면서 병권은 아래로 10미터 이상 떨어졌고, 밧줄은 아주 짧은 순간 직선으로 팽팽해졌다가 다시 위로 솟구쳤다. 그 멀리에서도 똑 하고 목이 부러지는 소리가 들리는 것 같았다.

　밧줄에 매달린 병권의 몸뚱이는 위아래로 크게 2번 진동한 뒤 좌우로 호를 그리며 빙글빙글 돌기 시작했다. 목이 30센티미터 정도로 늘어난 기괴한 모습이었다. 카메라 기자들은 대단한 프로페셔널들이어서 아무도 그 장면을 놓치지 않고 촬영하고 있었다. 사진기자들은 대포처럼 거대한 망원렌즈가 달린 카메라로 철컥철컥 사진을 찍어댔다.

병권의 어머니가 마치 만화영화에서처럼 풀썩, 하고 선 채로
그대로 옆으로 쓰러졌다.

심폐소생술 따위를 시도하고 말고 할 것도 없었다. 병권의 시
체는 목이 졸리고 얼굴에 피가 쏠리다 못해 눈이 반쯤 얼굴에서 빠
져나온 상태였다고 휘영이 전해줬다. 병권의 어머니는 경찰이 모시
고 갔다. 사람이 죽는 모습을 내 눈으로 직접 본 것은 처음이었다.

자기 어머니가 보는 앞에서 자살을 저지를 수 있는 사람이 있
다는 사실이 믿어지지 않았다. 병권이 그렇게 독한 놈이었던가?

병권은 붉은 깃발 외에도 자전거를 묶는 쇠사슬과 로프 등 자
살 도구를 준비해 왔다. 12미터짜리 로프는 미리 목을 걸 매듭을 만
들어 쇠사슬에 묶어 왔고, 쇠사슬만 난간에 걸어 자물쇠를 채운 뒤
강으로 뛰어내리면 됐다. 쇠사슬이나 로프 없이 그냥 뛰어내릴 경우
구조대가 자신을 살려낼지도 모른다는 점을 걱정했을 것이다.

작정하고 계획을 짜면 마포대교에서도 방해받지 않고 자살할
수 있었을 텐데, 서강대교쯤에서 자살한 것이 더 효과적이었던 것
같다. 자살 장면과 시신을 찍은 사진이 충격적이고 혐오스럽긴 했지
만, 그래도 1킬로미터라는 거리가 사진을 보는 사람에게조차 어느
정도 심리적인 완충막 역할을 했고, 그래서 더 널리 퍼질 수 있었다.
방송 뉴스에는 잔뜩 모자이크 처리된 화면이 나갔지만, 구경꾼들이
찍은, 모자이크 처리되지 않은 사진들이 인터넷에 급속히 퍼졌고 유

튜브에 동영상도 올라왔다. 동영상은 적당히 흐릿했다. 물론 와이두유리브닷컴 게시판에도 사진과 동영상들이 올라왔다.

'사실 저는 서강대교에서 자살할 생각입니다만, 방해하는 분이 많을 것 같아 마포대교라고 썼습니다. 마포대교에서도 보일 겁니다.'

병권이 와이두유리브닷컴의 게시판에 남긴 글에서 검은 사각형 처리가 됐던 부분은 위와 같은 문장이었다.

와이두유리브닷컴의 회원 수는 이제 8만 명이었다. 하루에도 게시물이 100개 가까이 올라왔고 가짜 자살 선언들이 판을 쳤다.

일반 컴퓨터에서 와이두유리브닷컴에 접속하면 '귀하가 접속하려는 사이트는 법률상 금지하는 불법적인 내용을 담고 있어 해당 사이트에 대한 접속이 차단되었음을 알려드립니다'라는 방송통신심의위원회의 안내문이 떴다. 그러나 와이두유리브닷컴이 회원들에게 보낸 메일에 나온 대로 '핫 스폿 실드'라는 무료 프로그램을 다운로드해 가상 사설망 서비스를 통해 우회 접속하면 예전처럼 자유롭게 사이트에 드나들 수 있었다.

사이트 운영자가 현장에 있었을지도 모른다는 생각이 나를 두고두고 괴롭혔다.

나와 휘영이 마포대교로 나오리라는 것을 병권은 알고 있었을까? 물론이다. 우리가 와이두유리브닷컴에 올린 글을 보면 누구나 알 수 있는 일이다. 그렇다면 나와 휘영의 전화번호는 어떻게 알아냈을까? 사실 내 휴대전화 번호는 어렵지 않게 알 수 있다. 농식품부 홈페이지에 들어가 검색하면 내 자리 번호가 나오는 데다 전화를 걸어서 기자라고 둘러대고 물으면 금방 가르쳐줄 테니까.

문제는 우리 부서의 누구도 그런 전화를 받지 못했다는 점이다. 그렇다면 내 전화번호를 누가 병권에게 가르쳐줬을까? 나는 사이트 운영자가 그랬을 거라고 생각했다. 나와 휘영은 병권과 사이트 운영자에게 와이두유리브닷컴의 한 서비스 기능인 비밀 쪽지로 우리 전화번호를 알려줬는데, 병권은 그걸 읽지 않았고, 전날 개설한 새 휴대전화로 우리에게 문자를 보냈다. 사이트 운영자는 쪽지를 읽었다. 그가 우리 전화번호를 병권에게 가르쳐준 건 아니었을까?

마포대교에 있던 구경꾼 대부분은 와이두유리브닷컴의 회원인 청년 백수들이었다. 나는 그중에 사이트 운영자가 있었을 거라고 거의 확신했다. 그도 병권이 자살하는 모습을 확인하고 싶었을 것이다. 어쩌면 그도 카메라를 들고 병권이 자살하는 모습을 촬영하고 있었는지도 모른다. 어쩌면 그는 마포대교가 아니라 서강대교에 있었을지도 모른다.

번지점프를 하다

1850년대에 파리에서 한 무리의 보헤미안 학생이 '판사와 약사를 불쾌하게 만들' 목적으로 클럽을 열었다. 그들은 목적을 달성할 가장 효과적인 방법을 모색한 끝에 스스로 '자살 클럽'이라고 명명하고, 모든 회원이 서른 살이 되기 전에 또는 대머리가 되기 전에—어느 쪽이든 둘 중 하나가 먼저 닥치기 전에—스스로 목숨을 끊겠다고 선언했다. 이 회원 가운데 실제로 자살한 사람은 한 명뿐이라고 전해지지만, 그럼에도 프랑스 하원의 격분한 정치가가 이 클럽이 '부도덕하고 비합법적인 괴물'이라고 비난했기 때문에 이 클럽은 소기의 목적을 달성한 셈이었다.

—《불안》, 알랭 드 보통

와이두유리브닷컴 사이트 구성을 마치고 나서야 비로소 죽음에 대해 두려움이 들었다. 투쟁의 수단이나 삶을 완결시키는 방법으로서의 죽음이 아닌, 자신이 맞이하려는 죽음 그 자체에 대해 진지하게 생각해본 것은 그때가 처음이었다.

뜻밖에도 죽음에 대해 생각하면 할수록 몸이 떨리고 두려웠는데, 재키는 그것을 그저 본능 탓이라고 여겼다.

대학 1학년 때 번지점프대에 올라갔다가 가슴이 벌렁거려 뛰어내리지 못하고 포기한 적이 있다. 안전 요원은 "올라온 사람들의 절반 정도가 그냥 내려간다"라며 위로했지만 재키의 얼굴은 수치심에 붉어졌다. 그 자신이 높은 곳을 무서워하는 줄 그때까지 몰랐고, 육체를 의지로 통제하지 못하는 자신이 부끄러웠다.

사형 선고가 죄수들에게 기괴하게 삶에 대한 집착을 부추긴다고 들었다. 우리 모두가 사형 선고를 받고 태어나는 셈인 걸 감안하면 이상한 일이다. 죽을 날을 미리 아는 게 축복이라고 여기며 불치병에 걸려 죽기를 바란 적까지 있던 것을 생각하면 지금의 두려움 역시 수치스럽다.

이번에도 머리보다 몸이 먼저 반응하는 거겠지. 고층 빌딩 스카이라운지에서 탁 트인 전망과 자신 사이에 유리창이 있었을 때에는 몸이 떨리지 않았는데 번지점프대에 섰을 때에는 몸이 덜덜 떨렸다. 지금, 죽음과 나 사이에 그 유리벽이 없어졌어.

재키는 소크라테스에게 아버지 차를 하루 빌려 번지점프를 하러 갈 수 있겠느냐고 물었다. 소크라테스는 토요일에 뉴 그랜저를 끌고 나왔고, 분당 율동공원으로 재키를 데려가 번지점프를 하게 했다. 이번에도 몸이 떨렸지만 어쨌든 재키는 45미터 아래로 뛰어내릴 수 있었다.

추락.

나는 모든 걸 통제할 수 있어.

줄이 팽팽해졌을 때 재키는 잠시 정신을 잃었다.

땅으로 내려왔을 때 다리가 저리고 구역질이 났다. 간질 발작이 오려는 전조였다. 재키는 소크라테스를 차에서 기다리게 하고 여자 화장실에서 부들부들 떨며 주먹을 쥐었다 펴기를 수백 번 반복했다.

화장실에서 나왔을 때 소크라테스는 근심이 가득한 얼굴로 말했다.

"1시간이 다 돼도 나오지 않아서 신고하려던 참이었어."

재키는 멍한 얼굴로 서울로 돌아오던 길에 모텔을 보고 소크라테스에게 "저기서 잠깐 쉬었다 가"라고 말했다. 그 말을 듣는 순간 소크라테스의 표정이 볼만했다.

샤워를 하고 나왔을 때, 번지점프대 앞에서 들었던 생각, 모든 걸 처음부터 다시 하고 싶다는 생각이 들었다.

그러나 이제 돌이킬 수 없다.

"나 그냥 좀 안아줄 수 있어?"

섹스를 하고 난 뒤 재키는 소크라테스의 품에 안겨 울었다.

"내가 두려워하는 게 세 가지 있었는데, 그중 하나를 오늘 했어."

재키가 말했다.

"그게 뭔데? 설마 나와 섹스를 하는 게 두려웠다는 것은 아니겠지."

소크라테스가 걱정하며 물었다.

"장애인이 되는 것, 번지점프를 하는 것, 죽는 것. 남은 두 가지를 모두 다 할 수 없다는 게 문제야. 죽은 다음에는 장애인이 될 수 없고, 장애인이 된 다음에 죽으면 그 죽음의 진짜 목적을 다들 오해할 테니."

"그런 얘기 하지 마. 불길해."

"한 5년쯤 뒤에, 날 위해 죽어줄 수 있니?"

|언론사별 사설·칼럼 모음| '자살 선언' 관련 기사 11건

〔사설〕88만 원 세대, '죽음의 굿판'을 걷어치워라…○○신문

〔권형원 칼럼〕꿈이 없다고 자살이라니…○○일보

〔사설〕'자살 선언'을 개탄한다…○○일보

〔사설〕누가 '자살 선언'을 불러왔는가…○○일보

〔사설〕자살할 힘으로 미래를 열라…○○신문

〔시론〕너희의 미래는 닫혀 있지 않다…○○일보

〔사설〕이른바 '자살 선언'에 대한 반박…○○일보

〔창, 문, 길〕'글루미 선데이'와 '자살 선언'…○○일보

〔나는 이렇게 본다〕'표백 세대'의 절망과 좌절…○○○신문

〔사설〕'자살 선언', 모두의 책임이다…○○경제신문

〔시론〕'자살 선언', 그 좌절감은 이해하지만…○○○○뉴스

그해 10월에 자살 선언은 드디어 다음 단계의 성공을 거둔다. 나나 휘영이 전혀 알지 못했던, 아마 세연이나 추도 틀림없이 몰랐을 대전의 한 여대생이 와이두유리브닷컴 게시판에 글을 올리고 다음 날 자살했기 때문이다.

처음 추와 진호그룹 회장의 장남이 자살했을 때에는 자살 선언 이야기를 애써 외면하던 언론들도 이제는 선언 그 자체에 대해 이야기하고 있었다. 비록 비판조기는 했지만.

10월 중순에 또 한 명이 ─ 이번에는 대구에서 한 청년 실업자가 ─ 자살 선언을 하고 죽으려다 미수에 그쳤다.

그날 나는 멍한 상태로 재프루더라는 이름을 구글 검색창에 입력하고 검색 결과를 보다가 '잡기 모음 4000~8337'의 비밀번호를 풀었다.

12.

누구보다 논리를 중요하게 생각했던 세연이 만들 만한 간단한 퀴즈였다.

논리적으로 처음부터 생각해보자. 재키, 소크라테스, 재프루더, 루비, 하비, 제리, 메리. 여기에 빠진 사람이 있다는 것은 앞서 열거한 사람들이 어떤 공통점을 갖고 있다는 의미다. 이들에게 어떤 공통점이 있는가? 이들은 누구인가? 나는 재프루더라는 낯선 이름을 위키피디아에서 검색하고 나서 그들의 공통점을 알게 됐다.

재프루더는 '재프루더 필름'이라는 동영상을 촬영한 사람의 이름이다. 여성 의류 제조 사업을 하던 에이브러햄 재프루더는 1963년 댈러스에서 가정용 카메라로 존 F. 케네디의 자동차 퍼레이드를 촬영하다 우연히 그날 일어난 암살 장면을 기록하게 됐다. 이 동영상이 '재프루더 필름'이다.

재키는 존 F. 케네디의 부인이었던 재클린 케네디 오나시스의 애칭이다.

소크라테스는 미망인이 된 재클린 케네디와 결혼한 선박왕 아리스토텔레스 소크라테스 오나시스의 미들 네임이다.

하비는 케네디 암살범인 리 하비 오스왈드의 미들 네임이다.

오스왈드는 잭 루비에게 살해당한다.

제리 헤인스는 케네디의 암살 사건을 처음으로 보도한 사람이다. TV 탤런트였던 그는 댈러스에서 총성을 듣고 지역방송사까지 세 블록을 달려가 생방송으로 시청자들에게 대통령의 피격 소식을 알렸다.

메리 무어맨은 케네디 암살 목격자 중 한 사람이다. 그녀는 케네디가 암살당했을 당시 불과 6미터 거리에 있었으며, 재프루더 필름에도 여러 차례 등장한다. 메리 무어맨 본인도 폴라로이드 카메라로 암살 직후 장면을 촬영했다.

처음부터 재키, 소크라테스, 재프루더, 루비, 하비, 제리, 메리라는 이름을 영어로 죽 써서 구글 검색창에 입력하면 쉽게 답이 나왔을 문제였던 것이다. 위키피디아에는 '케네디 암살의 목격자들'이라는 카테고리까지 있으니까.

그러니까 답은 JFK, Kennedy, President 또는 한글로 케네디, 대통령…… 중 하나다.

들어맞은 것은 대소 문자 구별 없는 영어 단어 'kennedy'였다.

세연은 자신의 죽음을 케네디의 죽음에 빗대고 있었던 걸까?

황당무계한 자만심이라고, 가소로운 비유라고 넘겨버릴 수도 있지만 따지고 보면 케네디가 뭐 대단한 업적을 세운 인물도 아니다. 도대체 케네디가 미국이나 세계를 위해 한 일이 뭐람? 케네디는 하나의 상징물이며, 오직 상징으로서만 기능하는 존재고, 그 상징은 그의 죽음과 분리되지 않는다. 그렇게 생각하면 세연이 죽음을 통해 무엇이 되고자 했는지 이해할 듯도 싶었다.

4000번 이후의 잡기라고 그 전과 특별히 다른 것은 없었고, 그걸 읽는다고 해서 지금의 '자살 선언 사태'를 해결할 수 있는 실마리를 찾을 수 있는 것도 아니었다. 세연은 자살하기로 정한 날짜가 다가오면서 점점 번민과 두려움에 빠졌고, 그런 자신의 모습을 솔직히 서술했다. 자서전 작가로서 자신을 객관화한 노력만큼은 칭찬받을 만했다.

그러나 그녀는 그 두려움에 눌린 나머지 추나 병권, 진호그룹 회장의 장남 등을 지나치게 닦달하기도 했다. 진호그룹 회장의 장남은 나로서는 좀 이해하기 어려운 정신상태의 소유자라 세연의 계획에 어떤 비판적 지지를 보내는 것 같았지만, 솔직히 추와 병권은 세연이 죽음으로 몰아넣었다고 해도 과언이 아니었다.

나는 잡기 속에서 왜 나 혼자 케네디와 얽힌 인물의 이름이 아닌 내 본래의 별명으로 묘사되고 있는지도 알게 됐다.

자살 선언에 동의하고 5년 뒤쯤 실행하겠다고 약속한 사람은 모두 4명이었다. 세연은 그들에게 케네디 주변 인물들의 이름을 따다 붙였다. 선박왕 오나시스와 같은 대부호도, 재클린 오나시스와 같은 명사도, 후대 사람들의 기억 속에서 자신들과 케네디가 붙어다니는 것을 막을 수는 없었다. 에이브러햄 재프루더나 리 하비 오스왈드, 잭 루비, 제리 헤인스, 메리 무어맨과 같은 보통 사람들은 케네디와의 관계가 아니었더라면 후대 사람들에게 언급되는 일도 없었을 것이다.

케네디도 찰스 맨슨과 비슷했다. 별 내용도 없는 연설을 하고 강한 개인적 매력으로 주변 사람들을 매료시켰으며, 불멸성을 얻어 현대의 아이콘이 됐다.

나는 잡기 뒷부분을 읽다가 휘영 역시 세연에게 자살을 약속한 사실을 알게 됐다. 휘영에게 4000번부터 8337번까지 잡기 모음의 비밀번호를 알아냈다는 사실을 즉시 말하지 못한 것도 그 때문이었다. 휘영은 내게 자살할 생각이 없다고 말했으며, 우울증이 있는 아내와 결혼 생활을 유지하고 있다.

휘영을 만나 따져 물어야 했다. 무슨 생각인 건지. 그러나 내게도 계획이 있어야 했다. 세연의 게임에 더 휘말리지 않을 계획이. 그런데 세연은 왜 내게는 자살 선언에 동참할 생각이 없느냐고 묻지 않았던 걸까. 정말 그녀가 잡기에 써놓은 그 이유 하나 때문이었을까.

10월이었고 공기가 선선했다. 휘영에게 "A대학의 연못—세연이 빠져 죽은 바로 그 연못—앞에서 만나자"고 했더니 그는 피식 웃었다. 서울 밖, 경기 북서부와 남부에 각각 자리를 잡은 우리에게 신촌 정도면 중간 지점이었다. 그리고 술집에서 만나면 취해서 이야기를 제대로 하지 못할 것 같았다. 그래도 거기서 만나자고 한 건 다분히 고약한 유머 감각의 발로였다.

몇 년 만에 대학을 찾고 보니 문과대 건물 뒤에 있던 낮은 언덕이 사라지고 그 자리에 제2상경대 건물이 있었으며, 음침한 시멘트 연못은 아예 사라지고 없었다. 문과대와 제2상경대 사이는 깔끔한 화강석 판석으로 포장돼 있었고, 그 한가운데 자동판매기가 두 대 서 있었다. 토요일의 캠퍼스는 한산했고, 판석 바닥은 햇빛에 반짝반짝 빛났다.

세연이 있었다면 이런 변화도 표백 과정의 한 예라고 주장했을까?

한국의 모든 대학 캠퍼스가 다 비슷해지고 있었으니까. 그러나 이 장소도 다른 누군가에게는 첫 키스나 첫 데이트의 추억이 깃든 각별한 장소일지 모른다. 이런 변화를 몰역사적이라고 무조건 비판해도 되는 걸까?

세연은 논리를 사랑했지만 '자살 선언'을 과학적인 글이라고 보기는 어려웠다. 자살 선언은 통계나 숫자 하나 없이 직관과 단정으로 가득했으며, 그래서 더 반박하기 힘들었다. 읽는 이의 가슴에 호소하는 산문시를 두고 입증되지 않은 논리라든가 객관적인 데이터가 없다든가 하는 식으로 비판할 수는 없는 노릇이다. 《차라투스트라는 이렇게 말했다》를 논리적으로 반박하기는 불가능하지 않은가.

이 선언에 맞서려면 이 선언과 같은 수준에서 직관적이고 가슴에 와닿는 반박 논리를 펼쳐야 한다. 곳곳의 빈틈을 공격해봐야 핵심을 놓친 트집 잡기처럼 보일 뿐인데, 그게 여러 언론사의 논설

위원들이 저지르는 오류였다.

휘영은 약간 늦었고, 자못 비장한 얼굴이었다. 그러나 면바지를 허리까지 올려 입고 팔자걸음으로 걸어오는 목 아래 신체 부위는 그저 희극적으로 보이기만 했다. 그와 만나기로 한 건 이틀 전이었다. 전화를 먼저 건 쪽은 나였다.

"세연과 번지점프를 하러 간 날 자살하겠다고 약속하지 않았니."

내가 묻자 잠시 말이 없던 휘영이 결심한 듯 대답했다.

"그런 약속을 한 건 사실이지만 마음이 바뀌었어. 만나서 설명할게."

우리는 미적지근한 캔 음료를 하나씩 뽑아 벤치에 앉았다. 여대생들이 새침한 걸음으로 우리 앞을 지나갔다. 휘영은 내게 4000번대 이후 잡기의 비밀번호가 뭐였냐고 묻더니 내가 비밀번호를 푼 과정을 설명해주자 허탈해하며 웃었다.

"언젠가는 얘기해야 할 일이었다고 생각했어."

휘영이 말문을 열었다.

"세연에게 그녀를 따라 죽겠다고 약속했던 건 사실이야. 번지점프를 하러 갔던 날 이후에도 세연은 여러 차례 내게 다짐을 받았어. 우리가 처음 너희 집에서 모였을 때 피웠던 게 대마초 맞지? 세연과 섹스를 하고 난 뒤 그걸 피우면서 세연의 얘기를 듣고 있으면 정신이 몽롱해져서 뭐가 어떻게 되어도 좋겠다는 생각이 들더라……."

290

5200

제 친구들이 자살하게 해주옵소서

이들은 자신의 의지를 가로막는 세상에 저항하기 위해 자결한 슬픈 사연의 주인공이다. … 귀신은 함부로 마음을 열지 않는 수줍음 많은 처녀였으며, 현실과 타협할 줄 모르는 강한 자의식의 소유자였다. 처녀 귀신은 꿈을 간직한 순수한 영혼이었지만, 죽은 뒤에야 그 꿈을 이룬 소망의 존재, 비운의 주인공이다.

―《처녀귀신》, 최기숙

죽기로 한 날이 다가오면서 재키는 자신이 갈팡질팡하고 있음을 알았다. '죽고 싶지 않다'는 생각을 인정하자 발아래 땅 일부가 무너져버리는 느낌이 들었다.

첫 번째 순교자가 되어야 할 자신이 이렇게 두려움을 느낀다면 자신의 뒤를 이을 사람들은 얼마나 공포에 떨 것인가.

그들이 겁에 질려 자살을 포기한다면?

죽음 그 자체와 아무도 자신의 뒤를 따르지 않아 자신의 죽음이 무의미하게 되어버리는 상황 중에서 어떤 것이 더 두려운지 알 수 없었다. 그토록 부정해오던 절대자에게 기도라도 올리고 싶은 심정이었다.

제발 저를 따라 제 친구들이 자살하게 해주옵소서.

자신의 죽음 뒤에 진행될 미래를 미치도록 보고 싶었다. 하늘을 날고 싶은 마음만큼이나 강렬한 욕망이었다.

극심한 스트레스와 긴장 속에 재키는 종종 비명이 터져 나오려는 것을 이를 악물고 참아야 했다. 그녀는 사람들이 가득한 대낮의 신촌 거리에서 거의 무의식 상태에 빠져 길을 잃고 자신이 어디에 있는지, 어디로 가는지 잊어버리기도 했다. 재키가 신촌 거리에서 종종 사로잡혔던 환상은 거대한 톱니바퀴가 꼭 그녀의 키 정도 높이에서 날아와 주변 사람들을 모두 베어버리고 그녀만 남기는 내용이었다.

그녀는 이 환상을 논리적으로 해석할 수도 있었다—죽음이 다가올수록 삶의 감각이 더 생생해지고, 별생각 없이 좀비와 같은 일상을 보내는 군중 속에 살아 있는 것은 자신밖에 없다는 잠재의식 속의 결론이 구체화된 것. 그러나 그런 해석이 마음을 진정시키는 데 도움이 되진 않았다.

반대로 정신이 깜짝 놀랄 만큼 날카로워지고 세계의 숨은 구조를 단박에 이해할 수 있을 것처럼 모든 것이 명료해지는 것 같은 순간도 있었다. 그럴 때 재키는 자신의 계획이 어설프고 현실성이 없다는 것을 불현듯 '깨닫고는' 무엇을 어떻게 고쳐야 할지 고민하다 처음부터 끝까지 전부 잘못됐다는 결론을 내리고 완전한 절망에 사로잡혔다. 그러다가 다시 몇 분 뒤에는 수백 수천 명의 심리학자, 정신과의사, 범죄 전문가들이 자신의 사후에 자살 선언을 연구하고 자신이 쓴 잡기를 단어 하나하나 뜯어가며 분석하고 자신에 대한 책을 쓰는 환상에 푹 잠겨, 혼잣말로 환상의 심리학자들이 품고 있는 질문에 친절히 대답해주기도 했다.

재키는 한국에서 모든 인터넷 사용자에게 실명제가 적용된다거나 온라인 뉴스 서비스가 모두 유료화되는 가능성까지 우려했다. 하물며 자살하겠다는 다짐을 받은 '예비 선언자'들이 마음을 바꿔먹을 가능성에 대해서는 말할 것도 없었다.

의연하게 구는 것이 가장 자발적인 협조를 이끌어낼 수 있는 방법임은 그녀도 알았지만 이따금 재키는 히스테리를 부렸고, 대개 그 대상은 소크라테스였다.

애초에 그녀 자신이 부여하고 설정한 캐릭터와 역할극에 스스로 한쪽 다리를 잡혀버린 셈이었다. 하비에게 재키는 함께 음모를 꾸미는 동지이자 공범자였으며, 재프루더에게는 저주받은 공주, 그 자신을 희생해 지켜야 할 귀부인이었다. 제리에게는 갇힌 벽 안에서 상처투성이로 부조리한 싸움을 벌이는 투사였으며, 루비에게는 차갑고 잔인하지만 거부할 수 없는 운명의 연인이었다.

소크라테스에게는 폭군이었다. 소크라테스의 순수함과 젊은 이다운 죄책감을 지렛대로 삼는다는 것이 그녀의 전술이었으나 이는 잘 되지 않았고, 어느 순간부터 그녀는 자신이 그저 소크라테스의 유약함을 나무라거나 비웃기만 하고 있을 뿐이라는 사실을 깨달았다.

'제자들'을 자기와 같은 결론으로 유도해 다짐을 받고, 의지를 북돋워주고 흔들리지 않게 하는 데에는 엄청난 감정적 에너지가 필요했다. 다른 사람들의 마음을 움직이는 데 스스로 탁월하다고 여겼던 재키가 힘이 부친다고 느낀 것은 그때가 처음이었다.

적그리스도에게 자살 선언 동참을 권유하지 못하는 이유도 그래서였다. 그녀 자신이 감정적으로 흔들리는 상황에서 또 한 사람의 제자를 감당할 수가 없었다. 오히려 누구에게라도 자신의 계획을 전부 다 폭로하고 그저 "잘될 거야, 훌륭한 계획이야"라는 위안을 받고 싶은 충동을 느낄 지경이었다.

재키는 종종 어디론가 떠나고 싶다고 생각했다. 그녀는 오래전부터 티베트에 가보고 싶었다. 구름이 없어서 비현실적으로 높고 파란 하늘과 밤이 되면 너무 많아서 땅으로 쏟아질 것만 같다는 라사의 크고 작은 별들.

자살 직전 현금 서비스와 개인 금융 대출을 잔뜩 받아 보름 정도 티베트와 중국 서부를 다녀온다는 상상은 그 자체만으로 유쾌했다. 물론 이뤄질 수 없는 꿈이었다. '카드 빚을 못 이기고 자살한 여대생'이라는 기사 제목이 달릴 테니까. 죽음을 앞두고 여행을 떠나는 것은 후대의 자살 선언자들에게도 나쁜 전례가 될 것임이 틀림없었다. 그들은 죽음을 마주 보고 두려움에 맞서야 한다.

그래서 재키는 티베트 대신 서강대교 앞으로 갔다. 그녀는 몇 번 밤늦은 시각에 신촌 로터리에서 서강대교까지 걸어갔고, 강변을 따라 서강대교에서 양화대교까지 더 걸었다.

새벽녘 서강대교에서 양화대교 사이는 다른 사람들을 피할 수 있는 장소이면서 여러 면에서 그녀가 생각하는 티베트와 달랐다. 그녀는 바닷가에서 자랐는데도 물을 무서워하고 산을 좋아했다. 잔잔하고 조용하며 소금 냄새도 없는 검은 강물은 검은 바닷물보다 더 으스스했다.

한강보다 더 두려운 것은 문과대 뒤편의 시멘트 연못이었다. 재키는 거기서 죽을 예정이었다. 그녀는 가장 낮은 곳에서 죽을 예정이었다. 고개만 들면 살 수 있는 곳, 살고 싶다는 본능을 절대적으로 포기해야 겨우 죽을 수 있는 곳에서 자살하면서 자신이 약하지 않다는 것을 증명해 보이고 싶었다.

한강변에서 재키는 당장 강물로 뛰어들고 싶다는 충동을 여러 번 느꼈고, 자신이 여기서 어느 불량배나 연쇄살인범에게 납치당해 강간당하고 죽는 상상도 했다. 그녀의 인생에 가장 잘 어울리는 결말은 그런 개연성 없고 허무한 것이 아닐까?

재키는 때로 자신의 계획이 과연 제대로 실행될 수 있을지에 대한 불안과 터질 것 같은 긴장 속에서 차라리 그렇게 자신이 살해되기를 바랐다. 그럴 때 그녀는 계략가도 귀부인도 투사도 폭군도 아닌, 길을 잃고 우는 어린아이, 가여운 영혼으로서의 자신을 보았다.

"그런데 왜 자살하지 않았지?"

대학원생으로 보이는 남학생들이 빈 우유 팩을 들고 나와 팩차기를 하고 있었다. 아직도 저 놀이를 하는 아이들이 남아 있구나.

"작년에 070으로 시작하는 국번의 전화를 받았어. 한창 결혼 준비로 바쁠 때였어. 어떤 여자가 내 이름을 확인하더니 대뜸 세연과 4년 전쯤에 약속한 것을 기억하느냐고 묻더군. 그런 전화가 실제로 걸려 올 거라고는 생각하지 못했기 때문에 정말 놀랐어. 하지만 그 약속을 잊은 적은 없어. 난 기억한다고 대답했지."

권법을 배워서 한때 나를 한 방에 쓰러뜨리기도 했던 휘영은 서른을 넘기면서 급속히 늙었다. 몸에 고루 살이 붙었고, 앞머리도 약간 벗겨지려고 했으며, 얼굴에서는 개기름이 흘렀다. 그는 담배를 꺼내 물었다.

"그랬더니 그 여자가 그 약속을 실천할 거냐고 묻더라. 그래서 내가 그걸 묻는 당신은 누구냐, 그런 질문에 당장 대답하라는 게 말이 되느냐고 했더니 자기도 이 계획의 일원이라면서 대답은 당장 하지 않아도 된다는 거야. 그러면서 일주일 정도 말미를 주면 좋겠냐고 하더라고. 그래서 내가 그러겠다고 했더니 대꾸도 없이 전화를 끊어버렸어. 대답을 생각 안 한 건 아니었어. 이미 결혼을 결심할 때 세연과의 약속은 저버린 거야. 세연과 한 약속만 지켜야 하고 예식장에서 한 약속은 안 지켜도 되나? 하지만 그냥 '자살할 생각이 없다'라고 말하는 것도 뭔가 떳떳하지 않았어. 내가 자살 선언에 찬성하지 않는 개인적인 이유를 논리적으로 말하고 싶었어. 비겁자나 변절자라는 비난을 듣고 싶지 않아서일 테지.

자살 선언에 대한 내 반론의 핵심은 모든 사람이 위대한 일을 할 필요는 없다는 거야. 세연은 세상을 바꾸고 사람들의 존경을 얻을 수 있는 일이 아니라면 무가치한 것처럼 얘기했지만 사실은 그렇지 않다는 것을 우리 모두 잘 알잖아. 우리가 호모사피엔스라는 동물종으로서 잘 가꿔진 숲길을 걸을 때 거부할 수 없는 작고 소소한 기쁨을 맛본다면, 그 숲을 지키고 가꾸는 일에 가치가 있음을 부인할 수 없어. 좋은 음악이나 그림, 음식을 즐기는 데서 오는 즐거움은 본능적인 것이고, 그러니까 그런 것들을 만들거나 만드는 기술을 갈고 닦는 데에는 왜 우리가 그걸 해야 하는지, 거기에 어떤 의미가 있는지 애써 설명해야 할 필요가 없어. 그러니 그런 일을 하면서 보내는 삶에도 가치는 있는 거야.

'인정에 대한 욕구'도 대부분의 사람들에게는 다른 사람들의 패배나 사회변혁이 없어도 적절한 수준에서 채워질 수 있을 것 같아. 실제로 평범한 사람들은 승진을 하거나 표창을 받았을 때 그런 욕구가 풀렸다고 생각하지 않을까? 어떤 업적에 대한 욕망이랄까, 자부심을 충족시키는 데에도 그 거래를 내가 성사시켰다, 저 건물을 짓는 데 내가 참여했다, 저 길을 여는 데 내가 힘을 보탰다, 저 정책이 바뀌는 데 나도 일조했다, 이런 걸로 충분하지 않을까? 우리 앞의 세대라고 해서 그 사람 중 어느 누구 한 명이 자기 힘으로 산업화와 민주화를 이룬 것은 아니잖아. 그네들이 가진 자부심도 하나하나 쪼개놓고 보면 나도 가방 하나 들고 해외 출장 나가봤다, 밤새워 일해봤다, 거리에서 돌 던져봤다, 그런 일들 아닌가.

세연이라면 이런 생각을 한심하다고 여기겠지만 오히려 이제 와서 나는 지금의 내 태도가 어른스러운 것이고, 남은 사람들이나 후대에 태어난 사람들이 자신을 어떻게 볼지 신경을 쓴 세연의 태도가 어린아이 같은 거라고 봐.

만약에 우리 부부가 아이를 낳게 된다면 또 그런 놀라운 경험을 하겠지. 세연은 결코 알지 못하는 경험을 하나 더 갖게 되겠지.”

휘영의 처는 우울증에 걸려 약을 먹고 있었다. 그것은 휘영이 아무리 자신들의 관계를 아름답게 포장하려 해도 부정할 수 없는 사실이었다.

휘영의 반론도 반쪽짜리였다. 세연은 모든 젊은이가 자신을 따라 죽어야 한다고 말하지 않았다. 세연은 위대한 일을 할 수 없어 좌절감에 쌓인 사람들을 자신의 목표로 삼았고, 세연에게 설득당한 청년들이 휘영의 말을 듣고 마음을 되돌리지는 않을 것이다.

"그렇게 설명해줬더니 전화를 걸어온 사람이 뭐라고 했어?"

"사실은 그런 얘기를 하지 못했어. 일주일 뒤에 다시 전화가 걸려 와서 세연과 한 약속을 지킬 거냐고 묻기에 그럴 마음이 없다고 하니까 더 묻지도 않고 그냥 '알았다'고 하면서 전화를 끊더라고. 걸려 온 번호로 다시 전화를 거니까 발신전용 번호라고 나오더라."

그 이야기를 하는 동안 휘영의 말투는 잠시 빨라졌다.

"병권이 찾아온 게 그다음이야?"

"그래."

"그래서 병권과 설전을 벌였고?"

"응."

"전화를 건 사람이 누구인지 짐작 가는 데 없어?"

"전혀."

"네 전화번호를 어떻게 알았을까?"

"기자 전화번호야 쉽게 알 수 있는걸 뭐. 대표번호로 전화를 걸어서 제보할 게 있다든가 그런 핑계를 댔겠지. 이상한 게 하나 더 있어. 나한테 전화를 건 여자가 누군지는 모르겠지만 세연을 잘 알았던 사람 같아. 세연의 목소리며 말버릇을 흉내 내려고 꽤 연습한 것 같았거든. 그래도 성대모사가 좀 어설프더라."

나는 고개를 끄덕였다.

"나도 하나 물어봐도 돼?"

휘영이 물었다.

"뭔데?"

"넌 왜 그렇게 자살 선언에 집착해? 내 말은, 이제 그 선언 놀음은 우리 손을 떠난 것 아닌가? 우리가 아는 사람은 다 죽고 너와 나만 남았어. 나는 기사를 쓰기 위해서 와이두유리브닷컴을 취재했지만 그 게시판에 세연을 찬양하는 글을 올리는 놈들은 다 살짝 미쳤다고 생각해. 그리고 그놈들이 어떻게 되든 관심을 갖지 않으려고 해. 그런데 넌 왜 그렇게 자살 선언을 반박하고 싶어서 안달이지?"

왜 그렇게 안달이냐고?

어두컴컴한 방에는 탁자가 하나 놓여 있었고, 누가 쏟아버린 술로 흠뻑 젖은 테이블 위에는 마른안주들이 흩어져 있었다. 그 주변에는 발렌타인 12년산 위스키 병이 2병, 맥주병이 10병 정도 아무렇게나 뒹굴고 있었고, 시들어버리기 직전인 과일 안주가 담긴 그릇이 있었다.

세연이 나를 중요한 사람으로 취급하지 않아서지. 세연은 병권이나 추, 휘영에게 했던 것과 달리 내게는 별명을 지어주지도 않았고, 자살을 권하지도 않았어. 그래서 내가 삐친 거고, 세연이 하려는 일에 재를 뿌려야겠다고 마음먹은 거야. 그런데 나는 제 꾀에 넘어가 처음에 와이두유리브닷컴을 인터넷에 홍보하는 데 큰 공을 세우기도 했지. 그래서 더 삐쳤어.

나는 어디에 있는 거지?

나는 사당동의 싸구려 단란주점에 와 있었다. 단란 클럽 '크림' 4호실에는 접대부 4명과 술에 취해 널브러진 남자 5명이 있었다. 아가씨들의 가슴이나 허벅지를 주물럭거리는 남자들은 1990년대 초부터 2000년 초 사이에 A대학을 졸업하고 현재 농업과 관련한 일에 종사하고 있으며, 모두 잘 풀리지 않은 인생을 살고 있다는 공통점이 있었다.

명분은 농정 각 분야에서 고생하며 알게 된 A대학 선후배들이 함께 회포를 풀어보세, 라는 것이었으나 실상은 국정감사 잘 마쳤다고 사례하고 사례받는 자리였다. 상석에 앉은 사람은 나이가 제일 많은 농식품부 산하 어느 공공기관의 홍보실장이었으나, 그는 옆자리의 어느 국회의원 보좌관에게 "아우님, 아우님" 하며 꼬박꼬박 존댓말을 쓰고 있었다. 나보다 한 살이 많은 국회 농림수산식품위 보좌관은 '너희들이 뭘 알아'라는 표정으로 담배를 피우다 가끔 홍보실장의 말에 코웃음을 쳤다.

행정부 공무원은 나를 포함해 2명. 한 명은 6급, 한 명은 7급이다. 행시 출신 공무원은 아마도 좀 더 나이 많은 보좌관들과, 좀 더 좋은 술집에서, 좀 더 비싼 양주를 놓고, 좀 더 예쁜 아가씨들을 끼고 놀 것이다.

그나저나 평소 말이 없던 저 양반이 여자를 저렇게 밝힐 줄 몰랐네. 그런데 취향이 몹시 그로테스크하다. 저런 젖소 같은 여자를.

입법공무원도 행정공무원도 준공무원도 아닌 나머지 한 명은 처음 들어보는 이름의, 수상쩍은 농업 관련 벤처기업 상무다. 오늘 마시는 술값은 그의 지갑에서 나온다. 그에게는 아가씨가 붙지 않았다.

그런데, 정말 그래서인 걸까? 세연이 나를 알아주지 않아서 내가 그토록 자살 선언에 분개하고 있었던 걸까?

국감 때 이래서 고마웠고 저래서 고마웠다, 어느 의원님 질의가 훌륭했다, 어느 기관장 순발력이 돋보였다는 이야기는 이제 너무 많이 해서 물리는 상태. 노땅들이 1980년대 말과 1990년대에는 A대학이 어쨌다, 학생운동 하러 나가면 오히려 명문대보다 더 말 잘하고 돌 잘 던지는 학풍이었다, 하는 옛날이야기를 시작했다. 이 화제마저 떨어지면 다음은 뭐지.

아니다. 맨 처음 자살 선언을 읽을 때부터 뭔가 심하게 모욕을 당한 기분이었다. 다만 그때는 그게 한 여자아이의 망상이라고 생각해서 심각하게 받아들이지 않는데, 그것이 점점 현실이 되어가면서 참을 수 없게 되었다.

자살 선언은 내가 살아가는 방식이 잘못됐다고 주장한다. 자살 선언은 내가 야망이 없는 시시한 인간이라고 주장하는데, 나는 이것을 받아들일 수도 부정할 수도 없다. 자살 선언을 한다는 것이

우리에게 야망과 의미를 부여한다는 얘기에는 더더구나 찬성할
수 없다.

내가 자살 선언에 반대하는 이유는 자존심 때문이다.

"자, 이제 노래 한 곡 할까요? 우리 가장 젊은 아우님부터 한
곡 부르시면 어떨까요?"

홍보실장은 내게도 존댓말을 썼다.

"제가 노래를 잘 못 불러서……. 저는 그냥 술을 마시면 안 될
까요?"

대학생 밴드 '후안무치'를 이끌며 펑크록 버전 찬송가를 불렀
던 나는 어디로 갔지?

노래 실력은 그대로였다. 그래서 노래방에서 노래를 한 곡
부르면 사람들이 과장되게 내 실력을 칭찬했고 나는 그게 싫었
다. 펑크 찬송가를 부른 뒤 들은 욕은 유쾌했는데, 아저씨들이
진심을 담아 보내는 찬사는 왜 그리 듣기 거북한지, 이유는 나도
몰랐다.

자살 선언은 잘못됐다. 나는 그것을 안다. 그러나 내가 적절한
반론을 찾지 못하는 사이에 그 선언은 역병처럼 번지고 있었고, 감
염자 수가 늘어날수록 나는 더더욱 야망이 없는 시시한 인간이 되
어가고 있었다. 나는 그걸 막고 싶었다.

"아유, 우리 잘생긴 아우님은 그냥 마이크 들고 서 있기만 해
도 됩니다. 딱 한 곡만 부르세요."

"선배님, 한 번만 봐주십쇼. 제가 정말 노래를 못 부릅니다.

차라리 벌주를 한 잔 주세요."

"야, 네가 부르기 싫으면 그냥 아가씨 시켜. 그러면 되잖아."

6급인지 7급인지 알 수 없는 보좌관이 '그런 요령도 없느냐'는 눈치로 마이크를 내 옆자리 아가씨에게 권했다. 도우미가 고른 노래는 카라의 〈미스터〉였다. 아가씨는 꽤 노래를 잘 불렀고, 엉덩이춤도 잘 췄다. 남자들은 파트너를 데리고 노래방 기계 앞으로 나와 댄스곡에 맞춰 잘도 블루스를 췄다. 파트너가 없는 상무가 홍보실장과 함께 한 여자를 앞뒤에서 껴안고 있었다.

그런데 내 파트너의 노래가 끝나자 마이크가 다시 내게로 돌아왔다. '누구나 한 곡씩'이 홍보실장의 모토인 듯했다. 누구든 계속 권하면 다 부르고, 부르고 나면 다들 좋아한다 이거지.

신촌 거리에서 삐끼 2명을 상대로 맞싸움을 벌였던, 용맹하던 나는 어디로 갔지?

"안 나오면 쳐들어간다, 쿵짝짝삐약."

홍보실장이 넥타이를 머리에 감으며 손뼉을 쳤다.

나는 다른 사람들이 조용해질 때까지 기다렸다가 마이크에 대고 큰 소리로 외쳤다.

"씨발, 안 부른다니까 왜 자꾸 노래 시키고 지랄이야!"

그리고 다른 사람들이 정신 차리기 전에 단란 클럽 크림 4호실을 잽싸게 빠져나왔다.

뜻밖에도 가게 문 앞까지 나를 쫓아나온 사람은 홍보실장이나 상무, 아니면 농식품부 6급 공무원이 아닌 국회 보좌관이었다.

"야, 이 새끼야, 술 좀 들어갔다고 눈에 뵈는 게 없냐?"

그는 내 정강이를 걷어찬 뒤 뭐라고 일장연설을 늘어놓으려고 했다. 하지만 그는 훈계를 늘어놓을 수 없었다.

내가 번개처럼 달려들어 그를 흠씬 두들겨 패버렸기 때문이다. 웨이터들이 뜯어말릴 때까지.

세연이 옳았다. 나는 한 1000년 전쯤에 태어나서 쌈박질이나 하며 살아야 했다. 나와 내 부족을 공격하는 것에 이유를 묻지 않고 상대가 굴복할 때까지 맞서 싸우는 게 나에게 맞는 삶이었다.

나는 와이두유리브닷컴 게시판에 '내가 알았던 세연'이라는 제목으로 글을 올렸다. 나는 그 글에서 내가 세연의 잡기에 나오는 적그리스도임을 밝히고, 내가 말하는 내용은 전부 사실인데 당신들이 생각하는 것처럼 세연이 그리 대단한 인간이 아니었다고 썼다. 세연은 아무 남자하고나 잠을 잤고, 걸핏하면 울거나 히스테리에 빠졌으며, 사실은 학벌 콤플렉스와 조울증 사이에서 몇 번이나 자살을 기도했다고 주장했다. 세연은 주변에 민폐를 끼치는 학생이었고, 과의 학생들 대부분이 그녀를 경멸했으며, 잡기에서 자기 자신에 대한 세연의 묘사는 너무 과장되고 미화된 것이라 역겨울 지경이라고 썼다.

지금까지 자살한 3명은 사실 세연의 생각에 동조해서 죽음을 택한 것이 아니라 세연이 섹스와 마약을 무기로 그들을 자살로 몰아간 것이며, 세연의 공범자 한 명이 몇 달 전부터 그들에게 전화를 걸어 자살을 종용했다고 주장했다. 그리고 나도 세연과 잤으며, 세연이 나에게도 자살할 것을 권했지만 동의하지 않았고, 그랬더니 세연이 반미치광이가 되어 엄청나게 행패를 부렸다고 썼다. 세연이 쓴 잡기 전체를 내가 가지고 있다고 밝혔다. 아직 와이두유리브닷컴에 올라오지 않은 잡기 뒷부분을 보면 세연 자신도 자살이 두려워 벌벌 떨었고, 번민 때문에 밤에 신촌 로터리에서 양화대교까지 정처 없이 걸은 적도 있다고 썼다.

마지막으로 아직 와이두유리브닷컴에 올라오지 않은 잡기 뒷부분에서 세연 자신이 자살 선언을 폐기했으며, 지금의 사이트 운영자가 세연이 남긴 기록으로 사기를 치고 있다고 썼다.

글을 올린 다음 날 퇴근하고 돌아와 와이두유리브닷컴에 접속해보니 성난 회원들이 나를 거짓말쟁이, 사기꾼, 정신병자로 몰며 내 글을 입증할 증거자료를 요구하고 있었다. 집 안을 뒤져보니 졸업 앨범 CD가 있어서 거기서 졸업생 명단과 내 사진이 있는 부분을 갈무리해 게시판에 올렸다. 주민등록번호 뒷부분을 지운 내 운전면허증과 과천 청사 출입 카드 사진, 그리고 4000~8000번대에서 임의로 고른 세연의 잡기도 세 편 올렸다.

누리꾼은 내가 올린 자료가 전부 조작된 것이라고 주장했고, 나는 주말에 신촌에 가서 A대학 졸업증명서를 발급받아 사진을 찍어 와이두유리브닷컴 게시판에 올렸다. 나는 그사이에 세연을 중상하는 긴 글을 몇 편 더 올렸다.

며칠 뒤 와이두유리브닷컴에서 비밀 쪽지가 왔다.

'사이트 운영자입니다. 잠깐 만나서 얘기할 수 있을까요?'

13.

비밀 쪽지가 몇 번 더 오갔고, 나는 사이트 운영자를 11월 첫째 주 월요일 새벽 1시에 만나기로 했다. 서울시가 양화대교 위에 만든 카페 앞에서.

그리고 우리가 만나기로 약속한 시간에서 꼭 23시간 전인 일요일 새벽 2시에 와이두유리브닷컴에 온통 검은 사각형으로 가득한 자살 선언문이 올라왔다.

제가 내일 새벽 2시에 자살합니다. 저는 ■ ■ ■　■ ■ ■ ■　■
■ ■
■ ■

〈검은 사각형 부분은 글쓴이의 요구에 따라 8일 새벽 2시 이후에 공개〉

이번 자살 선언문은 올린 이의 ID도 검은 사각형으로 표시돼 있었다.

내가 와이두유리브닷컴 운영자를 만나기로 한 시각에 누군가가 자살을 하겠다고 하는 것이 단순한 우연의 일치일까? 내 눈앞에서 누가 죽기로 돼 있는 건 아닐까? 사이트 운영자 자신이 내 앞에서 죽으려고 이 자살 선언문을 쓴 건 아닐까?

'경찰에 신고하면 된다.' 와이두유리브닷컴 운영자는 분명히 수사 대상일 거고, 휘영을 통해서 사이버수사대의 담당자를 소개받으면 된다는 생각이 머릿속을 스쳤다. 사이트 운영자가 뭘 생각하고 있든 내 앞에서 벌어질 일은 전부 경찰이 해결하도록 하면 된다.

그러나 나는 결국 내가 와이두유리브닷컴 사이트 운영자를 만난다는 사실을 경찰에 신고하지 않았고, 휘영에게도 알리지 않았다. 세연이나 사이트 운영자에 대한 같잖은 대결 의식과…… 글쎄, 우리의 일을 해결하는 데 '어른'의 힘을 빌리고 싶지 않다는 자존심 때문이기도 했고, 그네들을 경찰에 넘겼을 때 나중에 찜찜한 죄책감을 갖게 되리라는 걸 알고 있었기 때문이기도 했다.

그것은 나도 자살 선언에 얼마간 공범 의식을 느끼고 있다는 의미일까?

아무튼 나는 아무 준비 없이 사이트 운영자를 만나러 나갔다. 내가 챙긴 거라곤 카메라 기능이 있는 휴대전화와 최대 20시간까지 녹음이 가능한 보이스펜이 전부였다.

나중에 확인됐지만 내가 경찰을 부르지 않은 일은 탁월한 선택이었다.

　　아무 생각이 없었던 나와 달리 와이두유리브닷컴 사이트 운영진은 얼마나 교활하고 꼼꼼했던지.

　　제리는 모든 걸 계산하고 있었다.

　　나는 세연이 검은 강물을 내려다보며 무엇을 보았을까 짐작해보려고 했다. 그러나 탁 트인 전망과 강을 따라 부는 바람은 상쾌했고, 여의도의 야경은 외국 도시처럼 아름답기만 했다.

　　나는 약속 시간보다 30분 일찍 양화대교에 도착했고, 사이트 운영자가 그 앞에서 기다리라고 했던 양화대교 위 카페는 물론 문을 닫은 상태였다.

　　0시 50분이 됐을 때 전화가 걸려 왔다.

　　적어도 휴대전화 번호 하나는 건졌구나.

　　"도착했어요?"

　　'세연을 흉내 낸다'고 휘영이 표현했던 그 목소리.

　　"네."

　　"다른 볼일이 있어서 처리하다가 좀 늦었어요. 거기까지 못 갈 것 같은데, 다리 건너서 양화대교 북단으로 올 수 있어요? 차 안 가져왔죠? 그냥 걸어올 수 있나요?"

　　'미행이 있는지 없는지라도 확인하려는 건가, 무슨 첩보영화 흉내람'이라고 생각하며 나는 그러겠다고 대답했다.

"양화대교를 다 건너고 나면 전화해주세요."

운영자는 내 대답은 기다리지도 않고 전화를 끊었다.

월요일 아침을 앞둔 야밤의 한강 다리는 한산했다. 차는 간간이 지나갈 뿐이었고, 1킬로미터 남짓을 걷는 동안 나는 단 한 사람도 마주치지 않았다.

먼지 없는 가을날이었다. 밤이었는데도 하늘은 무척 높아 보였다. 그림 같은 뭉게구름이 도시의 조명을 희미하게 반사하고 있었고 간간이 별들이 보였다. 하류 방향으로는 실처럼 가는 초승달이 강으로 막 떨어지려는 참이었다.

검은 하늘과 검은 강물 사이를 걸어가면서 나는 최종 보스를 향해 걸어가는 듯한 기분이 들었다. 만약 이게 계산된 연출이라면 그 효과는 만점이었다.

나는 걸어가면서 세연, 휘영, 그리고 내가 선택한 길에 대해 생각했다.

나는 처음으로 세연에 대한 적개심을 접고 그녀의 짧은 삶에 대해 생각해보았다. '야심이 너무 큰 나머지 자기 자신이 그 야심의 희생물이 되어버렸다'는 표현이 이보다 더 잘 들어맞을 수 있을까. 그렇게 예쁘고 재능이 많던 아이가 그토록 젊은 나이에 스스로 목숨을 끊다니, 아까운 일이 아닌가. 왜 아무도 그녀의 죽음을 막지 못했을까. 왜 나는 그녀의 죽음을 막지 못했나.

세연의 야심이 어린아이다운 것이었다는 휘영의 지적은 분명 일리가 있었다. 위대한 일을 하고자 하는 욕망은 사람들에게서 잊히고 싶지 않다는 바람이고, 그것은 곧 다른 사람의 애정과 관심을 바라는 욕구에서 나온 것이 아니었을까. 누군가 어른스럽게 삶을 사는 법을 세연에게 보여줬어야 했다. 불행히도 우리 주위에는, 아니 한국 사회 전체에 그렇게 성숙한 삶을 사는 사람이 없는 것 같았다.

휘영의 지적이 빛이 바랜 까닭은 그가 비겁자라는 비난을 들을까 봐 두려워하고 있었기 때문이다. 그러나 그가 죽음을 겁내서 세연과 한 약속을 저버리지 않았다는 것만큼은 나도 잘 알고 있다. 휘영은 자기 나름대로 열심히 살고 있었다. 남들이 알아주지도 않는 주간지 기자 일에 그렇게 열과 성을 다 바치는 모습이 그 증거다. 그걸 시시한 인생이라고 비난할 수는 없다.

우리 셋 중에 내가 선택한 삶의 방식이 안팎으로 가장 실패했다는 데에는 변명의 여지가 없었다. 7급 공무원으로서 나는 재미없고 불만족스러운 생활을 하고 있었으며, 이런 괴로움을 참고 견딘다고 해서 누군가가 나를 기억해주거나 세상을 바꿀 업적이 생길 것 같지도 않았다. 이런 상태에서 내가 자살 선언을 허황된 것이라고 주장할 수는 없었다.

세연은 자살로써 자신의 주장에 힘을 불어넣었다. 그 선언을 제대로 반박하려면 반대로 멋있게 사는 법을 직접 보여주는 수밖에 없음을 나는 깨달았다. 그것은 어떤 식으로든 지금의 생활을 정리해야 한다는 것을 의미했다.

다리 끝에서 전화를 걸었다.

"다 왔습니다."

"예, 보이네요."

그 말에 나는 고개를 두리번거렸다가 이내 그 행동을 후회했다.

"계단으로 내려오세요. 저는 둔치에 있어요."

운영자는 내 대답을 듣지 않고 또 전화를 끊었다.

나는 심호흡을 하고 둔치로 이어지는 계단을 내려갔다. 바람이 휙 아래에서 불어 올라왔고, 마치 내가 검은 물을 향해 내려가고 있는 듯한 착각이 들었다. 아직도 얼어 죽지 않은 풀벌레들이 쓰르릅 쓰르릅 약하게 울었다.

마음은 차분한데 심장은 왜 이리 뛰는 걸까.

도망치려면 지금이라도 도망칠 수 있어.

나는 왜 세연이 물을 그렇게 두려워했는지 궁금했다. 문학작품 속에서 물은 생명과 재생의 이미지가 아니던가? 어렸을 때 물에 빠져 죽을 뻔하기라도 했나?

둔치로 내려온 다음 나는 무엇을 해야 할지 몰라 멍청히 서 있었다.

그러자 강변북로 고가도로의 그림자 속에서 레인코트 차림의 세연이 걸어 나왔다.

"제리예요."

정말 세연과 꼭 닮은 아가씨였다.

이제 나는 세연과 닮은 여자를 3명이나 아는 셈이었다. 추, 휘영의 아내, 그리고 내 앞에 있는 여성. 세연이 자신의 클론들을 세상에 퍼뜨리고 있다는 말도 안 되는 상상이 머릿속에 떠올랐다.

"진짜 이름이 뭐죠? 그리고 세연과는 어떤 관계죠?"

"그게 뭐 그렇게 중요한가요? 제 이름은 세화예요. 정세화. 세연 언니의 친동생이에요."

휘영이 세연의 장례식에 가서 보고 놀랐다고 했던, 세연을 꼭 닮은 여동생.

"제리는 세연이 자기의 또 다른 인격을 부를 때 쓴 말인 줄 알았는데……."

"언니는 저를 자신의 또 다른 자아라고 부르곤 했어요. 우리는 거의 한 몸이나 다름없었으니까. 자살 선언도 같이 쓴 거예요."

"정말 닮았군."

내 말에 세화는 대꾸하지 않았다. 우리는 잠시 말없이 서 있다가 약속이라도 한 듯 동시에 강가로 걸어갔다. '잠두봉 선착장'이라는 간판 아래 불 꺼진 유람선 한 척이 있었다. 강물은 잔잔했고 잔물결들이 조용히 은빛으로 반짝이며 흔들렸다. 마치 수은이 흐르는 것처럼.

가로등이 있는 곳에서 보니 세화는 분명 미인이었지만 언니처럼 조각 같은 얼굴은 아니었고, 광대뼈와 입 주위가 튀어나와 약간 고집스러운 인상이었다.

나는 주머니를 뒤지는 척하며 보이스펜의 녹음 버튼을 눌렀다.

"세연의 글에는 그런 얘기는 없던데. 자살 선언을 같이 썼다는 내용 같은 거."

"언니는 자기 이름을 남기고 싶어 했으니까. 하지만 난 그런 것엔 신경 쓰지 않거든. 언니가 자살 선언문은 혼자 쓴 걸로 하고 싶어 하는 눈치기에 그냥 양보했어."

"왜 나를 보자고 했지?"

"왜 그런 글을 올렸죠?"

"너희의 계획을 망치고 싶었으니까. 그 계획은 잘못됐어. 사람의 목숨을 그렇게 우습게 여기는 생각이 정말 옳은 거라고 믿어?"

"어차피 다들 시시한 인생이잖아. 그리고 당신이 죽은 사람들한테 그렇게 관심이 있는 것도 아니었잖아. 루비는 당신한테 자기를 지켜달라고 했지만 당신은 거절했어. 재프루더한테는 2년 넘게 연락 한 번 하지 않았지. 하비는 어때, 그런 사람이 있다는 사실을 알기나 했어?"

"내가 연락하지 않았다고 해서 죽어도 괜찮은 건 아니잖아. 세연이 그냥 글을 썼는데 그 글을 읽고 감명받은 애들이 자살을 결심한 것도 아니잖아. 추나 병권은 사실상 세연이 죽음으로 몰아넣은 거나 마찬가지였어."

"언니가 아니야. 내가 했지. 당신이 우리 게시판에도 올렸잖아. 언니가 걸핏하면 울고 죽음을 두려워하다가 나중에는 자살 선언을 폐기했다고. 내가 하비와 루비, 재프루더에게 전화를 걸어서 각자 죽을 날을 조율했어. 하지만 나는 누구한테도 자살을 강요하지는 않았어. 소크라테스한테 설명을 들었겠지만.

언니는 유리 같은 사람이었어. 날카롭지만 깨지기도 쉬웠지. 죽음을 앞두고 내게 여러 번 전화를 걸어서 무섭다며 많이 울었어. 그래서 내가 '그러면 내가 먼저 자살하겠다, 나도 잡기를 쓴 게 많다'고 제안하면 그건 받아들이지 않았지. 주인공 역할을 양보하고 싶지 않았던 거야."

"잠깐, 세연이 자살 선언을 폐기했다고? 무슨 소리지?"

"당신이 그렇게 썼잖아."

세화는 나를 본 뒤 처음으로 미소를 지어 보였다. 상대를 오싹하게 만드는 미소였다.

"아니 그건……."

"그냥 써본 얘기였다는 건가."

뭔가 함정이 있음을 직감하고 나는 입을 다물었다. 처음부터 이게 목적이었던 건가?

317

제리의 잡기: 20XX년 6월 9일
―누가 21도로 낮춰놨어?

"누가 21도로 낮춰놨어?"

서비스 매니저가 얼굴이 시뻘게져서 소리를 질렀다. 매장에 있는 손님들이 그런 고함을 불편해한다는 사실은 전혀 모르는 듯했다. 아니면 모르는 척하거나.

30대 후반의 매니저는 독신이었고, 젊은 여성 판매원들에게 지분덕거릴 용기조차 없는 새끼였다. 대신에 저렇게 고함을 치고 다녔다. 제리는 그가 제대로 된 연애나 섹스를 한 적이 한 번도 없을 거라고 확신했다. 즐겨보는 포르노는… 아마도 일본 계열?

병신.

"누가 21도로 낮춰놨어?"

6월 초순이지만 오늘은 몹시 습하고 더운 날이었다. 에어컨디셔너 버튼이 권력의 상징이라는 사실이 우스워 제리는 그만 피식 웃고 말았다.

"당신이야?"

"제가 그러지 않았습니다!"

샴푸와 목욕용품 판매대 앞에 있던 아가씨는 매니저가 자기 앞에서 고함을 치자 차렷 자세를 취하더니 겁에 질린 목소리로 이렇게 대답했다. 갓 스물이 넘었을까 말까 한 여자아이가 저런 군대식 말투를 어디서 배웠을까.

서비스 매니저가 자기 앞을 지나가고 난 다음에야 샴푸 아가씨는 자신이 무슨 행동을 했는지 깨닫고 수치심에 얼굴이 붉어졌다.

제리는 오후에 샴푸 아가씨에게 말을 걸어야겠다고 마음먹었다.

재키는 표백 세대의 본질이 좌절감에 있다고 이해했고, 그래서 야심은 있지만 그걸 구체화할 방도가 없는 영리한 젊은이들에게만 관심을 뒀다. 그녀의 자살 선언에도 일종의 엘리트주의가 깔려 있다. 그건 분명 재키 자신이 엘리트였고, 자신보다 지적 능력이 떨어지는 사람을 대화나 논쟁의 상대로 여기지 않았기 때문이리라. 재키는 오만했다.

제리는 다르게 생각했다. 표백 세대의 고통은 좌절이 아닌 굴욕에서 비롯된다. 야심이 있든 없든 이 세대는 모두 굴욕을 당할 운명이며, 이에 대한 저항에는 모든 젊은이가 동참할 수 있다.

그러므로 자살 선언을 주창할 사람은 엘리트가 아닌 젊은이들도 이해하고 그들과 연대해야 했다. 대학을 자퇴할 무렵 제리는 그런 생각에 사로잡혔으며, 편의점을 그만두고 마트에 취직한 것도 보다 많은 또래의 밑바닥 젊은이들을 만나기 위해서였다.

이럴 바에야 나도 내가 할 말만 해버리는 게 나으리라.

"세연이나 너희나 모두 가여운 아이들이야. 철들고 나서 고작 10년 정도 세상을 본 걸로 희망이 없다느니 기회가 막혀 있다느니 징징대면서 어리광을 부리는 거라고. 세상이 얼마나 넓고 가능성이 많은 곳인데……. 넬슨 만델라가 대통령이 된 건 일흔 살이 넘어서였어. 그런데 넬슨 만델라가 예순 살 때까지만 해도 남아프리카공화국의 정치 상황은 그냥 절망스럽기만 했어.

내가 죽은 세연에 대해서 다소 지나치게 글을 올리고 사실이 아닌 얘기로 험담한 일은 사과할게. 하지만 너희도 지금 심각한 병에 걸려 있다는 점을 스스로 인정해야 해. 이건 너희가 생각하듯이 멋있는 주장이나 투쟁이 아니야. 그냥 세상을 향한 집단 분풀이일 뿐이야. 정말 위대한 생각은 말이지, 어쩌면 살아 있는 동안에는 아무한테도 인정받지 못할 수 있어. 그래도 위대한 정신이라면 그 고독을 견뎌내지. 하지만 너희는 '어른'들의 관심을 구걸하고 있어.

나는 자살 선언 소동 전체가 그냥 너희의 세력 과시 정도라고 생각해. 그리고 그 정도면 이미 소기의 성과를 거뒀어. 우리를 우습게 보는 사람들한테 화풀이하자고, 속 시원하자고 목숨을 끊는 건 정말 손해 보는 장사라고. 옆에서 봐주기에도 처연하고 딱해. 이렇게 분풀이를 하느니 한데 머리를 모아 작더라도 의미 있는 변화를 만들 방법을 궁리해야 하는 거 아닐까?

지금 세상에 어떤 모순이 쌓이는지도 예단하지 말고 더 지켜봐야 하는 거 아닐까? 계몽주의자들에 앞서 민중 봉기가 있었고, 마르크스 이전에도 노동자 계급의 투쟁이 있었어. 그 노예들, 농노들, 노동자들은 이론이나 심지어는 희망 없이도 투쟁을 했어.

지금 세상은 너희들이 결론지은 것만큼 결코 완벽한 게 아냐. 난 알아. 그러니까 내가 증명해줄게. 앞으로 5년, 아니 3년 안에 멋진 일을 보여주겠어. 또 합당하고 근사한 제안도 하겠어."

"도대체 3년 안에 뭘 할 수 있다는 말이야?"

"아직은 몰라. 하지만 할 수 있어."

"그냥 그렇게 시간을 벌려는 거겠지. 목숨은 소중하니까 3년만 더 기다려봐라, 그리고 그 3년이 지나면 다시 3년을 기다리라고 할 테고."

"그런 너희는 뭘 제시하고 있니? 세상 젊은이들이 전부 다 죽어버리는 게 너희가 제시하는 비전이니?"

"암호 풀고 나서 잡기 뒷부분 다 읽었지?"

세화는 갑자기 화제를 돌렸다.

"그래."

"마지막 글 이상하지 않았어?"

"마지막 글이라니?"

"8337번 잡기 말이야. 언니가 마지막 날 자살 장소인 연못으로 내려갈 때를 묘사한 글."

"그게 왜……. 아!"

그걸 왜 여태까지 모르고 있었을까? 세연의 마지막 잡기는 그녀가 기숙사에서 나와 연못으로 내려가기 직전까지의 복잡한 심경을 묘사하고 있었다. 하지만 연못에 노트북을 들고 간 게 아니라면 그런 글을 써서 다른 글과 함께 암호를 걸고 우리에게 메일로 보낼 수는 없었다.

"그거 내가 쓴 거야. 8000번대 이후로는 거의 다 내가 썼지. 메일도 내가 보냈어. 어차피 메일은 내가 보내기로 돼 있었지만. 언니는 마지막 며칠간 너무 스트레스가 심해서 거의 제정신을 못 차릴 정도였지. 하루는 나한테 전화를 걸어서 자기가 안 죽으면 안 되겠느냐고 빌기까지 했다니까. 그래서 내가 우리 계획을 모두 수포로 돌아가게 할 거냐며 헛소리 집어치우라고 윽박질렀지. 언니 때문에 대마초를 구하러 부산까지 내려가기도 했어. 하지만 난 언니와 달라. 맨정신으로 두려워하지 않고 죽는다."

내가 세연의 마지막 잡기를 생각하느라 빈틈을 보인 사이에 세화는 코트를 벗고 강으로 뛰어들었다.

텀벙.

나도 따라 뛰어들었다. 망설일 것도 없었다. 이것은 내가 기다려온 죽음의 방식이다. 선로에 뛰어든 어린아이를 구하려다 지하철에 치여 죽는 것을 내가 얼마나 바랐던가.

양화대교 아래가 한강에서 가장 수심이 깊다는 글을 어디선가 읽은 기억이 났다.

　　강물은 정신이 번쩍 들 정도로 차가웠지만 두렵지는 않았다. 나는 세연의 동생과 내가 이런 식으로 죽지 않으리라는 걸 알고 있었다. 왜냐하면 이건 내가 그토록 바라던 폭력적인 죽음이고, 나에게 그런 죽음은 허락되지 않을 테니까. 나는 특유의 깡패 같은 자신감이 솟아올랐다. 세화도 아직 물에 가라앉지는 않은 상태였다. 팔다리를 허우적거리는 모습은 꼭 살려달라는 몸부림처럼 보이기도 했다.
　　나는 세화에게 헤엄쳐 다가간 뒤 발버둥치는 다리를 붙잡고 그녀의 머리가 물속에 들어가게 했다. 물에 빠진 사람을 구조할 때는 허우적거리는 손을 잡으면 안 된다는 얘기를 들은 적이 있다.
　　나는 세화를 선착장 부두 위로 끌어 올렸고 그녀는 더 이상 반항하지 않았다.
　　삼성전자 휴대전화는 물에 젖은 상태에서도 작동이 됐다. 나는 벌벌 떨리는 손으로 119에 전화를 걸어 앰뷸런스를 보내달라고 부탁하고 곧바로 112에 전화를 걸었다. 그리고 경찰에 희대의 자살 사이트인 와이두유리브닷컴 운영자를 붙잡았다고 말했다.

14.

그 뒤로는 모든 것이 세화가 꾸민 시나리오대로 진행됐다.

나는 또다시 와이두유리브닷컴의 선전 도구 역할을 충실히 해냈다.

화면 위치로 보건대, 메리는 처음 세화가 있던 강변북로 아래 그늘 속에 있었던 것 같다. 메리는 세화와 내가 만나서 대화를 나누는 장면을 적외선 카메라로 촬영해 동영상을 와이두유리브닷컴 홈페이지에 올렸다. 세화는 코트 안에 마이크로폰을 숨기고 있었고, 메리는 우리의 대화를 모두 받아 적은 뒤 자막으로 만들어 화면 아래 넣었다.

메리는 와이두유리브닷컴의 2대 운영자가 됐다. 메리는 자신이 세연과 함께 학교를 다녔다고 주장했으나 나는 그녀가 누구인지 아직도 모른다.

메리가 찍은 동영상 덕분에 회원 중 상당수는 내가 세연을 부당하게 중상모략했다는 심증을 굳히게 됐다.

한편으로 세연이 마지막에 마음이 흔들렸다는 사실은 이제 더 이상 자살 선언의 진정성에 대한 흠이 아니었다. 이전까지 세연이라는 한 여자아이가 이룬 줄 알았던 업적은 세연-세화, 두 미녀 자매의 공으로 정리됐으며, 세화는 단숨에 이 사이비종교 집단에서 성모마리아와 같은 반열에 오르게 됐다.

나는 세화가 세연에 대해 한 얘기들, 잡기 뒷부분을 자기가 썼다거나 세연이 자신에게 살려달라고 빌었다는 등의 얘기를 믿지 않았다. 세화는 내가 아닌 와이두유리브닷컴의 회원을 향해 말하고 있었고, 그녀가 보호하고자 한 것도 자기 언니가 아닌 와이두유리브닷컴이었다. 세화 역시 언니처럼 자신의 목적을 위해서라면 어떤 거짓말이라도 서슴지 않을 인간이었다.

세연은 멋진 아이디어를 발작적으로 쏟아냈지만 진정한 지도자가 되기에는 강단이 부족했다. 세화는 언니와 달리 허영심이 없고 근면 성실했으며 언니보다 더 미쳐 있었다. 신문 기사들에 따르면 세화는 서울의 한 대학을 중퇴한 뒤 특별한 직업 없이 아르바이트로 생계를 유지했다고 한다.

세화가 경찰에 체포되자 와이두유리브닷컴에 대한 여론의 관심은 활활 타는 불에 휘발유를 끼얹은 격이었다. 사안의 중차대함을 감안해 서울서부지검이 사건을 마포경찰서로부터 넘겨받아 직접 수사에 나섰으며, 세화는 수사를 받는 동안 매일 아침 영등포구치소에서 서울서부지검으로 들어와 호송 차량에서 내릴 때 기자들을 잠시 만날 수 있었다.

　세화는 기자들 앞에서 고개를 숙이거나 얼굴을 가리지 않았다. 그녀는 취조 첫날 서부지검 건물로 들어가며 사진기자들에게 "초상권을 주장하지는 않을 테니 제 얼굴과 수갑을 마음대로 찍어서 쓰셔도 돼요"라고 외쳤다.

　긴 생머리에 화장기 없는 예쁜 얼굴로 수인복을 입고 수갑을 찬 세화는 좋은 피사체였다. 대부분의 신문은 수갑을 찬 손은 모자이크 처리했지만 몇몇 인터넷 매체는 그대로 노출했다. 세화는 어떤 신문 사진에는 가녀린 미인으로, 어떤 곳에는 사이코패스 같은 인상으로 나왔다. 사진 덕택에 세화가 서부지검에서 조사를 받는다는 사실이 알려지면서 팬이라고 주장하는 남자들이 서부지검 앞에 몰려와 그녀의 사진과 '힘내세요'라는 문구가 적힌 손팻말을 들고 볼썽사나운 시위를 벌이기도 했다.

　변호사는 세화를 접견하고 돌아올 때마다 그녀가 전했다는 짧은 메시지를 와이두유리브닷컴에 올렸다. 그 글에서 세화는 "경찰과 검찰, 언론이 이렇게 난리를 떠는 것은 그만큼 사회가 우리를 두려워한다는 뜻"이라며 "와이두유리브닷컴은 이미 소기의 목적을 일정 부분 거뒀다"라고 목소리를 높였다.

　세화의 변호사는 여자였다. A대학교 출신은 아니라고 했지만, 그래도 나는 그녀가 메리가 아닐까 하는 생각이 들었다.

　검찰은 세화에게 전기통신기본법 위반 등의 혐의로 1년 6개월을 구형했다. 형량에 대해 어떻게 생각하느냐고 묻는 기자들에게 세화는 법정에 들어서며 "나도 법정 최고형을 받고 싶은데, 검찰의 법리 적용이 개그 수준이어서 법원에서 그걸 받아들일지 모르겠다"라고 대꾸했다.

첫 공판에서 검사가 뭔가를 질문하자 그녀는 대답 대신 "여기 계신 판검사님들은 정의감 때문에 사법고시를 보신 건가요, 아니면 그냥 사회적으로 높은 자리에 오르고 싶고 부모님이 원하니까 판검사가 되기로 하신 건가요?"라고 물었다. 결국 법정모독죄로 감치 명령 7일을 받았고, 그 결과 검찰과 법원만 꼴이 우스워졌다.

불쌍한 담당 검사와 판사는 아무 잘못도 없이 인터넷에서 조롱거리가 됐다. 두 번째 공판부터는 와이두유리브닷컴 회원들이 방청석에서 조직적으로 세화를 옹호하거나 검사를 야유하는 발언을 해 법원 경위에게 붙들려 쫓겨나기도 했다.

1심 재판부는 피고인에게 개전의 정이 없다는 이유로 이례적으로 집행유예 없이 실형을 선고했다. 징역 6개월. 그러자 세화와 세화의 변호사가 "사회 가치를 정면으로 부정한 것에 대한 처벌이 너무 가볍다"라며 항소하는 코미디 같은 상황이 벌어졌다.

이제 세화는 인터넷에서 하릴없는 청년 백수들의 영웅이었다. 와이두유리브닷컴은 한국에서만큼은 맨슨 패밀리보다 몇백 배 더 유명해졌다.

세연-세화 자매라고 미래를 내다보는 능력이 있었던 것은 아니었다. 다만 그들 자매는 일어날 수 있는 각각의 상황에 맞게 대응 계획과 백업 플랜을 준비하는 능력이 탁월했다. 자살 선언에 맞설 궁리를 하는 내가 배워야 할 점이었다.

내가 양화대교에 나타나지 않거나 선착장 앞에서 도망쳤더라면 세화는 나를 거짓말쟁이에 비겁자라고 비난했을 것이고, 우리가 함께 또는 세화 혼자 익사했다면 그것도 그 나름대로 자살 선언을 지킨 효과가 났을 것이다.

처음에 내가 경찰을 대동하고 양화대교로 가서 보자마자 세화를 붙잡았더라면 나는 우리 세대의 배신자이자 변절자로 찍혔을 것이다. 만약 세화가 한강에 뛰어들었을 때 내가 그녀를 구하지 않고 도망쳤다면, 그리고 그 장면이 카메라에 담겨 동영상으로 공개됐다면 어떤 비난들이 내게 쏟아졌을까. 생각만 해도 섬뜩하다.

메리는 세연이 올린 글과 함께 세화가 쓴 잡기들도 와이두유리브닷컴 게시판에 올렸다. 세화도 문장력이 뛰어났으나 그녀의 잡기들은 언니의 것보다 대체로 더 설교조고 기교가 없어서 재미나 감흥은 떨어졌다. 세화의 글들은 가끔 시시한 명상록 같아 보였다.

그다음 해 1월에는 아무도 예상하지 못했던 일이 벌어졌다. 와이두유리브닷컴의 도쿄 지부와 베이징 지부가 만들어진 것이다. 와이두유리브닷컴의 한글 홈페이지는 그에 맞춰 이름을 서울 지부로 바꿨다. 메리의 작품이었다.

취업난과 가치관 혼란을 비슷하게 겪고 있을 테니 동북아시아 젊은이들이 같은 고민을 하고 있으리라고 대강 이해할 수 있는 일이지만, 세 번째 해외 지부는 놀랍게도 헝가리에서 생겨났다. 한국의 이상한 자살 열풍이 어떻게 동유럽으로 전해질 수 있었는지, OECD 회원국 중 남성의 자살률이 가장 높은 나라가 헝가리라는 데 왜 그런지 이유는 모른다.

나는 강원도로 휴가를 다녀왔다. 국회 예산결산위원회가 열릴 시기라서 과에 한창 손이 모자라기는 했으나 과장으로서도 내가 휴가를 떠나는 편이 나았다. 농식품부 홈페이지에서 내 이름을 검색한 뒤 자리 번호를 찾아 항의 전화를 거는 와이두유리브닷컴 회원과 나를 인터뷰하겠다는 기자들 때문에 도저히 업무를 할 수 없을 지경이었기 때문이다.

과장은 나를 불러 와이두유리브닷컴 사태와 나의 관계, 내가 이런 곤란에 빠지게 된 경위를 물었다. 그러나 나는 신기할 정도로 과장과의 면담에 대해 아무런 부담도 느끼지 않았다. 묻는 말에 생각하는 대로 대답하고, 상대방 의중이 뭔지 좀 생각해보고, '당분간은 당신에게 협조하겠노라'라는 신호를 보낸 것이 전부였다.

휴가 첫날 청량리역에서 기차를 타고 영월역에서 내려 별마로천문대에서 별을 보고, 영월 시내 모텔에서 잠을 잤다. 별마로천문대는 가로등이 하나도 없는 산봉우리에 있었다. 산 위에는 별이 가득했고, 나는 난생 처음으로 유성을 보았다. 산을 좋아했던 세연이 마음에 들어했을 만한 광경이었다. 나는 소원을 빌었다.

모텔은 난방이 잘되지 않았다. 다음 날에는 단종이 유배 생활을 했던 청령포에 갔다. 관리사무소의 직원을 전화로 불러 표를 사고, 나룻배로 얼음을 깨가며 강을 건넜다. 소나무 숲과 자갈밭은 아무도 밟지 않은 눈으로 덮여 있었고, 나밖에 없었다. 나는 이런 저런 생각을 하며 아무 말 없이 소년 왕의 유배지를 1시간가량 걸었다.

그 옛날 소년 왕은 이곳에서 여러 차례 자살을 강요당했다.

청령포에서, 나는 3년 안에 뭔가를 보여주겠다는 약속이 여전히 유효하다는 사실을 깨달았다.

세화뿐 아니라 나 역시, 상대방이 아니라 와이두유리브닷컴 회원들을 향해 말하고 있었다. 어쨌거나 "3년 안에 중대한 제안을 하겠다"라는 내 말이 녹음되고 자막까지 달려 인터넷에 돌아다니고 있으니 이제 물러날 수도 없는 상황 아닌가. 이렇게 퇴로가 끊겨버려 후련하다는 생각마저 들었다.

세연이 잡기에서 인용한 것처럼 우리는 '적수가 누구인지 알 때만 내가 누구인지 알게 된다'. 그러니 나는 남은 인생의 길을 바로잡아주고 내가 누구인지 알려준 세연과 세화 자매에게 감사해야 한다.

나는 감정에 북받쳐 사표를 내거나 갑자기 산티아고로 순례 여행을 떠나거나 하지는 않았다. 내게 주어진 기회를 그렇게 망쳐선 안 된다. 자살 선언을 이기려면 세연이나 세화 못지않은 정교함과 치밀함으로 꽉 짜인 논리를 준비하고, 이벤트를 계획하고, 마케팅을 벌여야 한다. 그런 작업들을 진행하는 중에 언젠가는 사표를 제출해야 할 시점이 올 것이다.

무엇을 어떻게 해야 할지에 대해서는 아직 머릿속이 텅 빈 상태였다. 다만 철저히 보통 사람으로서 생활에 기반을 둔 일을 해야 한다는 것은 알았다. 청년 연대니 청년 노조니 하는 단체가 우스워 보인다는 세연의 주장에는 나도 동의했다. 나중에 그런 단체를 만들 수는 있겠으나 단체를 만들기 전에 먼저 새롭고 강력한 강령을 정해야 했다.

어쩌면 나는 종교를 하나 창시할 수 있을지도 모른다.

서울로 돌아온 뒤 나는 내 나름대로 잡기를 쓰기 시작했고, 중고 소형차를 한 대 샀다. 그해 겨울 나는 몇 번 그 차를 타고 강변북로를 달려 한강 둔치 주차장에 차를 세우고 서강대교와 양화대교 사이 세연과 세화가 걸었던 길을 서성였다.

세연이 강물에서 봤던 절망과 우울은 여전히 내 눈에는 보이지 않았다. 강 건너 여의도의 야경은 아름다워 보이기만 했고, 사실 점점 더 호화로워지고 있었다. 상하이나 홍콩의 야경이라고 해도 믿을 만큼. 한강은 여전히 수은처럼 반짝반짝 빛을 내며 부드럽게 흘렀다.

별로 두렵진 않았다.

나는 아무도 모르는 먼 바다에서 공기가 태양에너지를 듬뿍 받아 힘을 키우고 있는 모습을 상상했다. 열대성저기압은 갑자기 태풍으로 발달해 육지를 향하고 강한 비바람으로 그 존재를 과시한다. 어떤 해에는 한 해에 태풍이 30개 이상 만들어지기도 하고, 어떤 태풍은 수명이 보름을 넘기기도 한다.

우리 사회에 모순이 쌓이지 않는다는 세연의 주장에 나는 찬성하지 않는다. 세상을 완전히 바꿔버리는 힘은 이제 없을 수도 있지만 우리 시대에 태풍은 곧 몇 번 들이치리라 생각한다. 그때 그 에너지를 이용하면 여러 가지 일을 할 수 있을 것이다. 아주 많은 일을. 그건 그 에너지를 어떻게 이용하느냐에 달려 있다.

아마 나는 그때 웹사이트를 하나 만들 수도 있으리라. 그 웹사이트에 와이두유리브닷컴에 대한 대답으로 디스이즈더리즌닷컴 (www.thisisthereason.com)과 같은 이름을 붙이면 어떨까.

8337

당신들도 나처럼
상처받길 바라요

일단 인간의 생명에 암묵적으로 금전적 가치를 부여할 수 있다고 한다면, 과연 그 가치는 얼마나 될까? … 이와 같이 위험한 직업과 덜 위험한 직업의 임금 차이를 비교함으로써 사람들이 자신의 생명에 어떤 금전적 가치를 부여하는지 어느 정도 유추할 수 있다. 물론 이 임금 차이는 학력, 경력 등 임금수준에 영향을 미치는 다른 요소들을 배제하고 계산해야 한다. 이런 방법을 사용한 연구들은 대체로 사람의 생명이 1000만 달러의 가치가 있는 것으로 추정하고 있다.

—《맨큐의 경제학》, N. 그레고리 맨큐

재키는 자살하기 전날 모든 계획을 마지막으로 점검했다. 그동안 있었던 일과 앞으로 일어날 일들을 마음속에서 그려보며 빠진 데가 없는지 확인한 뒤 하비를 만나 자살 선언문 최종 원고를 보여줬다. 신촌에서 루비와 적그리스도가 데이트하는 모습도 확인했다.

전화를 받은 루비는 술집에서 뛰쳐나와 길거리에서 느닷없이 재키에게 길게 입을 맞추었다. 자신의 뺨에 닿은 루비의 손이 안타까움과 열정으로 덜덜 떨리고 있음을 깨달은 재키는 갑자기 가슴이 뭉클해졌다. 그러나 그녀는 일부러 루비에게 싸늘한 표정을 짓고 영문을 모르는 적그리스도에게만 "안녕, 너도"라고 인사했다.

기숙사로 돌아와 바로 옷을 갈아입었다. 자신이 좋아했지만 평소 잘 입지 않았던 레이스 달린 노란색 원피스를 입고 샌들을 신었으며, 좋아하는 핸드백을 멨다. 산보하는 마음으로 기숙사 건물을 나서고 싶었다.

여름밤의 교정은 음탕할 정도로 생기가 넘쳤다. 공기가 약간 습했고, 날벌레들이 얼굴에 다가와 부딪쳤다. 말기암 환자들은 부정, 분노, 타협, 우울을 거쳐 마지막에 수용의 단계에 접어든다고 하는데, 재키는 자신이 아직도 부정과 분노의 단계를 벗어나지 못한 게 아닌가 하는 생각이 들었다. 이런 산만한 정신상태로 죽음을 맞게 될 줄은 몰랐다.

이 죽음은 도피가 아닌가? 삼성전자에 입사해서 평범한 길을 걸을 때 치열한 경쟁을 뚫고 최후의 승자가 될 수 없을 것 같다는 생각이 이 모든 계획에 영향을 미친 것 아닌가. 그러나 그게 또 무슨 상관이람? 우리가 기억하는 역사 속의 인물에게도 모두 운이 따르지 않았던가?

재키는 어머니에게 전화를 걸거나 문자메시지를 보낼까 망설이다 참았다. 어머니도 당분간은 그녀가 실족사했다고 여기는 편이 더 낫다.

그녀는 편의점에서 복분자주 한 병을 산 뒤 노천극장에 가서 달을 보며 혼자 마셨다. 노천극장 돌계단은 축축하고 미지근했다. 웬 술 취한 남학생이 무대에 올라가더니 객석에 앉은 여자 친구를 향해 김동률의 노래를 연달아 몇 곡이나 불렀다. 노천극장 앞길에는 커다란 두꺼비가 있었는데, 재키는 그 두꺼비가 무언가 의미심장한 상징인 것 같아 기묘하고 두려운 감정을 느꼈다. 그녀는 두꺼비 앞에서 한참 서 있다가 자신이 자살을 주저하고 있다는 사실을 깨닫고 발걸음을 옮겼다.

재키는 죽음을 앞두고 다리에서 점점 힘이 풀려 후들거렸으며, 하려고 마음먹었던 그녀 자신의 인생에 대한 종합 평가도 할 수가 없게 됐다. 원래는 기억나는 한 가장 어릴 때부터 최근에 이르기까지 1시간이나 2시간에 걸쳐 즐거웠던 일과 괴로웠던 경험을 반추하고 '내 인생은 불행하지 않았다'는 결론을 내리려고 했다.

그녀에게 필요한 것은 어떤 시대였다.

1000년 전이거나 일제강점기거나 아니면 독재시대거나.

교정을 한 바퀴만 돌고 연못으로 향하려 했는데 도저히 두려워서 그럴 수가 없었다. 재키는 몇 번이나 쓰러질 뻔하며 캠퍼스를 한 바퀴 더 돌았다. 그러고 나서는 더 걸을 힘이 없었다. 자살을 더 미룰 수도 없었다.

노천극장 꼭대기 계단에 다시 올랐을 때 신촌의 야경이 한눈에 들어왔다. 그녀는 높은 데서 내려다보는 경치 때문에 산을 좋아했다. 아무리 추잡한 것이라도 멀리서 내려다보면 그런대로 참을 수 있다. 하지만 바다나 강은 무서웠다.

야경을 보는 동안 다시 간질 발작이 시작되려는 것을 느꼈다.

안 돼! 오늘만큼은 안 돼. 제발……

세연은 관자놀이를 누르며 노천극장에서 도망쳤다.

문과대가 있는 방향으로 계단을 내려가는 동안 재키는 살아 있는 모든 것이 불쌍해서 소리 없이 눈물을 흘렸다. 최후의 순간에도 그녀의 마음은 평안해지지 않았으며, 자신에게 기회를 허락하지 않는 세상에 대한 복수심도 가라앉지 않았다.

이제 5년 뒤에 연속 자살이 시작된다.

재키는 마지막 순간에도 연쇄살인마처럼 다른 사람의 죽음에 대해서는 신경 쓰지 않았다. 자신의 죽음에 대해서만 연민을 느꼈다.

그녀는 문과대 뒤 학교 연못으로 향하면서 다른 학생들을 마주칠 때마다 속으로 빌었다.

당신들도 나처럼 상처받길 바라요. 당신들도 나처럼 상처받길 바라요.

'자살 선언' 효과? 지난해 20대 자살 급증

기사 입력 20XX-03-30 12:00

(서울=연합뉴스) 지난해 이른바 '자살 선언' 사태가 있은 뒤 20대 자살률이 급증한 것으로 나타났다.

30일 통계청이 발표한 사망 원인 통계 결과에 따르면 지난해 자살로 사망한 사람은 모두 1만 3066명으로 전체 사망 원인 중 5.3%를 차지했다. 인구 10만 명당 사망자 수(자살 사망률)는 27.2명으로 전년보다 1.1명 더 늘었고, 10년 전인 20XX년 19.6명에 비하면 무려 39%가 증가했다.

특히 지난해의 경우 자살 선언 사태가 본격적으로 불거지기 시작한 9월부터 20대 자살자 수가 가파르게 증가한 것으로 나타났다. 박주영 진호그룹 회장의 장남 선우 씨가 자살한 달로, 자살 선언 사태가 발생한 초기였던 지난해 8월 20대 자살자 수는 158명이었으나 다음 달인 9월에는 182명으로 올랐으며, 10월에는 189명, 11월에는 201명, 12월에는 217명이 됐다. 서울시 자살예방센터 권영인 국장은 이에 대해 "젊은이들의 자살에 관심이 쏠린 사회적 분위기가 오히려 자살을 고민하던 사람에게 일종의 면죄부를 줬을 가능성이 있다"며 "자살한 유명인과 자신을 동일시하는 '베르테르 효과'도 일어났던 것으로 보인다"고 분석했다.

한편 지난해 전체 자살자는 남성(8536명)이 여성(4530명)보다 1.9배 많았으며, 연령대별 자살 사망률은 80대 이상이 117.9명으로 가장 높았다. 특히 60세 이상 자살률은 경제협력개발기구(OECD) 평균의 5배가 넘는 것으로 나타났다.

사이트 개편 공지

안녕하세요. 와이두유리브닷컴 사이트 운영자 메리입니다.

그동안 많은 회원님이 문제점으로 지적해주신 서버 속도 문제를 해결하고 회원 등급제를 도입하기 위해 사이트를 완전히 개편하기로 했습니다.

서버 속도가 느려지고 등급제가 필요하게 된 것은 모두 와이두유리브닷컴 회원 수가 30만 명이 넘을 정도로 많아졌기 때문입니다.

회원 수가 지나치게 많아지면서 특히 자살 선언에 공감하지 않는 일부 회원이 게시판에 도배글을 올리거나 아무런 논리도 없이 무턱대고 다른 사람을 비방하는 행태를 보여 사이트 운영에 걸림돌이 되고 있습니다.

회원 등급제 도입은 이 같은 문제점을 방지하고 사이트를 개설 초기 모습으로 다시 되돌리기 위한 것입니다. 다만 회원 등급 부여는 다른 회원들이 게시물에 매긴 점수에 따라 자동적으로 이뤄지도록 해 운영자의 독단이 개입되는 일이 없도록 할 방침입니다.

많은 회원이 정치 게시판과 문화 게시판 등을 새로 개설해줄 것을 요청하고 계시지만 이는 사이트 설립 취지와 맞지 않는다는 판단 아래 만들지 않기로 했습니다. 다만 이 같은 주제를 모두 다룰 수 있는 '잡담 게시판'을 하나 둘 생각입니다.

사이트 개편은 이달 말에 들어가 5월 중 완료하는 것이 목표입니다. 개편 중에도 기존 메뉴들은 예전처럼 이용할 수 있으나 최종 작업을 마칠 때까지 접속이 다소 불안정할 수 있습니다. 빠른 시간 안에 정상화하도록 최선을 다하겠습니다.

작가의 말

'작가의 말'은 200자 원고지 10매 분량으로 쓰면 된다고 했다. 나는 그 2000자를 쪼개 세 가지 이야기를 하고 싶다.

첫 번째는 이 책을 읽은 20대와 30대 초반에게 들려주고 싶은 얘기다.

나는 지금의 20대에게는 '언젠가는 위대한 일을 해낼 수 있을 거라는 희망'이 허락되지 않았을 수 있다는 생각을 글감으로 삼아 이 소설을 썼다.

정말 그런 희망이 허락되지 않은 걸까? 이 소설에서 세연이 펼치는 주장을 어떻게 반박해야 할까?

실은 나도 잘 모르겠다.

이 책이 다루는 가능성은 20대를 옹호하는 것일 수도 있지만 동시에 그들을 모욕하는 것이기도 하다. 그 사실에 나는 약간 죄책감을 느낀다. 이것도 일종의 착취에 해당하는 것 아닐까 하는 의심이 든다.

어쩌면 '그레이트 빅 화이트 월드'에서 위대한 과업이란 철저히 개인화되는 것인지도 모른다. 아니면 위대하다는 개념이 변질되고 있는 중인지도 모르겠다. 위대함의 본질은 결과가 아니라 과정에 있고, 스토리텔링 기법으로만 묘사할 수 있는 것인지도 모르겠다.

나는 20대가 스스로 자신의 과업을 찾아주길 바란다. 내게 20대는 여러 흥미로운 주제 중 하나일 뿐이다. 반면 젊은이들에게는 과업을 찾는 일이 바로 그들 자신이 누구인지를 알게 되는 길이다.

이 책에서도 인용한 새뮤얼 헌팅턴의 말처럼, 사람은 적수가 누구인지 알 때만 자신이 누구인지 알게 된다. 20대를 정의하는 각종 담론이 대체로 공허한 이유는 그 청년세대가 해야 할 일에 대해서는 아무 말도 하지 않기 때문이다. 어쩌면 자신들의 과업을 찾는 것이 바로 지금의 20대에게 부여된 가장 중요한 임무인지도 모르겠다.

두 번째는 작가를 꿈꾸는 직장인들에게 보내는 격려와 제안이다.

당선된 뒤 "실은 나도 작가가 꿈이었다"라는 고백을 여러 후배에게 들었다. 정작 나는 너무 기쁘기도 하고 또 이리저리 잘난 척하느라 바빠서 그런 꿈을 가진 후배들에게 별다른 조언을 해주지 못했다.

역대 한겨레문학상 당선자를 보니 당선 시점에 봉급생활자였던 분은 나를 포함해 2명이나 3명 정도에 불과한 듯하다. 그럴 자격이 있는지 모르겠지만 나도 나서서 현재 직장인인 예비 작가들의 꿈을 응원해주고 싶다. 이는 스스로에 대한 다짐의 성격도 있다.

장편소설을 쓰는 작업은 마라톤 풀코스 완주와 비슷했다. 처음 시작할 때 '내가 과연 해낼 수 있을까' 하고 자신이 없었던 게 그랬고, 매번 3분의 1 지점쯤에서 '내가 이걸 왜 하고 있나' 하고 마음이 흔들리는 게 그랬다.

내가 장담할 수 있는 게 두 가지 있다. '계속 쓰다 보면 끝까지 쓸 수 있다'는 것과 '계속 쓰면 점점 나아진다'는 것이다. 3분의 2 지점을 통과하면 그다음부터는 저절로 끝까지 가게 된다는 점도 글쓰기와 마라톤의 공통점이다.

마지막 이야기는 연세대학교 도시공학과 94학번들에게 들려주고 싶다.

감사의 말씀을 드리고 싶은 분이 굉장히 많다. 가족, 〈동아일보〉 선후배, 심사위원님들, 〈한겨레신문〉과 한겨레출판에 계신 분들, 옛 과소동과 멋신·〈월간 SF 웹진〉 회원들, 그리고 렛잇비 멤버들. 하지만 딱 한 그룹만 골라 감사의 말을 전하라면 그 대상은 대학 동기들이다.

소설을 쓰는 동안 대학 시절을 자주 돌이켜보게 됐는데, 그러면서 과 동기들이 나를 얼마나 잘 대해주고 너그럽게 감싸줬는지 깨달았다.

덕분에 퍽 불쾌한 인간이었던 나는 이제 좀 덜 불쾌한 인간이 됐다.

이름을 일일이 열거하고 싶지만 그러면 2000자를 넘어버리고, 작가의 말도 촌스러워진다. 이름을 부르지 않아도 친구들은 다 알 것이다. 그 친구들에게 "얘들아, 고맙다"라고 말하고 싶다.

2011년 7월
장강명

작가의 말
– 10쇄 출간을 맞아

　제가 쓴 소설이 처음으로 10쇄를 찍게 돼 감개무량합니다. 많은 사랑을 주신 독자님들께, 또 한겨레출판 관계자분들께 깊이 감사드립니다.

　얼마 전 어느 누리꾼이 이 책의 '자살 선언문'을 인용하면서 자살을 암시하는 글을 자신의 SNS 계정에 올리는 소동이 있었습니다. 다행히 해프닝으로 끝났지만 저는 큰 충격을 받았습니다. 그 전에는 어느 단체의 대표가 사회의 이목을 끌 목적으로 한강에서 투신하는 일도 있었습니다. 젊은 독자로부터 '그래서 우리는 도대체 어쩌란 말이냐'는 질문도 몇 차례 받았습니다.

　초판 1쇄 작가의 말에서 저는 이렇게 썼습니다.

　'이 소설에서 세연이 펼치는 주장을 어떻게 반박해야 할까? 실은 나도 잘 모르겠다.'

　지금은 몇 가지 지점에서 자살 선언문을 반박할 수 있을 것 같습니다. 저는 자살 선언문은 그럴듯한 난센스라고 생각합니다.

우선 첫째, 저는 '위대함'은 실제로는 별 중요한 의미가 없는, 고리타분한 단어라고 생각합니다. 두 가지 다른 뜻을 교묘하게 섞어놓은 단어에 불과합니다. '역사의 흐름이 바뀔 때 우연히 해당 장소에 있을 것', 그리고 '개인의 한계라고 알려진 선을 넘을 것'입니다. 나폴레옹은 유럽의 역사가 바뀌는 순간 알프스산맥을 넘어서 위인전에 올랐습니다. 그러나 그가 알프스산맥을 넘었건 넘지 않았건 프랑스혁명 정신은 온 유럽에 퍼졌을 것입니다. 심지어 나폴레옹은 프랑스혁명 정신과 정반대인 인물이었습니다(그는 황제가 되었습니다). '위대함'이라는 개념의 실체는 고작 이 정도입니다. 위대함은 삶의 목표로 추구하기에 적당한 가치가 아닙니다.

둘째, 저는 현대에 대단히 중요한 과업이 많이 있다고 생각합니다. 구글의 무인자동차를 예로 들어보겠습니다. 이 자동차가 나오면 택시 기사, 버스 기사, 대리운전 기사들이 모두 일자리를 잃을 것입니다. 반면 무인자동차로 인해 새로 만들어지는 일자리는 고도의 상징 지식이 필요한 영역일 것입니다. 구글 때문에 실직하는 분들은 다른 저숙련 저임금 노동자들과 경쟁해야 할 것입니다. 그러나 한편으로 무인자동차로 인해 교통사고가 엄청나게 줄고, 자동차를 이용한 범죄도 급감할 것입니다. 우리는 어떻게 해야 할까요? 늦기 전에 이 질문에 답하는 것이 바로 우리의 과업입니다. 무인자동차는 조만간, 반드시 등장합니다.

346

이외에도 종교에 근거를 두지 않은 보편적인 윤리체계를 만드는 일, 국가·대륙 간에 존재하는 부조리한 삶의 질 격차를 없애는 일, 경제의 활력을 해치지 않으면서 빈부격차를 해소하는 방법을 개발하는 일 등 우리 시대의 중요한 과업은 많습니다.

셋째로, 저는 과업과 무관하게 사람이 의미 있는 삶을 살 수 있다고 생각합니다.《표백》을 쓰고 난 뒤 저는, '위대한 일'에 집착하는 세연과 달리, 남들이 무가치하다고 무시하는 일에 매달려 끝내 의미를 찾아내고야 마는 주인공에 대해 3년 안에 쓰려 했습니다.

그렇게 쓴 소설이《열광금지, 에바로드》입니다. 이 책의 화자는《표백》의 등장인물 장휘영입니다. 자살 선언을 거부한 장휘영이 세연과 정반대되는 주인공을 만나게 되는 거지요.《열광금지, 에바로드》는 장휘영이 "꼭 랠리를 완주하세요. 어떤 숨은 선물이 있을지 모르니까요"라는 말을 들으며 끝납니다. 이는《표백》에 대한 저의 답이기도 합니다.

1부 제목이자 현시대를 가리키는 세연의 말인 '그레이트 빅 화이트 월드'는 마릴린 맨슨의 앨범 〈메커니컬 애니멀스〉의 첫 곡입니다. 2부 제목인 '코마 화이트'는 같은 앨범의 마지막 곡입니다. 미스터 맨슨은 온몸을 표백한 이미지로 이 앨범 커버 사진과 '도프 쇼' 뮤직비디오를 찍었습니다. 화자인 '나'의 별칭인 '적그리스도'는 마릴린 맨슨의 앨범 〈안티크라이스트 슈퍼스타〉에서 따왔습니다.

세연이 가사를 조금 고쳐서 부르는 랜디 뉴먼의 노래는 〈I want you to hurt like I do〉입니다.

귀한 상을 주신 심사위원님들, 그리고 HJ에게 다시 한번 감사의 말씀을 드립니다. 2011년에 가졌던 마음가짐 그대로, 계속 열심히 쓰겠습니다.

2015년 가을
장강명 올림

추천의 말

국민소득 2만 불 시대라는 번지르르한 겉옷으로 포장돼 있지만 오늘날의 청년은 기실 텅 비어 있다. 이제 아무도 그들에게 명령하지 않는다. 그들은 자신이 누구인지도 알지 못하며, 알았다고 하더라도 자신의 내적 지향을 좇아 일관되게 사는 건 거의 불가능하다. 그들은 자본주의 세계화에 의해 '표백'됐기 때문이다. 《표백》은 '화염병'을 들었으나 투척할 곳조차 찾을 수 없는 이 시대 텅 빈 청춘의 초상, 그 메아리 없는 절규를 속필로 받아쓴 소설이다. 섬찟하면서 슬프다. —박범신(소설가)

우리 시대의 인문학적 성과를 한 세대의 서사 기법으로 훌륭하게 칼질해낸 소설이다. 한 세대? 실은 이 세대를 부를 이름이 없다. D세대, G세대, E세대, I세대……. 알파벳 스물네 글자가 모자랄 정도로 온갖 핑계를 다 끌어내 이 세대에 고명을 얹어주고 있지만, 그것은 이 세대의 암담한 정신상태를 덮어 가리려는 음모에 불과하다. 아니 저자는 암담하다는 말조차 거부한다. 어둡고 음울한 것에는 차라리 깊이가 있다. 다섯 젊은이가 그 성공의 절정에 이르러 차례차례 목숨을 끊게 되는 이 이야기는 몸속 세포까지 하얗게 '표백'된, 그래서 암울한 기억의 깊이조차 없는 세계의 상실감을 낱낱이 드러낸다. 그러나 무엇보다도 이 소설의 장점은 이 시대 젊은이들이 나눌 수 있는 가장 고결한 대화를 엿듣게 해준다는 것이다. 어디서 시작하건 어디서 중단하건 똑같은 가치를 지니는 그들의 대화는 세련되고 탄력이 있어서 아름답다. 허무를 배경으로 삼고서만 뚜렷하게 일어서는 아름다움이지만. ─황현산(문학평론가)

　　모든 틀이 이미 다 짜여 있는 세상, 그 구조 속에서 옴짝달싹도 할 수 없게 된 오늘날의 젊은 세대를 작가는 '표백 세대'라고 칭한다. 혁명도 전복도 불가능한 세대. 그들은 스스로를 지워버림으로써 이 '완전한 세상'에 저항하거나 야유를 보내거나, '반동'하기로 한다. 작가의 문제 제기는 자극적이고, 선언적이다. 88만 원 세대를 대표하는 주인공의 묘사가 대단히 사실적이고 생생함에도 불구하고, 독자들은 이 소설 속에서 적지 않게 충격을 받게 될 것이며 공감과 반동 사이에서 갈등하게 될 것이다. 파격인가, 도발인가, 그것도 아니면 고발인가. ─김인숙(소설가)

    자기 세대의 서러움을 껴안으려는 젊음의 열망은 시대의 더러움을 제거하려는 의지로 나타나게 마련이다. 역사에 면면한 개혁과 혁명의 요구도 이를테면 오염에 대한 표백의 시도였다. 하지만 신자유주의의 광풍 속에 '부품으로 태어나 노예로 죽을 팔자'인 작금의 젊은이들은 원자화된 채 자신 이외에 없애버릴 다른 무엇을 찾지 못한다. 비극과 재앙은 그처럼 싸움을 포기하는 순간부터 시작된다. 이러한 세태를 냉정하면서도 치밀하게 묘파한 이 작품은 절망의 기록이다. 그러나 동시에 절박한 희망의 구조 요청이기도 하다. 난파하는 젊음의 위태로운 모스부호를 해독하기 위해서는 먼저 점과 선의 약속을 이해해야 한다. 작가는 한시바삐 고립된 점을 이어 소통의 선을 그어야 함을 자살자와 그들의 어리석은 갈망을 통해 역설한다. 능장을 부릴 시간이 없다. 오늘도 작중 인물을 닮은 젊은이들이 방향타도 없이, 그럼에도 그들의 것일 수밖에 없는 시대를 표류하고 있기에. ─김별아(소설가)

    물론 자살은 극단의 저항이다. 그러나 이 소설은 극단의 방식을 취함으로써 오히려 우리를 깊은 생각으로 이끈다. 되짚어보자. 자살이 비인간적이라면, 발전이라는 이름으로 끝없이 팽창해 젊은이들을 궁지로 내모는 자본주의의 욕망은 인간적인 것인가? 아도르노는 "아우슈비츠 이후에 시를 쓴다는 것은 야만적이다"라고 말했다. 지금 무엇이 야만인가? 그렇다. 중요한 것은 논쟁이다. 지금 절실히 필요한 것은 논쟁이다. 논쟁은 두렵거나 어려운 일이 아니다. 이 소설을 읽고 생각하는 것만으로도 우리는 충분히 논쟁에 참여하는 것이다. 《표백》은 한국문학뿐 아니라 사회 전반에 걸쳐 논쟁의 중심에 서게 될 뛰어난 작품이다. —박성원(소설가)

기자 출신 소설가들이 그렇듯 장강명의 문장은 명확하고 간결하다. 그다지 스펙터클한 줄거리가 아님에도 《표백》이 제비처럼 날렵한 까닭은 그 덕분이다. 중언부언하지 않기, 급소만 찾아 망설임 없이 찌르고 돌진하기! 장강명은 이 소설에서 육박전에 임한 병사의 문체를 보여준다. —조두진(소설가)

이 소설은 맹독을 지녔다. 몇 년 사이 읽은 소설 중 가장 문제적인 작품이라 할 만하다. 이 소설이 가진 거친 야전성은 당혹감과 불온한 매혹을 함께 내장한 피스톨을 우리에게 겨눈다. 싸늘히 표백된 우리 시대 청춘들의 잔인한 자화상. 이 아픈 유령들에 대해 독자들 사이에도 극명한 호오가 생길 것이다. 그러나 무슨 상관이랴. 문제적 작품은 모두에게 동의받기 위해서 태어나는 것은 아니다. —김선우(시인·소설가)

《표백》은 IMF 이후 이 사회가 직면한 총체적 난관을 맨몸으로 뚫고 온 세대에게 바치는 소설이다. 신자유주의의 토대, 무한경쟁의 굴레를 교복처럼 입고 성장한 세대, '지금 왜 《표백》이라는 소설인가' 하는 것은, '그들은 어떻게 존재했나' 하는 '생존'에

대한 물음과 같다. 누가 이들을 살게 두었나, 무엇이 이들을 살 수
밖에 없게 만들었나, 아니, 살아 있는 게 살아 있는 것인가. 마음속
깊이 울리는 세대의 절규! 하지만 그들은 울지 않는다. 통곡하는
자, 우리다. ─백가흠(소설가)

　　당대 문학은 현재 살아가는 삶의 지형도를 그림으로써 더 나은
삶의 길을 가늠하는 일이다. 그것이 옳든 그르든, 중요한 것은 그 좌
표를 통해 방향을 설정하고 길을 만든다는 것이다.《표백》이 제출한
현재 우리 사회는 이미 '완성된 사회'다. 그러한 사회에서는 어떠한
혁명적 비전도 '신생'의 에너지도 휘발되고 만다. 그렇다면 여전히
들끓는 생의 에너지는? 보수(補修)만 허용되는, 콘크리트처럼 경
직된 이 사회에 던지는 생의 충동은 결국 자기파괴라는 테러리즘의
길밖에는 없다는 것.《표백》이 제시하고 있는 이 도전적인 질문에
우리는 과연 어떻게 답할 수 있을 것인가? ─정은경(문학평론가)

　　이 소설의 진술대로라면 지금 우리들은 '세상의 끝'에 서 있
다. 저 기묘한 묵시록적 서사는 마치 소설로 쓴 유나바머 선언문처
럼 보인다. 자유와 봉기와 혁명의 모든 가능성이 표백된 세계 속에
서 청년들은 질식한다. 이 소설은 거꾸로 읽어내야 한다. 한계상황
에 봉착해 내향적 자기파괴를 거듭하는 청년세대는 부조리한 세
계에서 부조리한 방식으로 추구할 수밖에 없는 진정성의 강렬한
형식을 거꾸로 상기시킨다. ─이명원(문학평론가)

세계는 완성되었다, 그래서 삶은 무의미하다, 그러므로 자살만이 대안이다. 이렇게 주장하는 그룹이 있다. 후쿠야마의 '역사의 종언'론(《역사의 종말》), 카뮈의 '부조리'론(《시지프 신화》), 도스토옙스키의 '논리적 자살'론(《악령》) 등이 흥미롭게 뒤엉켜서 21세기 한국 사회의 사회경제적 조건을 배경으로 이렇게 다시 창궐하였다. 우리 시대의 청춘들을 향한 비범한 관심과 애정 속에서 탄생한 악마적인 논리이지만, 바로 그 관심과 애정 때문에라도 맞서야 할 논리이기도 하다. 작가는 평범하고 사소한 삶의 가치를 역설하면서 자신이 창조한 이 파국적 저항의 논리에 맞선다. 작가와 작품의 격전. 톨스토이의 소설에서는 작가가 이기고 도스토옙스키의 소설에서는 작품이 이긴다. 이 소설에서는 어느 쪽이 이겼나? 어느 쪽이건 이것은 패자가 없는 싸움이다. 논쟁적이기를 마다하지 않는 작가의 등장이 반갑다. ─신형철(문학평론가)

표백

ⓒ 장강명 2020

초판 1쇄 발행 2011년 7월 22일
초판 15쇄 발행 2019년 4월 22일
개정판 1쇄 발행 2020년 9월 28일
개정판 4쇄 발행 2024년 9월 20일

지은이 장강명
펴낸이 이상훈
문학팀 최해경 박선우
마케팅 김한성 조재성 박신영 김효진 김애린 오민정

펴낸곳 (주)한겨레엔 www.hanibook.co.kr
등록 2006년 1월 4일 제313-2006-00003호
주소 서울시 마포구 창전로 70 (신수동) 화수목빌딩 5층
전화 02-6383-1602~3
팩스 02-6383-1610
대표메일 munhak@hanien.co.kr

ISBN 979-11-6040-420-3 03810